岛之莺——呼唤新世界

[世纪前期文学故事]

范中华◎编著

湖南人民出版社

图书在版编目（CIP）数据

绿岛之莺：呼唤新世界：西方 20 世纪前期文学故事 / 范中华编著 . —长沙：湖南人民出版社，2013.1（2024.09 重印）

（快乐读中外文学故事）

ISBN 978-7-5438-8655-1

I. ①绿… Ⅱ . ①范… Ⅲ . ①故事—作品集—中国—当代 Ⅳ . ① I247.8

中国版本图书馆 CIP 数据核字（2012）第 186795 号

快乐读中外文学故事：绿岛之莺——呼唤新世界（西方20世纪前期文学故事）

编 著 者	范中华
责任编辑	骆荣顺
装帧设计	君和设计

出版发行	湖南人民出版社 [http://www.hnppp.com]
地　　址	长沙市营盘东路3号
邮　　编	410005
经　　销	湖南省新华书店

印　　刷	永清县晔盛亚胶印有限公司
版　　次	2013 年 1 月第 1 版 2024 年 9 月第 4 次印刷
开　　本	710×1000　1/16
印　　张	15
字　　数	250千字
书　　号	ISBN 978-7-5438-8655-1
定　　价	25.00元

营销电话：0731-82683348　　　（如发现印装质量问题请与出版社调换）

目　录

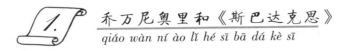

1. 乔万尼奥里和《斯巴达克思》

qiáo wàn ní ào lǐ hé sī bā dá kè sī

拉法埃洛·乔万尼奥里（1838 — 1915）是意大利民族复兴运动时期一位英勇的战士，也是一位杰出的文学家、历史学家、文艺评论家。长篇历史小说《斯巴达克思》奠定了他在世界文学史上的地位。

乔万尼奥里首先是一位勇猛善战、有着赫赫战功的爱国志士，这与他的家庭熏陶不无关系。他出生于罗马的一个律师家庭，自幼丧母，父亲的经历对乔万尼奥里思想的形成和文学创作起了重要作用。他的父亲曾做过税务检查官，参加过 1848 年欧洲革命，是一位自由主义战士，为当时国民自卫军反抗奥地利的侵略、捍卫国家政权作出了贡献。乔万尼奥里从父亲那里接受了民主主义和爱国主义思想，这成为他后来军旅生活和创作生涯的重要源头。19 世纪三四十年代的意大利，正遭受外民族的侵略和国内封建专制双重压迫，民族矛盾、阶级矛盾异常尖锐，民族解放运动蓬勃发展，势不可当。二十岁那年，年轻的乔万尼奥里毅然放弃学业，投身到民族复兴运动的大潮，并带领他的三个弟弟一同加入撒丁国王军队。后来，他又和弟弟加入加里波第组织的志愿军，参加到反抗罗马教会统治的战斗中去。乔万尼奥里在战役中英勇顽强、机警善战，多次立下战功，得到了加里波第的赏识，任命他为连队指挥官。由于他出色的指挥才能和英勇顽强的战斗精神，他又被提升为总参谋部军官。青年时代的军队生活锻铸了乔万尼奥里刚直无畏、坚定果敢的性格，更为他后来的创作，尤其是历史题材小说的创作提供了极其丰富的直接材料。

乔万尼奥里也是一位优秀的文学家和历史学家。童年时代的乔万尼奥里已经能在父亲的指导下阅读史书了。他聪慧好学，兴趣广泛，从小就对古典文化和文学产生了浓厚的兴趣，十几岁的时候，已经广泛阅读了古罗马的历史经典著作。在高中和大学期间，他专攻了文学和哲学，尽管他后来中断学习，投笔从戎，但是，青少年时期的知识积累为他开启了走向文

学圣殿的大门。

1870 年乔万尼奥里退役后，他曾经当过新闻工作者，在罗马、威尼斯的师范学校任过教，讲授文学和历史课程。他也担任过罗马高等女子师范学校的校长，并多次当选罗马和意大利议员。

家庭的熏陶，革命战争的烈火加上他对于文学和历史的偏爱，使他能够把民族解放运动的激情和理想注进文学创作和历史研究，使他更广泛而深入地研读奴隶起义的史料，写出了气势磅礴的长篇历史小说《斯巴达克思》。乔万尼奥里一生写过长篇小说、历史小说、历史剧本、诗歌和文学评论等。他的作品以历史小说为主，大多描写古代罗马的社会历史生活，又时时处处跳动着时代的脉搏，借古喻今，反映了意大利人民要求民族解放，摆脱教会统治和封建专制的决心和愿望。除了《斯巴达克思》以外，乔万尼奥里又写了历史小说《萨杜尔尼诺》、《齐雷鲁基奥和堂皮隆尼》和《佩雷格里诺和罗马革命》等。

《斯巴达克思》的写作不是偶然的。公元前 1 世纪，古罗马爆发了历史上规模最大的一次奴隶起义——斯巴达克思起义。这次奴隶起义沉重打击了奴隶主阶级的统治，奴隶主们惶惶不可终日，"恐惧笼罩了所有的人"。起义加速了奴隶制度的土崩瓦解，也造就了"最杰出的英雄"，斯巴达克思从此在人们的心目中高大起来，列宁称他为"整个古代史中最辉煌的人物"。乔万尼奥里翻阅并潜心研究了大量的史料，结合参加民族复兴运动的切身体验，塑造出典型的艺术形象，重现奴隶起义的雄壮场面，写成了这部气吞山河的长篇历史小说。

公元前 78 年 11 月 10 日凌晨，寒气袭人，晓风刺骨，但罗马竞技场的看台上却挤满了十万名观众，王公贵族们在兴高采烈地等待着欣赏角斗表演。患有不治的皮肤病的罗马独裁者苏拉为了在欢乐中忘却折磨他的痛苦，出钱举办了这场角斗表演。

在一声仿佛要撕裂人们耳朵的喇叭声中，惊心动魄的角斗开始了。三十名色雷斯人和三十名沙姆尼特人短兵相接，一时间，叫喊声四起，血肉横飞。一小时的残杀后，大部分角斗士都已经倒下，只剩下四个沙姆尼特人共同对付色雷斯人唯一的幸存者斯巴达克思。虽然斯巴达克思有矫健的身手和惊人的剑术，但要单枪匹马地对付四个对手，实在是力不从心。突然，激战中的斯巴达克思撤退逃跑，原本屏息凝神观看表演的观众顿时发出一片斥责之声。但他还没有跑出五十步，便突然以出人意料的一个转身，干净利索地砍倒了追踪而至的敌手，赢得了最后的胜利。在如雷的喝彩和经久不息的掌声中，苏拉点头示意，斯巴达克思被解放了，成为了自由人。

斯巴达克思生长在色雷斯，在与罗马侵略者作战时被俘为奴，后来被卖给角斗士老板，充当供罗马贵族娱乐的角斗士。他身材高大，威武英俊，既有过人的体力和坚毅的性格，更有对他这个地位的人来说少有的崇高的德行和卓越的思想。

从这以后，斯巴达克思就开始为一件重大而且极其秘密的事业奔走。他要组织全部受压迫的角斗士起义，推翻罗马暴君的统治，争取自由解放。他秘密与其他角斗士首领埃诺玛侬等取得联系，积极发展组织，密定在条件成熟时起义。

不满苏拉豪门统治的贵族首领卡提林纳，是一个极有野心的人物，他获悉斯巴达克思的秘密后，主动找斯巴达克思，要求合作推翻当前的豪门统治。斯巴达克思意识到卡提林纳不过是想利用角斗士的力量来达到他重新占有权力与财富的目的，断然拒绝了卡提林纳的要求。一天，斯巴达克思在一家小酒店与自己失散多年的妹妹密尔查相遇。由于生活所迫，密尔查不得不做了妓女。斯巴达克思为了拯救妹妹跳出火坑，多方奔走。结果，经人推荐，密尔查在苏拉的妻子范莱丽雅身边做梳妆侍女。

范莱丽雅是一位容貌美丽、心地善良的贵妇人。她在竞技场上第一次看到斯巴达克思后就产生了一种难以遏制的感情。后来斯巴达克思到苏拉的府邸看望妹妹，初次见到美丽的范莱丽雅，心中也升腾起一种火热的欲望。特别是范莱丽雅邀他约会之后，这种欲望便越来越强烈了。不久，苏拉因为狂饮，引起心脏病发作而暴死，终于使斯巴达克思和范莱丽雅走到一起，并有了一个女儿。

苏拉死后，局势也动荡起来，斯巴达克思认为起义的时机已经成熟。几天后，斯巴达克思就在罗马郊外举行了起义首领会议，决定三万起义大军将在五天后首先在加普亚城起义。不料，会议的内容被苏拉生前的一个心腹梅特罗比乌斯窃听到了，他立刻报告了大贵族恺撒。恺撒出于野心，希望能够利用这批角斗士去征服世界，于是找到斯巴达克思，要求他放弃起义的事业，同他合作。斯巴达克思拒绝了他，同时发出提前起义的应变指示，然后同埃诺玛依骑上两匹骏马向加普亚城奔驰而去。他们日夜兼程地赶路，两匹骏马相继累倒，斯巴达克思的手臂关节也因落马时被马压伤而脱臼。二人只好跑步来到加普亚城。此时，罗马信使已经先于他们赶到加普亚，全城戒备森严。他们用计骗过了守城的罗马官兵，迅速奔向巴奇亚图斯角斗学校。学校此时已经被围，武器被封，万余名角斗士正处于群龙无首的混乱状态。两人利用熟悉地形之便，翻过围墙，进入学校。斯巴达克思在摸清情况后，迅速的指挥角斗士夺取武器，宣布起义。他镇定自若地指挥角斗士突围，然后率领突围成功的七八十名角斗士直奔维苏威火山，扎下营垒。不久，埃诺玛依也带领后卫队伍赶到这里与斯巴达克思会合。很快，起义队伍就发展到六百多人。

斯巴达克思举旗起义的消息震动了整个康滂尼亚省。执政官卢古鲁斯在各城市告急的情况下，派统领克洛提乌斯率三千罗马官兵，奔赴维苏威火山。克洛提乌斯以绝对优势的兵力封锁了维苏威火山的全部出路，企图以饥饿来威胁起义军。但斯巴达克思指挥全军用柳条扎成云梯，从悬崖边悄然而下，两天后突然出现在罗马官兵的后方，以势不可当之势扑向敌人，大败克洛提乌斯的军队。

首战告捷使起义军威名大振，所向披靡。同时，斯巴达克思又在起义军中立下严明的纪律，使作风正派、秋毫无犯的起义军赢得了巨大的荣誉和支持，起义人数不断增加，迅速扩展到两个军团，约万余人。

斯巴达克思蒙受巨大损失后，为了保存有生力量，决定率领部队去西西里岛继续坚持斗争。不料航行途中遭遇风暴，起义军不得不在布鲁丁半岛登陆。围追堵截的克拉苏乘机命令官兵挖一条横越布鲁丁半岛的巨大壕沟，企图以断绝粮食来源来威胁起义军，但斯巴达克思临危不惧。一天深夜，他指挥起义军将木柴投入壕沟内，又将预先准备好的泥土袋投于其上，然后，数万大军便悄然而过。斯巴达克思突围后并未摆脱困境，他始终面临着罗马几支大军的围追堵截，起义军的命运危在旦夕。斯巴达克思知道丧失了一切获救的希望，于是准备在布拉打纳斯河畔同克拉苏的军队进行背水一战。临战前，斯巴达克思给范莱丽雅写了一封信，表达了他对她和女儿的深深思念，并要求范莱丽雅在他死后要坚强地活下去。接着，斯巴达克思在战士们的面前发表了最后的演说：

与其苟且偷生，毋宁英勇战死！我们牺牲了，但我们给后代留下了用我们鲜血染红了的自由与平等的旗帜！

说完，他亲手杀了那匹跟随他征战疆场的战马，率先冲向敌人。角斗士们在斯巴达克思的演说和行动的鼓舞下，士气大振。他们流着悲愤的眼泪，在战场上奋力厮杀，但终于寡不敌众，几个小时后，几万名角斗士悲壮地战死沙场，斯巴达克思的最后两个战友也倒下去了。面对潮水般涌上来的几万敌人，遍体鳞伤的斯巴达克思仍然奋勇地挥动长剑，直到几十支投枪同时击中他……

斯巴达克思死后几个星期，起义结束了。约七千人当了俘虏，统统被绞死在十字架上。

范莱丽雅抱着她的女儿，流着泪，深吻着斯巴达克思留给她的那封信。

今天，当我们来到罗马，面对古竞技场的残垣断壁，仿佛还会听到角斗士们征战沙场时的声声呐喊和斯巴达克思那悲壮的演说：

我们牺牲了，但我们给后代留下了用我们鲜血染红了的自由与平等的旗帜！

作为具有资产阶级民主主义思想的作家，乔万尼奥里热情歌颂了资产阶级"自由、平等、人权"等口号，洋溢着对民族独立和民主解放的向往

之情。尽管他的理想反映了资产阶级文学家的时代和阶级的局限性，但是《斯巴达克思》不愧为一部具有"伟大价值"的作品。

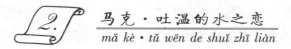

2. 马克·吐温的水之恋
mǎ kè·tǔ wēn de shuǐ zhī liàn

马克·吐温（1835 — 1910），一个响亮的名字，他已写在 19 世纪后期美国文学史最醒目的位置上。其实，他的真名是叫塞缪尔·郎荷恩·克列门斯。

马克·吐温故居

"马克·吐温"是什么意思？这位杰出的作家为什么用它作自己的笔名呢？

浩瀚的密西西比河上，彻夜回荡着轮船上测水员的喊声："Mark Twain"，这声音里传出了水手们的兴奋与欢乐。"Mark Twain"的意思是"两呼"（十二英尺），即航船可以安全通过的深度，它等于水手们用悠扬的歌声在唱："平安无事喽。"

是的，塞缪尔做过水手。他喜欢水上这支特别的乐曲。

探险，对年轻人有着巨大的诱惑力。塞缪尔既然打定主意要到比雄伟的密西西比河还壮观的亚马孙河去，他就开始注意与那些会观察水情、懂风云变化之道、能在黑夜中驶船前行的人们攀谈。这个胸怀壮志的青年乘客，总是设法结识领航员并挤进那"乘客不准入内"的领航室。他终于如愿以偿，引起了三十四岁的领航员霍雷斯·毕克斯贝的注意。

他的亚马孙梦幻破灭了，原来，他根本没有能力踏上那个令他神往的地方。不过，他可以把这个壮志留给未来，可眼前的事最糟糕，他兜里已经一文不名了，连吃饭的钱都没有，更别说买回去的船费。于是，他鼓起勇气去找"保尔·琼斯号"上那个领航员霍雷斯·毕克斯贝。锲而不舍地磨了三天之后，终于迫使霍雷斯·毕克斯贝接受他做徒弟。就这样，塞缪尔开始了十七个月的见习领航员的生活。

他在老领航员的指导下，学着观察一切天上地下和水面的标志，并时刻听着测水员的报告："测标三寻！测标三寻！二又四分之三！一又二分之一！一又四分之三！测标两寻！八英尺半！"只要听到"Mark Twain"以上的深度，他的心里就十分平静，因为这是安全的界线。

1858年9月9日，快满二十三岁的塞缪尔终于领到了正式领航员的执照，于是，这个年轻的领航员也趾高气扬地威风起来。比之身边的同事，他有更多的才华，他会弹钢琴，而且他的流行歌曲唱得也十分动听，这更助长了他那年轻人的傲气。

塞勒斯船长是个文学爱好者，也是河海知识的传播者。他经常给《新奥尔良小人物报》等报刊写一些知识性的小品，把自己的经验以及密西西比河的沿革和现状介绍给读者，他的小品既表现出了航海员的智慧——因为他文中所讲到的关于该河流的历史变迁情况，都是其他在世的领航员闻所未闻的，同时，又有一定的文采，因为他十分注意知识小品的可读性。他每次发表这些小品，都用一个在他看来特别亲切的笔名——马克·吐温。这是他几十年水手生涯中最喜欢的术语。

1861年初夏，南北战争使密西西比河上的航运陷于停顿，二十五岁的塞缪尔失业了。他本以为领航员将是他的终身职业，不料他竟告别了轮船，告别了"Mark Twain"那个熟悉的调子。

他不畏艰难，不畏遥远，踏上了淘金的路程。当时，淘金热席卷着美国，令人难以置信的淘金致富的传说已成了家常便饭，无处求生的人们都把淘金视为生活的希冀。二十六岁的塞缪尔像其他年轻的矿工一样，留着长头发，一脸密密的红胡子，在内华达深山里拼命地挖掘。他和同伴一次又一次地怀着希望去寻找矿脉，而一次又一次地带着失望四处转战，"明天准能找到"是他们的希望，而到明天来临的时候，他们又期待着下一个明天。

面粉一天天地涨价，采矿的费用一天天增加，塞缪尔起早贪黑地干活，可糊口的东西却没有了。晚上，塞缪尔也不闲着，他经常向内华达州的一家主要报馆——《本州企业日报》投寄稿件，用幽默夸张的笔调报道"淘金者"的生活，这些稿件不时地被采用。

淘金的日子开始令人绝望了。塞缪尔意外地收到了《企业报》老板的来信，要他前去做临时记者。就这样，塞缪尔动身来到了弗吉尼亚城，成了这座拥有一万五千人口的乱哄哄的城市里的一个小记者。他做梦也没有想到，这个城市到处都是暴力，到处都是屠杀，但却没看到过任何一个凶手被判刑。于是，他那尖刻的讽刺文章在报上出现了。

就在这期间，《企业报》编辑部收到的一份新闻电报说，密西西比河上的第一位轮船领航员赛勒斯，即当年用"马克·吐温"为笔名发表河上知识小品的那位老船长逝世了。塞缪尔听此消息一阵心痛。几年前埋在心底的那份内疚又掠上心头。他想起了老船长的音容笑貌，回忆起了密西西比河上航行的生活，耳边又响起了测水员的探报："Mark Twain"，于是，他决定做一件他应该做的事：用"马克·吐温"作自己发表文章的笔名，这既是他用自己独有的方式来纪念那位老船长，也是向自己曾经从事并十分热爱的领航事业致敬。从此，"马克·吐温"这个在报刊上一度消失的名字，又重新活跃起来。

这是一个崭新的马克·吐温。他以《加利维拉县有名的跳蛙》初获文

名，以《哈克贝利·费恩历险记》登上了美国文学的高峰，以《汤姆·索耶历险记》、《傻瓜威尔逊》、《王子与贫儿》、《败坏了赫得莱堡的人》等作品为其辉煌的成就，永远地载入了历史。他为美国文学的发展谱写了辉煌的一页。

少年塞缪尔的熊湾童趣
shǎo nián sāi miào ěr de xióng wān tóng qù

没有熊湾，就没有《汤姆·索耶历险记》；没有熊湾，就没有《哈克贝利·费恩历险记》；没有熊湾，就没有作家马克·吐温。

熊湾，是密西西比河畔一个小镇的河湾，这个小镇的名字叫汉尼巴尔，它位于荒原的边缘。19 世纪 40 年代中期，熊湾几乎每天都会响起孩子们的嬉笑声，他们中最著名的是马克·吐温。不过，那个时候，马克·吐温并不知道自己后来会成为作家，会有这样一个有趣的笔名，他当时的名字叫塞缪尔。

虽然马克·吐温在写作《汤姆·索耶历险记》和《哈克贝利·费恩历险记》的时候，已远远地告别了童年，然而，这两部杰出的作品中却有许多熊湾童趣的痕迹。

作者在《汤姆·索耶历险记》的小引中说："这部书里所记载的冒险故事，大部分都是实际发生过的；其中有一两件事情是我亲身的经历，其余的都是和我同学的孩子们的故事。"

熊湾时代的塞缪尔才八九岁。他个子矮小，脑袋挺大，一双机灵的灰绿色的眼睛透露出了过人的智慧，满头卷曲的红发显得十分神气。他光着脚丫，浑身上下沾满了密苏里的泥土，那条打着补丁的斜纹布裤本来用背带吊着，却有一根已被扯断，在身后飘动着。要是你不经意地摸一摸他上衣的口袋，管保令你收获很大，你会从里边掏出一个软绵绵、毛茸茸的东西——死蝙蝠。可是这时你要想抓住他，那是不可能的，他的三个伙伴早把他勾走了。这三个人，几乎和他一副模样：威尔·鲍温，比他小六个月，是他的忠实追随者，他每天都光着脚丫同塞缪尔并肩战斗，只要塞缪尔想出什么新花招，他总是全身心地投入，在他眼里，那是伟大的事业；约翰·布里格斯比塞缪尔小一岁半，但却粗粗壮壮，像个大力士一样；最富有冒险精神的是汤姆·布兰肯希普，他比塞缪尔大四岁，却很随和，一身邋遢的破衣服，一副自由自在的神情，塞缪尔从来都把最危险的勾当派给他。这就是《汤姆·索耶历险记》中的那群孩子。他们丰富多彩的熊湾生活，营造了小说中那个特别的世界。

在《汤姆·索耶历险记》中，有一个生动的粉刷围墙的情节，其实，它就是塞缪尔熊湾生活的一个插曲。

在八九岁的年纪上，他已经九次被人从水里救起，母亲领略了他这无可救药的淘气把戏后，便把熊湾和河边划为塞缪尔活动的禁区，并且每天当他穿好衣服后，再用针线把他的衬衣领缝上，让他脱不下来；即使脱下来，至少也可以作为检查的一个标记。

然而，熊湾的诱惑力是无穷的。星期六，一个暗号响起，孩子们便都逃出了家门，不久就钻进了熊湾的水中。他们比赛，看谁能从河底摸出一些卵石、瓶子之类的战利品，并且比谁在水下待的时间长。游水以后，他们便用别针做的鱼钩钓鱼充饥，可钓上来的几条小鱼，根本不够他们分配。回家的时候，为了将下水的事情瞒过母亲，塞缪尔便用事先插在上衣翻领背面的针线，把衬衣的领子缝好，尽量缝得和母亲的针脚一模一样。当他站在母亲面前的时候，装作若无其事的样子问："妈，我好像听见您招呼我来着。"母亲只顾检查他的衬衫，发现还是缝得好好的，便表扬了他一句。可旁边看书的哥哥偏偏要在这时大煞风景："您缝他的领子用的是白线吧？""白线？对呀，现在怎么是黑线！"母亲终于看透了这个鬼主意多得是的儿子的把戏，立刻发布了惩罚的条令："吃完饭你马上开始去刷围墙，这无论如何会使你这个捣蛋鬼多少安分一点吧，很可能这几天你又逃学了。"

刷墙？今天是星期六哇！塞缪尔的心里愤愤不平，但谁让自己的"诡计"被戳穿了呢？他拿起一把长把儿的刷子，提起一桶白灰浆，来到了惩罚之地。这需要刷的围墙，一望无际，有三十码长，比他的头顶还高，九岁的塞缪尔觉得他刷到头发白了也刷不完，于是，糊弄两下便坐在那里，转起鬼点子来。

他看见桑迪——他家打杂的小黑奴提水来了，便冲上前去热情地提议："你刷墙，我提水吧。"可桑迪总得要点报酬呀。

"我给你一个大个的白石头弹子，"

"还有，我把我那只肿了的脚指头给你看。"

桑迪很想看看他那只用布包着的脚指头，可塞缪尔的母亲来了，他便一溜烟地跑了。

当又剩下塞缪尔自己的时候，他的心里十分懊丧，他的朋友们可能又去熊湾了，他多没面子！正在这时，他看见约翰啃着一个苹果走来。塞缪尔的眼睛眨巴眨巴，就又有了一个主意。他挥起刷子，津津有味地描绘起来。

"我可是要游泳去了，你还得干活呀，我就知道你去不了。"背后的风凉话说起来了。

"怎么，这是干活吗？游泳可以天天去，可是你们谁能有机会刷围墙玩呢？这就轮不着你喽。"他举起刷子一高一低、一左一右，那架式，仿佛这是天底下最有趣的游戏，馋得约翰在一旁一个劲儿地哀求："让我刷会儿吧。"看着塞缪尔没有反应，他急得抢过他的刷子说："我把这苹果全给你。"

塞缪尔坐到阴凉的地方吃苹果去了。

汤姆走过来了，威尔·鲍温走过来了，一个又一个的男孩儿打这路过，本来都想去熊湾的，可刷墙这个特别的"游戏"把他们都留下了，每个人都想大显身手。塞缪尔为此收到了大批礼物：一只破口琴，一只独眼猫，一只死老鼠，一个蓝瓶子的玻璃片……

当塞缪尔人到中年写作《汤姆·索耶历险记》的时候，这个难忘的星期六就成了那里精彩的一笔，读者不经意就会发现，那个圣彼德堡镇的汤姆·索耶，原来就是塞缪尔。难怪作者谈到这部历险记时说："那本书是

马克·吐温先生做的，他基本上说的都是真事。"

熊湾童趣也延续到了《哈克贝利·费恩历险记》之中。哈克是谁？经常有人写信向马克·吐温提出这个问题。他在晚年撰写《自传》时终于做了一番说明：哈克贝利·费恩就是熊湾的汤姆·布兰肯希普，就是那个总是接受塞缪尔指派的最危险的勾当的少年。

然而，作为一个文学典型，哈克已集中了马克·吐温少年时代朋友们的共同特点：酷爱自由，勇于冒险，生机勃勃，趣味盎然。至于小说中的其他人物，也大都取材于熊湾。马克·吐温在自己的母亲去世后回忆说："她在我的书里有几次作为汤姆·索耶的波莉阿姨出现了。我让她说了一口方言土语，还想给她添一些别的特色，可是没有办到。"对于自己最知心但却早逝的哥哥亨利，他又写道："我干了坏事，自己不肯说实话，需要有人告状的话，那就是他的责任，他对完成这个任务是十分忠实的。他就是《汤姆·索耶历险记》中的席德。可是席德并不是亨利。亨利比席德高尚得多，善良得多了。"

至于《汤姆·索耶历险记》中那个与汤姆在麦克道格尔山洞里迷路的小女孩贝奇·萨契尔，那是马克·吐温熊湾记忆中最美丽的一处，她的真名叫萝丽·赫金斯。迷路是真实的，那是她和当年的塞缪尔在一道："她当时是五岁，我也一样。我有一只苹果，和她爱上了，就把果核儿给她。我还记得很清楚，在什么地方发生这桩事情，那天是个什么日子，我都记得一点不差。她就是《汤姆·索耶历险记》里的贝奇·萨契尔。"

熊湾，一个并不美丽的地方，可是在马克·吐温的心中，它是最美丽的。熊湾童趣给了马克·吐温以创作的灵感，给了他作品中的人物以灵魂与生命。

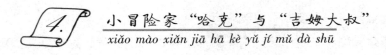

4. 小冒险家"哈克"与"吉姆大叔"
xiǎo mào xiǎn jiā hā kè yǔ jí mǔ dà shū

《哈克贝利·费恩历险记》的主人公是一个十二三岁的少年，人们习惯于称他为哈克。别看他是个孩子，他的名气可大了，在世界许多国家的读者中都享有很高的知名度。

然而，美国的一些图书馆曾一度不能容纳他。先后有康科德图书馆、丹弗公立图书馆、布鲁克林公立图书馆等把他从馆中驱逐出来。

驱逐的理由是审定人员认为"哈克是个诡计多端的孩子，而且他不说'出汗'，而说'淌汗'（意指他太粗俗）"，因此，他不配待在儿童的书架上。

哈克不止一次地被甩出来，理由是十分明显的。他最先令那些审查官头疼的是对"美国文明"的不屑一顾，即他的不"文明"、反"文明"、挑战"文明"。你看，达格丝寡妇收养他之后，扔掉他那身破烂的脏衣服，想把他培养成一个"文明"的少爷，他的反应是多么特别呀：穿上新衣服，他觉得浑身一阵阵地直冒汗，好像箍起来似的那么难受；寡妇的妹妹瓦岑小姐拿着拼音读本给他上课，一个小时左右的时间，他觉得闷得要命，简直是坐立不安；寡妇让他住在家里，睡在床上，他觉得睡得特别不舒服，偏偏在夜里逃出房间，溜进树林里去睡觉，他认为那样才是真正的休息；寡妇不许他抽烟，他觉得那无聊极了，于是，便在夜里从床上爬起来，叼起他那放不下的烟斗，吧唧吧唧地抽起来。

一个十几岁的孩子，居然如此鄙视"文明"，鄙视"秩序"，这还得了！于是，他惹得那些大人物生气了。这也难怪，谁都看得出作者是在借这个孩子的"天真"的想法和行为，把矛头对准了美国资产阶级社会的"文明"。

哈克对大自然的热爱、对自由生活的热爱，实际上就是对现存的"社会秩序"的挑战。他和他的伙伴们的人生抉择是，宁肯到森林里去当一年强盗，也不愿意做一辈子美国总统。显然他是美国社会虚伪文明的叛逆。

更令那些大人物气恼的是，哈克竟敢公开嘲弄基督教的教义，而且提出那么多尖刻的问题。瓦岑小姐告诉他，在这个世界上要好好活，为的是将来升天堂，哈克则在心里说，我可实在看不出跟她上天堂有什么好处，所以我就下决心根本不做那种打算；瓦岑小姐说在天堂里，一个人从早到晚什么都不必做，只不过到处走走，弹弹琴，唱唱歌，就这样永远永远地生活下去，可在哈克看来，那真算不了什么，那是寄生虫；瓦岑小姐让他天天向上帝祷告，他的心理活动就更有大不敬的味道了："她叫我天天祷告，说不论我想要什么，都能得到。可是事实并不是那样。我曾经试验过。有一回我找到一根钓鱼的线，可是没有钓鱼钩。没有钓钩那根线就毫无用处。我为了要钓钩，曾祷告过三四次。可是不知什么缘故，老是不灵。"

至于说到上帝，哈克这个少年的心里就存有更多的疑问了，这个少年根本就怀疑上帝的存在。

这孩子！他从头到脚都在指责宗教。他用儿童稚气的、求真的目光把宗教的外衣一层一层地剥光，最后把其虚伪的内核剥出来。这无异于扒光了用宗教实施其思想统治的那些人的虚伪，把他们赤条条的丑陋暴露在人们面前。那么，这些人岂能不痛恨这个伶牙俐齿的孩子！审查官们最不能容忍哈克的是他居然对黑人有那么深厚的感情。

在《哈克贝利·费恩历险记》中，有一个吉姆大叔。他是个黑人，从主人瓦岑小姐家里逃了出来，要奔向自由州去。当白人少年哈克从酗酒的父亲身边逃走，只身来到杰克逊岛上的时候，他们两人相遇了。夜里，哈克病倒了，高烧不退，吉姆全心全意地照顾他，使这个孩子逃过了死神的追捕。当他们共同在密西西比河上向下游漂流的时候，一路上吉姆思考着自由以后的生活：他只要能到了一个自由州，第一桩事就是攒钱，一分钱也不花掉，等钱攒够了，就去把老婆买回来，她在瓦岑小姐住处附近的一个农场上做奴隶；然后他们再一起干活，攒钱把孩子们买回来；要是他们的主人不肯卖，他就要找一个废奴主义者帮他把孩子们偷出来。

吉姆大叔的善良以及对自由的渴望，令哈克十分感动。这个在蓄奴制环境下长大的白人少年，最初是无法理解吉姆的出逃的，他甚至在心里头一直有举报他的念头，可是，吉姆大叔的所为终于让他认识到，黑人也是人，他们同白人一样，有情感，有思想，渴望家人的团聚，渴望幸福的生活，他甚至发现，吉姆大叔要比他的父亲好得多，因为连他的父亲都从来没有像吉姆大叔这样照顾过他。

这个善良的吉姆大叔的原型是谁呢？毫无疑问，马克·吐温是怀着深深的敬意来塑造这个形象的，他就是作者少年时代最尊敬的大叔——姨妈家里的黑奴丹尼尔。

他永远也不会忘记与丹尼尔大叔在一起的日子。

跟小说中的哈克一样，塞缪尔也是在蓄奴制的环境中成长的。他的家庭虽然一直很贫穷，但也始终有一个黑奴。最初是女奴珍妮，他经常看见父亲惩罚她时把她的两只手捆绑起来，用笼头抽打她，后来因为需要钱，把她卖掉了。当小黑奴桑迪来了之后，父亲为一点点错误就责打他。塞缪尔还亲眼看见一个逃跑了的黑奴被白人们抓了回来，捆绑着被扔在一个空棚子的地上，痛苦地呻吟。他也曾记得父亲作为陪审团的十二名委员之一，对三名废奴分子做出了严厉的判决——十二年监禁，他们的罪过是设法帮助五名黑人逃亡到自由州去。按照当时人们的观点，这个罪过比杀人罪要重许多。

正因认识了丹尼尔大叔等黑人，塞缪尔才意识到，黑人不但是人，而且他们之中有许多优秀的人。丹尼尔大叔很有智慧，他虽然被剥夺了读书写字的权利，可是对许多问题的见解都是很独特的。塞缪尔向他提出的问题总是能得到很新鲜的答案。比如，他不理解《圣经》中说的所罗门王的故事：他有一个后宫，里边有一百万个老婆，那该是什么样的生活情景呢？丹尼尔大叔的回答令他一辈子都没有忘记："后宫就是个大公寓，我猜是。大概在带孩子的屋子里也得整天哇哇地吵。我看那些老婆也会吵得够瞧的；那么一来，吵的声音就更厉害了。可是人家都说所罗门王是自古以来顶聪明的人。我可不信那一套。为什么呢：一个聪明人哪会愿意一天到晚住在那个叽叽嘎嘎、吵吵闹闹的鬼地方呢？不会的——他怎么也不会愿意受那个罪。"

丹尼尔大叔善良热情，只要他周围有人需要帮助，无论在什么时候，他都会及时赶到。他告诉塞缪尔许多秘密：小鸡满院子放飞的时候，天就要下雨了；碰到蛇皮是最倒霉的事，比弄死一只蜘蛛还要倒霉；要是蜂箱的主人死了，一定要在第二天日出之前把这个不幸的消息告诉蜜蜂，不然他们就会停止工作而死去等等。日后，塞缪尔虽然知道这些"秘密"未必都是对的，但他还是牢牢地记住了这一切，因为这是大叔留给他的。

丹尼尔大叔讲的故事生动极了。夜晚，在他那个木头搭的小厨房里，孩子们获得特许，围在他的身边，他那惊心动魄的故事就开始了。

在塞缪尔的记忆里，黑奴丹尼尔大叔给他的童年带来了许多快乐，但是大叔自己并不快乐，因为他是黑奴。

关于黑奴，塞缪尔的记忆中有一幅令他终生难忘的悲惨图画。那还是儿时，他和几个伙伴们玩耍路过市场街。他看到被称为"货物"的一大群黑奴正等候装船，被运送到新奥尔良去。十几个男女黑人被锁链锁在一起，那肝肠欲裂、悲痛欲绝的情景令孩提时代的塞缪尔心里一阵酸楚。然而，他在丹尼尔大叔的脸上，时常看见与那些被拍卖的黑奴相类似的恐怖的神情。他发现，大叔总是担心被卖掉，总是害怕骨肉分离的那个时刻。他最担心被卖到"大河下游"那蓄奴制残酷的地方去，所以，他的心灵一直被威胁和恐惧占据着。

塞缪尔发现，大叔和他们这些白人孩子在一起，说过许许多多的故事，哄他们开心，逗他们快乐，但他绝不谈他心里的一个十分严峻的话题——黑人的自由。孩子们也像有了默契一样，意识到这是危险的禁区，从不乱闯。但是塞缪尔已从心底里懂得了丹尼尔大叔——他的心灵每时每刻都在呼唤着自由。

于是，当塞缪尔成为笔名为马克·吐温的伟大作家的时候，就送给丹尼尔大叔一件特别的礼物——在《哈克贝利·费恩历险记》的结尾，让他恢复了自由。

然而，这是在实际生活中根本没有发生的事情，也不可能发生。因为，丹尼尔大叔担心的事情终于发生了。1852 年，当这个农庄易主的时候，他和其他的黑奴一起被拉到了黑奴市场卖掉了。

无疑，在创作《哈克贝利·费恩历险记》的时候，马克·吐温是在用他笔下的人物吉姆纪念他儿时的那位黑人大叔——他的笔端流淌出他内心的呼唤：丹尼尔大叔，你在哪里？

这是一份叛逆的宣言。哪一个社会能容得下自己的叛逆者呢？于是，哈克被这个社会的捍卫者们从图书馆里甩了出来。然而，他的名字更加响亮，他的头上有了更多的光环，他走进了全世界更多的图书馆。

5. 英格兰玫瑰：D. H. 劳伦斯
yīng gé lán méi guī: D. H. láo lún sī

"如果英格兰曾经长着一朵完美的玫瑰的话，那就是劳伦斯。" 1930 年 3 月 2 日，当英国作家劳伦斯（1885—1930）在病痛中逝世时，他那位不忠实的妻子弗里达逢人便讲的就是这句话。

劳伦斯是个老实人，他知道只有辛勤的耕耘才能有丰富的收获，他靠自学成为一代才子；劳伦斯是个好情人，他执著地追求着两性间完美的爱，他会为爱人而生存当然也会为爱情而献身；劳伦斯是良师，他喜爱孩子，愿意为他们传道解惑；劳伦斯是益友，他总能对朋友敞开心扉，朋友也能从他那里获得最真诚的帮助；劳伦斯更是超一流的作家，《儿子与情人》（1913）、《虹》（1915）、《恋爱中的女人》（1920）、《查特莱夫人的情人》（1928）已汇集成为一道明艳的彩虹在天空中亘古不灭……

凡事总有一个度，过犹不及。

有时劳伦斯会背叛爱情，因为他要追求完美；有时劳伦斯会背弃友谊，因为完美就要挑剔；有时劳伦斯会写出极其糟糕的文章，挑剔一不留神就迈向了一塌糊涂……

再完美的玫瑰也毕竟带刺儿。劳伦斯仿佛站在双棱镜的前边，一面是快乐风趣、善解人意、慷慨大方、温柔体贴、文词美好的阳光男子，一面是情绪激动、粗俗鄙薄、好为人师、性格变态、文笔拙劣的邪恶化身。这个来自英格兰北部矿工家庭的男人是一个谜，即使在过了一个世纪之后的今天，人们仍然对他津津乐道。

19 世纪末，人类社会加快了现代化进程。西欧国家尤其是英国，工业生产已经成为主要的生产方式。而作为人类发展史中另一大重要动因的人的精神，却很难与物质发展的速度相一致，这便造成了又一种矛盾，在此中生活的一代人，经常会被矛盾胁迫和席卷。如果说时代的机缘打造了劳伦斯这一代"矛盾"的人的话，那么童年的经历同样给予了他不平凡的禀赋。1885 年 9 月 13 日，D. H. 劳伦斯出生于英格兰诺丁汉郡伊斯特伍德。他是个病秧子，一出世就患有支气管炎，在以后的十六年中，医生不厌其烦地预言着他的生命即将结束，可是一次一次的濒死复生，又的确让家人觉得他是一个幸运儿。十六岁那年，他得了急性肺炎，这回父母真正放弃了，只等着死神带走好像本来就不属于这个世界的小儿子。令人震惊的是，他又一次活了过来。童年的这种非正常生活对一个孩子的性格培养是至关重要的：一方面他意识到生命和物质世界的弥足珍贵，形成了其布道救世的愿望；一方面他开始依恋家庭，滋生了恋母情结；最终，他又从中获益，在一半是葱绿曼妙的田庄一半是黑烟缭绕的矿区的家乡里，既得到自然的陶冶，又受到工业文明的撞击，他变得敏感、善思而又锐气十足。

劳伦斯

1908 年，劳伦斯离开老家，来到伦敦南部的克罗伊登，他找到一份在小学教书的工作，开始了新的生活。他高兴极了，教书的工作让他感到充满了时代感。二十三岁的劳伦斯已经显露出对儿童的喜爱，他写了一系列有关孩子的诗，如《光脚跑的宝宝》、《一个疼过之后睡着的宝宝》、《学校的精华》等。

欲了解世纪之交的英国社会，劳伦斯是一个相当不错的航标。

序曲——《白孔雀》、《儿子与情人》。《白孔雀》以英格兰中部农村为背景，通过两对青年男女的关系的变化，初次展现了自然与文明的对立，田园生活与工业文明之间的冲突，主人公安纳贝尔是在矛盾与冲突里挣扎生存的人的典型。《儿子与情人》是序曲中承前启后的重要部分，是劳伦斯早期创作的代表作。这是一部带有自传性质的小说，通过对父母之间不和睦的感情、儿子与母亲之间的暧昧关系、儿子与情人之间的无法灵肉结合的爱情的描写，真实地再现了当时社会的生活状态，反映出城镇与乡村、工厂与农场、工作与闲暇之间的深刻矛盾。主人公保罗是一个年轻人，他出身于矿工的家庭。父亲整日在黑暗、潮湿的坑道里开采煤炭，身体和精神上承受着极为沉重的压力，只有回到家里用打骂妻子和孩子的方式才能舒缓心中的郁闷和怨气。母亲从父亲那里得不到温存的爱意，就把全部心思都放了保罗身上。保罗常常躺在母亲的怀里，任她的手抚摸着自己的头发，有时他会充满爱意地将她漂亮的靴子上的泥污擦干净。成年后的保罗交了一个女朋友，名叫米丽安，这次恋爱经历并没有给他带来精神上的快乐，他甚至觉得这是对母亲的背叛，最后他选择了母亲而同米丽安分手。后来，保罗与女工克拉拉发生了肉体关系，但是他的内心依然得不到安宁。直到母亲去世，他才释放出真我的个性，满怀热情地向那"变得越来越明亮的城市奔去"。序曲的结尾处，乐音突然高亢起来，劳伦斯对工业资本主义社会的分析与批判在《虹》、《恋爱中的女人》那里达到了高潮。

作家劳伦斯的情绪突然激昂起来，"我将会改变这个世界未来一千年的历史进程"，《虹》、《恋爱中的女人》代表了他小说创作的最高成就。这两部小说通过一家三代人的生活经历追述了英国从农业社会到工业社会的历史进程，揭示了传统生活解体过程中所产生的巨大的社会变化和精神领域的深刻矛盾。《虹》着重描写了第三代人厄秀拉的成长。她是一个现代女性，既反对封闭、狭隘的传统生活也不满工业化社会所带来的污浊气息。她喜欢儿童，怀着使孩子们过上幸福生活的美好愿望当上了小学教员，结果现实却丝毫没有美感，所谓的学校只不过是供成年人滥施暴虐刑罚的"监狱"。厄秀拉与另一位女教师英杰之间发生了一段同性恋爱，这是走在迷途中的厄秀拉对社会现实的一种反叛。厄秀拉上了大学，她发现那里与"旧货铺"没什么分别，都是拿一些并不实用的东西抢走人们手中靠辛苦工作赚来的钱。她去看望当矿厂经理的叔父，在矿区目睹了矿工们的悲惨生活，可叔父却告诉她"他们拿的工资可不低"，另一方面她也很鄙薄工人们的粗俗和缺少文化。厄秀拉爱上了工程兵少尉安东，安东拥护政府向海外进行领土扩张的政策，厄秀拉对此很是憎恨，她认识到这个国家的"民主"不过是建立在金钱关系上的平等。人与人在精神上的隔绝、疏远和对立使厄秀拉无论如何也找寻不到两性间自然和谐的完美关系。小说结尾处，在惨然的大地上空，出现了一抹彩虹，厄秀拉"知道在腐败的大地上勉强而相互隔开地爬行着的肮脏的人们是活着的，彩虹在他们的血液中升起，会在他们的精神上颤动着获得生命，他们于是便会摔掉那层僵硬、麻木的解体了的外壳，而崭新、洁净、裸露着的肌体则将产生出新的萌芽……"《恋爱中的女人》继续厄秀拉的故事，进而探讨在工业社会中建立人与人之间完美关系的可能性。最后，厄秀拉和学校督导员伯钦在相互独立、相互尊重个性的基础上结合了，而另一边，她的妹妹拒绝了一个以利益和效率为生活准则的工业巨子的求爱。劳伦斯表达了自己的理想——男女双方既结合成共同关系又保持完全独立，这种完美的人与人之间的关系是可能出现的。

节奏舒缓了下来，《袋鼠》、《羽蛇》显得和劳伦斯前期创作的风格不大一致，这是两个带有异国风情的故事，是劳伦斯探索人类社会关系的重要补充。第一次世界大战结束后，劳伦斯开始周游世界，他要在其他民族的发展史中寻找和谐的人类关系。《袋鼠》是劳伦斯思想上的一次冒险，他设想了一个独裁的政权，他试图从政治角度去探讨人类社会的平衡。《羽蛇》以发生在墨西哥的政治斗争和宗教纷争为题材，"试图在欧洲文明之外寻求人类获得新生的可能性"，劳伦斯的思绪渐渐被染上了宗教迷信色彩。

尾声——《查特莱夫人的情人》，劳伦斯最后一部小说，故事发生的地点从海外又回到了故乡。物质生产的不平衡发展导致了20世纪第一次世界大战，战后的英格兰满目疮痍，怎样才能恢复人们心中的宁定？查特莱爵士的夫人康妮是一个肤色红润、精力过人的女子，而她的丈夫查特莱爵士却在战争中负伤，下肢瘫痪，失去了生育能力。战后，查特莱回到英格兰北部矿区经营煤矿，他赚了不少钱，可是在精神上却感受着极度的贫困，他希望年轻的妻子康妮给他生一个儿子以继承他的统治，当然孩子的父亲是谁他并不在意。康妮无法忍受丈夫这种缺乏起码人性的行为。此时，猎场工人梅勒进入了康妮的视线，他们真诚相爱了。康妮决定和梅勒私奔，她走出了富豪的宅院，奔向那生机勃勃的农庄。小说最引入注目的地方是其中一些露骨的性爱描写，它被书籍审查部门判定为淫秽书籍，直到 1960 年经过一场轰轰烈烈的官司之后才得以出版。其实，这部作品有着严肃的寓意，显然在延续对人类社会完美关系这一问题的探索。劳伦斯认为资本主义工业化社会已经失去了滋生善良人性与美好生活的土壤，查特莱爵士丧失性能力象征着他所代表的依靠机器和人民劳役来获得富裕生活的阶级已经失去了生命力，其道德和精神也随之枯竭。劳伦斯心中的理想人物是活跃在大自然中、具有创造力的梅勒，康妮的回归自然意味着生命的苏醒。人类社会的和谐关系发源、生长、成熟在大自然，机器和工业生产只能冰冻人与人之间的善意关系，人类社会重生的希望全在于自然的力量。

自诩为新文学与新道德的预言者的劳伦斯，试图在审视人类社会现有生活的同时展望人类种族的远景。如果说对工业社会的批判是一支铿锵有力的进行曲，那么劳伦斯在文学创作方面的几个阶段就如同乐曲中的序曲、高潮、合音和尾声。

1930 年，四十五岁的劳伦斯离开了人世，在以后的岁月中，他的名望高出了他在世的时候，研究他的文章也已经汗牛充栋。劳伦斯成了一门学问。他的妻子又有了很多情人，尽管她时常声称最爱的人还是她心中的"玫瑰" D. H. 劳伦斯。

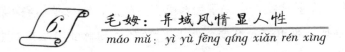
6. 毛姆：异域风情显人性
máo mǔ: yì yù fēng qíng xiǎn rén xìng

1965 年 12 月，一个阴霾的早晨，英国作家威廉·萨姆塞特·毛姆（1874—1965）的骨灰盒被他的几个亲友悄悄地安葬在了英国坎特伯雷皇家学校图书馆前的草坪中央。这是一所他在孩提时曾经就读，但却十分厌恶的学校——这在他的代表作之一《人性的枷锁》中的许多章节里可以看出——但作家在遗嘱中却将之选择为自己的安息之地，这是毛姆对它非常慷慨的捐赠。

在这个世界上生活了九十一年，创作生涯长达半个多世纪的毛姆，他的声名并未随那一掊黄土而去，从此销声匿迹。他一生共创作了一百二十二部长、短篇小说（其中约有八十部被搬上了银幕），二十六部剧本以及大量的游记、随笔和评论作品，他的书发行量高达八千万册。比起 20 世纪最杰出的作家，他的作品可能缺乏深度与广度，缺乏高度完美的艺术风格，他自己也谦虚地称自己只是个"较好的二流作家"，但是他作品的广泛流传和受欢迎的程度却是无可否认的，不仅在英语世界里，而且通过翻译，毛姆长期地拥有世界各地大批热情的读者，而且这种热情至今不衰。

毛姆漫长的一生的道路颇为坎坷曲折。他 1874 年出于巴黎的英国驻法使馆中，他的父亲是在巴黎开业的律师，同时也是英国驻法使馆的律师；他的母亲十分美丽，并且拥有爱德华一世的王室血统。在巴黎，毛姆一家生活在上流社会之中，但在他八岁时，母亲因肺结核去世，不久，挥霍无度的父亲也死于癌症，年仅十岁、但已颇受法国文化熏陶的毛姆便从他母亲高雅的沙龙落难到英国怀茨台柏尔当牧师的穷叔叔家中，被送进了坎特伯雷寄宿学校读书。这一段少年时代的回忆是灰暗、沉闷、凄苦的：他贫困，没有至亲的关爱和温暖，口吃的毛病使他常遭嘲笑而不得不沉默寡言，瘦弱的身体也使他不时成为同学欺侮的对象。这些在长篇小说《人性的枷锁》中有着生动的描写，不过小说主人公的痛苦不是由于口吃，而是由于天生的跛足。1890 年毛姆因肺病而休学，去了地中海滨的法国里维埃拉疗养。疗养期间，他以阅读文学作品为消遣，深深地迷恋上了法国文学，特别是莫泊桑的短篇小说，简直令他爱不释卷，如醉如痴。1891 年，他赴德国海德堡大学学医，其间旁听了更令他心仪的哲学与文学课程，特别是研究叔本华哲学的专家库诺·费希尔教授的课。叔本华的悲观主义哲学引起了毛姆的极大共鸣并成为其创作的一种基调和底色；而阅读文学作品，尤其是法国的文学作品，更是占据了此外的绝大部分时间。他常常出没在兰贝思贫民区，城市贫民的痛苦生活在他的心灵上打下了极深的烙印，并使他得以写出了成名作《兰贝思的丽莎》（1897）。从此，他弃医从文，走上了艰辛曲折的创作之路。随着一部又一部成功作品的问世，他又从生活的下层重返上流社会。毛姆的生活经历十分丰富，一战期间他在欧洲烽火连天的战场上救护伤员，还曾为英国的情报部门服务过，这些无疑成了他写作间谍故事的绝佳素材；而他旅行的足迹更是遍及印度、缅甸、马来西亚、中国、南太平洋中的英属和法属岛屿，俄国和南北美洲也留下了他的身影。

在毛姆一生的经历中，法国文化、海外旅行和学医生涯对他的文学创作影响尤为深刻。毛姆出生于法国，愉快的童年时代也是在那里度过的，后来又长期居住在法国。他的母语是法语，他文学创作的根就是深植于法国文学的沃土之中的。他自己也毫不隐讳地说："是法兰西哺育了我，是法兰西教我懂得了美的价值和个性差异，并给了我措辞巧妙的能力和灵感。教我写作的正是法兰西。"广泛的海外旅行又丰富了他的写作，每到一处，他都要将当地的风土人情作出详细的记录，写下故事的初步构思，于是旖旎的南洋风光和浓郁的异域情调便在他的作品中弥漫开来。他用敏锐的眼光捕捉各种奇闻异事，用简练而准确的笔法塑造出各色形象。他在自传性的《总结》（1938）一书中声称，从事几年医疗工作，对于一个作家是最好的训练，是医学实践教会了他以临床解剖的方式来剖析人生和社会。他观察现实生活中的形形色色的人物，了解到了他们的疾病、痛苦和愚昧。"自开天辟地以来，人类的生活都是肮脏、野蛮和短暂的，就全体

而论，现在也仍然是这样"。人生的环境是如此令人心寒，如此严酷无情，因此他便以一种客观冷静、超然于外的临床态度来审视生活，剖析人生，而这恰恰是自然主义观察生活、认识世界的方法和态度。

毛姆接受了法国自然主义的影响，以自然主义的观点审视人生，以自然主义的创作方法表现人生。他对传统的现实主义手法颇有微词，称此类作品为"新闻文艺杂志"，声称要"改造"同行。他反对将作家自己的思想灌输于作品之中，认为"小说是一门艺术，艺术的目的在于娱乐"。文学当然可以有教谕作用，但如果不能为人提供娱乐，便不能算是真正的艺术。因此毛姆更为关注的是情节的冲突，而非内容的深化。于是他执意寻求人生的曲折离奇，经常是巧设悬念、故布疑阵，热衷于描述各种山穷水尽的困境和柳暗花明的意外结局。他声称，他的基本题材是"人与人关系中的戏剧"，这种戏剧性在毛姆看来正是文学愉悦读者所必须的。

毛姆在创作中不仅诚实，反对伪善，而且善于透过社会生活的纷繁现象，洞察民众的真实情绪，并运用相应的文学形式、创作风格和手法来满足情绪及欣赏口味善变的民众的要求。《兰姆贝的丽莎》等小说颇受维多利亚时代后期读者的青睐；英国进入爱德华时代后，社会风尚变了，他也随之转入戏剧领域，模仿王尔德的喜剧，创作了《圆圈》（1921）、《苏伊士以东》（1922）、《信》（1925）等风俗喜剧剧本。1907年他的四个剧本同时在伦敦上演，这种盛况只有萧伯纳方可与之相比；在30年代，他为那些因思潮变换而变得激动、狂热、脆弱的读者创作长篇小说；在第二次世界大战中，他顺应在战争中产生的神秘主义潮流，创作了长篇小说《刀锋》（1944），描写了一个经历了战争的青年对人生意义的漫长探索和最终感悟，他看到了香格里拉一般的山中仙境，从而改变信仰开始了新的生活。毛姆决不固守个人喜好，他紧密关注读者情绪随时代变迁所产生的变化，运用除诗歌以外的所有文学形式进行创作，这就是他不同凡响之处，在英国文学史中也是不可多得的罕见之才。

此外，值得一提的是毛姆在1920年到过中国，去过北平、上海、汉口、四川和一些较边远的地区，长篇小说《彩巾》（1925）就是以中国为背景的，游记《在中国的屏风上》（1922）记述了他的中国之旅。作者以其深邃的观察力和优美而犀利的文笔，描写了在中国接触到的人物、风景和某些偶然事件。作者笔调俊逸，思想敏锐，在这八十五篇文章中流露出他对中国文化的景仰和鉴赏能力，同时也透露出将中国人视为朋友而寄予的同情和尊重。

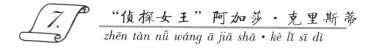

7. "侦探女王" 阿加莎·克里斯蒂
zhēn tàn nǚ wáng ā jiā shā · kè lǐ sī dì

阿加莎常常喃喃自语"我要去周游世界了"。七岁时她就尝到了旅行的愉快，在以后的岁月里她一直向往着神秘的东方古国、风情十足的太平洋岛国、丛林密集的非洲与美洲。阿加莎爱幻想，总要尝试在精神的世界中虚拟一个比现实更复杂、更加动人心魄的生活。如果描述真实的阿加莎，那么站在我们面前的会是一个优雅、伶俐、喜欢回忆往昔、有着维多利亚时代做派的小女子；如果讲述众所周知的阿加莎，那么她将以一种屹立的姿态让人们不得不去啧啧称赞，她用自己的笔触为我们描绘了一个玄妙、神奇的世界，同时展现了文学殿堂中一种文学样式的高超存在。是的，我们所说的阿加莎就是阿加莎·克里斯蒂（1890—1976），那个被喻为"侦探女王"的阿加莎·克里斯蒂，可以毫不夸张地说她是20世纪最为优秀的侦探小说家。正是这个小女子阿加莎·克里斯蒂，头一次使得某一领域的通俗小说引起了全世界范围的注意，尤其值得称道的是，她还在侦探小说中加入了对世纪之初的那些激荡人心的新思想的分析，如弗洛伊德等人的学说，从此侦探小说的世界变得大气、开阔，并且深入人心，她把侦探小说引领进了一个"黄金时代"。

已故台湾女作家三毛曾经动情地说过："我热爱克里斯蒂所有作品及她个人的传奇性的一生。"

阿加莎·克里斯蒂一生共创作了八十多部长篇小说，一百多篇短篇小说，十七部剧作，她的作品被译成了一百零三种文字在一百多个国家出售，联合国教科文组织在 1961 年的一份报告中指出，阿加莎·克里斯蒂是当时全球最受欢迎的小说作家。20 世纪 70 年代，有人统计过她的作品在全球的销售量达到了四亿册，到了今天她的作品销量仅次于《圣经》。我国读者对阿加莎·克里斯蒂并不陌生，《东方快车谋杀案》、《尼罗河上的惨案》、《阳光下的罪恶》都是人们耳熟能详的作品，这些作品被改编成电影，由当时最为出名的明星饰演其中的角色，在世界各地颇受好评。至今我们仍能记得其中的经典段落："哦，波罗先生，我们这儿没有杀人凶手"，"很可能，但这里依旧躺着一具尸体"（《阳光下的罪恶》）；"非常好的借口——但终归是个借口"（《东方快车谋杀案》）；"波罗先生，哪些是最通常的动机"，"最通常是金钱……然后是报复，以及情欲、恐惧、憎恨、利益……譬如说 A 杀掉 B，纯粹为了是 C 受益……这些杀人者忘记了生与死都是上帝安排的"，"很高兴听到你这样说。不过，上帝也选择了行事的人"，"夫人，你这想法太危险了"，"经过这番谈话，波罗先生，我很怀疑这世界上还有活着的人！"（《尼罗河上的惨案》）悬念层出不穷，情节跌宕起伏，结局出乎意料，阿加莎·克里斯蒂的每部作品都像是一座迷宫，有一种让人无法抗拒的神秘吸引力，她所塑造的侦探赫丘里·波罗、玛普尔小姐等角色都成了世界文坛的经典形象。

阿加莎出生在英国，有着一个幸福的童年，她的家庭充满了欢乐。她形容自己的父亲是一位非常随和、质朴慈祥、能给与他相处的人带来无尽欢愉的人。她的母亲才思敏捷，生性倔犟，"任何事情一经她的口，就变得激动人心和富有新意"。正因为母亲与众不同的个性，阿加莎没有上学，她在家中接受了早期的启蒙教育。母亲经常给阿加莎和姐姐讲一些小故事，启发她们的想象力，并鼓励她们写些短小的诗歌，阿加莎走上文学之路是与家庭的熏陶分不开的。

有一次，母亲给她讲了一个名为"好奇的蜡烛"的故事，这个把毒药揉进蜡烛来谋害人的有点像侦探小说的故事一直萦绕在阿加莎的脑海里。阿加莎最早读的一本书叫做《爱情的天使》，当时她还不到五岁，这令母亲非常吃惊，母亲开始担心起小阿加莎的视力了。从那以后，每逢节日，阿加莎要的唯一礼物就是书。在家庭中对阿加莎有着强大影响力的另一个人是她的姐姐麦琪，姐姐聪明诙谐、机敏善辩，常常给幼小的阿加莎讲述福尔摩斯的探案故事。阿加莎是一个不太爱说话的小姑娘，长大后她认为口头表达能力差是促使自己从事写作的原因之一。

父亲过早去世，结束了阿加莎的童年时代，她不得不跨入现实世界，使自己变得成熟。这时姐姐麦琪出嫁了，原来的家庭生活秩序发生了完全的变化。阿加莎一方面开始学习声乐，一方面把自己关进了书籍的世界。她最喜欢的作品是狄更斯的《荒凉山庄》，大仲马的作品也令她着迷。少年阿加莎的理想是成为一名钢琴家和歌唱家，结果因被老师认为缺乏音乐天赋及表演气质而放弃了这一目标，为此她一度痛苦难当，后来终于解脱出来，她认识到"假如你所追求的是不可企及的，那就最好不要让自己纠缠在懊丧和妄想的羁绊之中，而应该认识自己，继续自己的人生之路"。

十七八岁的阿加莎已经有了很好的诗技，她开始尝试小说创作。与此同时，她进入了社交界，这是现代化生活之前，英国女性展示自我、结识异性、寻觅姻缘的最好方式。阿加莎有了几位男性朋友，她和好朋友的哥哥里吉订了婚，然而当阿尔奇·克里斯蒂出现以后，阿加莎立即陷入了一场狂热的爱恋之中。阿尔奇是一名海军少尉，阿加莎和他有着截然不同的生活圈子，而正是这种陌生感产生了强烈的吸引力，使她坠入情网不能自拔。最终，阿加莎嫁给了阿尔奇，成了阿加莎·克里斯蒂。多年以后，阿尔奇又一次疯狂地爱上了一个年轻的姑娘，他撇下阿加莎如同当年向她求婚时一样决绝。

最初，阿加莎把创作侦探小说的想法告诉给了姐姐麦琪。第一次世界大战爆发后，阿加莎来到一家医院药房工作，工作并不忙，只是脱不开身子，可这正好成全了她能够有充分的时间构思文章。她写下了第一部侦探小说《斯蒂尔疑案》，大侦探波罗随着它问世了。《斯蒂尔疑案》的出版颇费周折，最后《时代周刊》买去了小说的刊载权。接着她创作了《高尔夫球场上的谋杀案》。这两部作品受到了好评，从此阿加莎与侦探小说创作结下了不解之缘。战争结束后，克里斯蒂夫妇在朋友的建议下打算出国旅

行，这是一次周游世界的旅行，阿加莎显得相当兴奋。他们去了南非、澳大利亚、新西兰、夏威夷、美国等地。这次旅行给予阿加莎深刻的印象，并直接影响到了她的侦探小说创作，疑案发生的地点从英国转向了世界各地——从尼罗河到加勒比海、从非洲横跨远东。婚姻危机时刻，阿加莎回到了乡下，宁静的田园生活使她回忆起了童年的幸福生活，也促成了一系列乡间疑案的创作，女侦探玛普尔小姐诞生了。

阿加莎的第二个丈夫马克斯·马洛温是一位考古工作者，她比他大出好多岁，但是年龄的差距并没有影响他们之间的恩爱，更重要的是他们在文化方面的旨趣比较相近。在幸福婚姻的滋养下，阿加莎的创作攀上了高峰，《A、B、C谋杀案》、《图书馆陈尸案》、《葬礼之后》、《杀人不难》，一部比一部精彩，一部比一部来得有气势，阿加莎·克里斯蒂成了家喻户晓的杰出女性。

1971年，英国女王授予阿加莎"大英帝国阿加莎夫人"的称号。伊丽莎白二世女王是阿加莎侦探小说的忠实读者，在《东方快车谋杀案》的电影首映礼上，女王恭敬地问道："您的作品我大半都看过，可是这一部的结局我却有些记不清了，您能否提前告诉我凶手是谁？"阿加莎幽默地回答："不巧，我也忘了呢！"

8. 洛蒂笔下的海洋世界

luò dì bǐ xià de hǎi yáng shì jiè

作家原名朱里安·维欧德（1850—1923），笔名皮埃尔·洛蒂，就文学成就而言，他虽然不能和同时代的法朗士、纪德相比肩，但是却以独特的风格屹立于法国文坛的一端，他的作品凭借着对海及海上世界的细腻描写、对异域风光的完美再现，而成为文学研究中不可忽略的一种类型。

1850年1月14日，洛蒂出生在法国西部城市罗什福尔。父亲是个小职员，母亲在家教导子女。母亲信仰新教，是一个颇有文化品位的女人，她千方百计地创造条件让孩子们学习艺术，洛蒂曾跟随家庭教师学习过美术和音乐。航海是欧洲人打开通向世界大门的最主要手段，所以出生在欧洲的人都对航海有着一种特别的感情，他们把航海家当做传奇人物，像崇拜英雄一样歌颂航海家。很小的时候，洛蒂就听过先辈们航海冒险的故事，从那时起他就被海上的神奇世界所吸引，梦想有朝一日置身大海、周游世界。1866 年，洛蒂来到巴黎，参加海军院校入学考试。1867 年，考入布列斯特船舶学校。两年后，他以优异的成绩从学校毕业，登上"让—巴尔"号，作为海军军官奉命远洋航行。他走遍了世界各地，经过大西洋、太平洋、印度洋，到过美洲、亚洲、大洋洲。丰富的阅历给洛蒂提供了取之不尽、用之不竭的生活素材，以至于他不需想象就能写出可读性极强的作品。其实，"洛蒂"这个名字，是他在路过塔希提岛时，由当地的一个妙龄女郎给他取的。洛蒂坚持写日记，1879 年他把这些日记精炼成一部小说在巴黎的一家杂志上发表了，这就是他的处女作《阿齐亚德》，小说讲述了一个年轻的海军军官和一个生长在海上小岛的漂亮女人之间的爱情悲剧。从此，洛蒂一方面继续海上生涯，一方面从事小说创作。他全部的小说都是以海上生活和沿岸见闻为内容的，他是一名高产的作家，主要作品包括十二部小说和九部随笔，其中《冰岛渔夫》（1886）和《菊子夫人》（1887）是洛蒂最著名的作品。

《冰岛渔夫》是洛蒂的巅峰之作，述说了冰岛渔民坚韧顽强的生命历程。这里的渔民每年都要在海上度过一半的时间，从初春时离开家到了仲秋时才能返回。海上时而万里晴空，时而狂风咆哮，渔夫们要经受大量的磨难，就连他们的生命也悬在那神秘莫测的海洋之上。歌特一家并不用过这种艰苦的生活，她的父亲是城里的富商。然而，歌特并不是一个养尊处优的娇小姐，她有着纯洁、善良的品质以及美丽的容貌。她默默地爱着渔夫扬恩，她的爱真挚而又深切。扬恩是一个俊朗洒脱、桀骜不驯的年轻人，他似乎不把感情问题放在心上，对歌特不理不睬。其实，他也暗暗地喜欢着歌特，只是觉得她一直生活在优越的环境中，不适合做渔夫的妻子，所以他故意对她抱以冷漠。歌特几乎绝望得要死去，她因为得不到扬恩的爱而痛苦万分。扬恩出海了，整整半年，歌特没有一刻不思念着他。

渔夫们回来了，可是扬恩对待歌特一如既往的冷漠。世事难料，歌特的父亲因破产死去，她们一家陷入了困境。歌特挑起了家庭重担，四处奔波，成为了一位独立能干的女子。扬恩终于向歌特求婚了，他爱她善良，爱她的坚强，他知道此时的歌特完全胜任一个渔夫的妻子。因为他们真诚的爱情，春天似乎也提前到来，路旁的荆棘破开荒地开出了白色的花朵。他们举行了婚礼，一周后，扬恩出海了。歌特成为渔民的凄子，在甜蜜的期待和焦虑的等待中度过了春天和夏天。秋天来了，歌特兴奋得不得了，她欢快地站在海边等待着丈夫的归来，时间一天天过去，渔船一艘艘返航，歌特的脸上渐渐失去了笑容，别人都已经回来，唯独不见扬恩和他的船。歌特一边祈祷一边继续等待，秋天就要过去了，扬恩依旧没有回来……在一个漆黑的夜晚，扬恩和他的渔船一起被卷入了无底的深渊。

在这部小说里，海洋成了当之无愧的主角，它不仅仅是一个物体，而且是一个有着复杂性格、蕴涵着无限生命力的神秘人物。有时，它快乐随和，蔚蓝的海水微微起伏，绽放着五光十色的笑脸；有时，它热情洋溢，在金色的阳光下有节奏地跳跃起伏；有时，它阴郁沉静，仿佛是一片僵死的荒漠；有时，它大发脾气，伴随着狂风暴雨像野兽一样嗥叫奔跑；有时，它不吝慈悲，给人们呈现出美轮美奂的海市蜃楼和海上奇景……渔夫们被海所左右，扬恩在婚后第一次出航就葬身大海，在作者看来这是扬恩和大海举行的婚礼，"和着从前曾是他的哺育者的海的婚礼；正是这海曾经摇他人睡、把他养育成魁梧强壮的少年，随后在他长成漂亮的男子时又将他夺去、留给自己单独享用。一种深邃的神秘包围着这残酷的婚礼"。小说的结尾笼罩在悲壮的气氛之中，极具震撼效果。最后，作者把读者引向了关于生命的永恒的斗争——人与自然的斗争的探讨："人的生命是那样脆弱，命运又是那样的无情，每个人在今天都难以预料明天等待他的将是什么。"

《菊子夫人》表现了欧洲人眼里的日本风情，这部小说虽然不像《冰岛渔夫》那样出名，却因以它为基础创作的歌剧《蝴蝶夫人》而让人无法忘记。海军军官洛蒂在天刚亮的时候就远远望见了日本，下午他所乘坐的船只到达了海岸。洛蒂觉得日本就像他梦想中的伊甸园，到处苍松翠柏，遍地精美雅致的建筑。他来到长崎，遇到了一个叫做"小菊花"的女人。他们结合了，当然依靠的不是爱情，而是各自不同的目的。洛蒂来自"优等种族"的一员，他只不过要在寂寞的异乡生活中找到一种安慰罢了；而菊子夫人，和前夫离婚后，获得了一笔数目不小的钱财，她要看看能否用金钱拴住一个男人的心。对异国风情的细腻描写，是《菊子夫人》成为畅销小说的重要因素。繁复的礼节，过分的客气，小巧的用具，谨慎的性格……日本的一切都令作者惊异不已，对他来说这是一个奇妙的世界。作为自认"优越"的白种人，他不能使用平等的眼光看待日本，但他已经感受到这里生长着一种完全不同于西方的文化模式和思维方式，蕴涵着让人很难理解的神秘东西和奇异风俗，打开这扇陌生的门，就意味着联系了两种截然不同的精神。

1891 年，洛蒂当选为法兰西学士院院士，他在获此殊荣时说道，一个真正的作家一生只能写一种类型的小说，而他做到了。之后，洛蒂主要致力对东方世界的探索，他到过中国，去过印度，还到过西亚，他每经过一个地方，就要写出一篇与这个地方有关的文学作品，如《北京的末日》（1902）、《英国人统治下的印度》（1903）、《前往伊斯伯罕》（1904）。洛蒂认为，海洋把整个世界联系到了一起，在海洋上航行也就意味着你将观察到大千世界的万千景象。评论家给予他高度的评价："皮埃尔·洛蒂以他四十余年的海上生涯，获得了描绘大海的绝对的、无可争辩的优势。正是由于这方面的突出成就，使他有别于那些昙花一现的时髦作家，而在文学史上占据了一席不容忽视的地位。"

洛蒂在艺术上的独到之处，是他能通过敏锐的观察力把景物巧妙地组接在一起，好像在人们面前展示了一幅幅不断变化、色彩绚丽的风景画，难怪有人说他是"文学领域的伟大画师之一"。

1889 年，洛蒂因涉嫌泄露情报而被海军开除，第二年得到平反，并升级为上尉，1910 年退休时的军衔为舰长。1923 年 6 月 10 日，洛蒂病逝。

海是浩瀚缥缈的歌，生命是玄秘曼妙的诗。从远古奔向今天，当人们

极目远眺以观沧海的时候，生命是永恒的咏叹调，当人们直视自身遭际运数的时候，海是从不褪色的象征。在洛蒂的海洋世界里我们看到了整个世界的微缩景观。

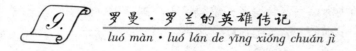

9. 罗曼·罗兰的英雄传记
luó màn · luó lán de yīng xióng chuán jì

青年时期的罗兰是个标准的理想主义者，他梦想着用热情去拯救世界，在他的作品中，"热情"被描绘成最为崇高的力量。可是，年轻人的理想总是遭到现实的猛烈冲击，最后不得不随波逐流，罗兰终于也失望了，因为现实生活讲究的是实效而不是信仰和精神。那段时间，罗兰在事业和婚姻两方面都很失意，他蜗居斗室，埋头书海，冀望从中寻求解脱。工夫没有白费，在研究古往今来众多艺术家生活的过程中，他发现伟大人物的一生都充满着苦难和不幸，而正是因为他们能够承受磨难，决不向命运低头，并同时保持高尚的品格，才创造出了令人惊叹的成果，他们因此而崇高，罗兰称其为英雄。

罗兰的英雄传记系列包括《贝多芬传》（1903）、《米开朗琪罗传》（1906）、《托尔斯泰传》（1911）。这三个人，一个是音乐家，一个是雕塑家兼画家，一个是文学家，他们为了寻求真理和正义，不畏艰险，不怕困苦，殚精竭虑，潜神默思，创造出了表现真、善、美的不朽作品。罗兰所处的时代，拜金主义泛滥，物质追求镇压着思想进步，社会普遍缺乏信仰，腐败与混浊的空气笼罩在欧罗巴的上空，因此他一定要书写崇高的精神，找回真诚的世界，向人们呼喊"打开窗子吧！让自由的空气重新进来！呼吸一下英雄们的气息。"

罗兰把英雄的首席位置给了贝多芬（1770—1827）。在《贝多芬传》中，罗兰描述了这个德国音乐家的一生。贝多芬身材矮小，相貌奇特，穿着邋遢，他的头发和眼睛最有个性，头发浓密逆立像是"梅杜莎头上的乱蛇"（梅杜莎：古希腊神话中的女妖，头发是一条条毒蛇，只要看她一眼，人就会立即变成石头），她的眼中"燃烧着一股奇异的威力，使所有见到她的人为之震慑"。贝多芬的童年生活过得很艰苦，父亲是个脾气暴躁、事业不成功的高音歌手，母亲在有钱人家做女仆，他从不曾享受过家庭的温情。父亲经常喝得酩酊大醉，拳脚相向，逼迫他学习音乐。为了补贴家用，十一岁他就加入了戏院乐队。十七岁，母亲去世，父亲退休，贝多芬挑起了负担全家人生活的重任，这期间他真正爱上了音乐。二十二岁，他离开故乡前往音乐之都维也纳。此时，资产阶级大革命在欧洲已经爆发，革命震撼了世界，也征服了贝多芬，他拥护共和，这种精神和他胸中原有的对自然世界的赞美之情会聚在一起，形成了一股澎湃的激流。然而，病魔却在这个时候开始侵扰他，听力逐渐衰退。对于一个从事音乐工作的人来说，这是残酷的，贝多芬在给友人的信中写道："我过着一种悲惨的生活……我聋了。要是我干着别的职业，也许还可以；但在我的行当里！这是可怕的遭遇啊。在戏院里我得坐在贴近乐队的地方，才能懂得演员的说话。我听不见乐器和歌唱的高音，假如我的座位稍远的话。……"尽管伤心总是难免的，但是，他没有消沉，而是愿意同命运进行顽强的抗争，对别人依然充满仁爱之心。正是在这个时候他写出了欢悦动听的《七重奏》、"明澈如水"的《第一交响曲》。贝多芬在爱情上也屡屡受挫，要知道对一个艺术家来说，爱情生活中所获得的愉悦和陶醉是多么的重要，爱人都离他而去，他一生没有结婚。痛苦是无边无际的，但是意志力最终占了上风。他开始沉醉于艺术创作，在痛苦的深渊里讴歌英雄与欢乐：宁静如水的《月光曲》，催人奋进的《第二交响曲》，具有划时代意义的《英雄交响曲》（《第三交响曲》）、精纯典雅的《第四交响曲》，热情奔放的《第五交响曲》，梦幻中的《田园交响曲》（《第六交响曲》），歌唱酒神和超人的《第七、第八交响曲》，颂扬欢乐的《第九交响曲》。

"亲爱的贝多芬，多少人已颂赞过他艺术上的伟大。但他远不止是音乐家中的第一人，而是近代艺术的最英勇的力。对于一般受苦而奋斗的人，他是最大而最好的朋友。当我们对着世界的劫难感到忧郁时，他会来到我们身旁，好似坐在一个穿着丧服的母亲旁边，一言不发，在琴上唱着他隐忍的悲歌，安慰那哭泣的人。当我们对德与善的庸俗，斗争到疲惫的辰光，到此意志与信仰的海洋中浸润一下，将获得无可言喻的禆益。他分赠给我们的是一股勇气，一种奋斗的欢乐，一种感到与神同在的醉意。仿佛在他和大自然不息地沟通之下，他竟感染了自然的深邃的力……"罗兰把贝多芬推上了至高无上的精神顶峰，他要人们知道在战胜苦难之后，生活总会苦尽甘来，起码在精神世界里已经成为了旷世巨人。

在罗兰眼里，米开朗琪罗（1475—1564）的苦难来自天性。他的周围是宗教社会，他本人是个基督徒。虽然他并不欣赏严酷的戒律，但是他仍旧把救赎灵魂当成生活的目的，他认为"千万的欢乐不值一单独的苦恼"，"愈使我受苦的我愈欢喜"，"我的欢乐是悲哀"。人生的八十九年中，在他的头脑里精神和物质进行着永恒的斗争。他像背负十字架的耶稣，像永不停息地推石上山的西绪福斯，他顽强而又富有耐心，在现实和思想之间进行着一场英勇的战斗。他个性乖戾，很难与人相处，平生只和一个女人有过一段柏拉图式的精神恋爱。他从小学习绘画，企慕着一种表现英雄的艺术，最后他发现了雕塑。石头艺术与绘画相比增加了立体、厚重、庄严的感觉，能够更加形象地表现出所拟之物的气势和风度。二十五岁那年，他雕刻了名为《巴库斯酒神》和《哀悼基督》的塑像，一举成名。1505 年，他完成了五米半高的大型雕像《大卫》，从此被公认为"当代最伟大的雕塑家"。他认为雕塑是"诸艺之首"，因为雕刻能使英雄人物具有生命。如果说贝多芬是音乐丛林中的自由之子，那么米开朗琪罗就是宗教圣殿里的神色凝重的苦行者；如果说贝多芬是一名英勇的人物，那么米开朗琪罗则是一名英勇的艺术家。

《托尔斯泰传》，与其说是为英雄谱写的赞歌，毋宁称其为献给英雄的挽歌。1910 年冬天，俄国作家列夫·托尔斯泰（1828—1910）离开温暖舒适的家，像流浪汉一样死在路边。罗兰闻讯后内心受到极大的震动，"俄罗斯的伟大的心魂，百年前在大地上发着光焰的，对于我的一代，曾经是照耀我们青春时代的最精纯的光彩。在 19 世纪终了时阴霾重重的黄昏，它是一颗抚慰人间的巨星……托尔斯泰不止是一个受人爱戴的艺术家，而且是一个朋友，最好的朋友，在全部欧罗巴艺术中唯一的真正的友人。……我愿对于这神圣的回忆，表示我的感激与敬爱。"贝多芬因身体残疾而承受苦难，米开朗琪罗的不幸来自内心深处的悲哀，然而托尔斯泰的坎坷竟是他自己"精心"选择的。他本来生活无忧，家庭幸福，颇有声望，然而天伦之乐不能使他满足，他把这一切全部抛开，追寻真理——为全人类造福的真理。真理往往隐藏在现实的后面，若要触摸真理就得毁掉现实生活。在这个过程中，托尔斯泰是寂寞的，在别人眼里他无疑是个疯子，然而他又是不懈的，无论在文学作品还是在人生历程的探索上，他都付出了艰辛的努力。

崇高，在罗兰这里是英雄人物的本质特征，成为英雄人物必须具备两个条件：首先，不得不经历苦难，而且要毫无怨言地承受苦难，甚至还要沉湎在苦难之中，因为"天将降大任于斯人也，必先苦其心志，劳其筋骨，饿其体肤，空乏其身，行拂乱其所为，所以动心忍性，曾益其所不能"；其次，要有高尚的人格，正视人生的悲剧和灵魂的弱点，立志求得真理，"最崇高的标志莫过于良心。人性不善，就不可能有伟大的艺术家，或伟大的实干家"。

罗兰的英雄传记是传记文学中的一支奇葩，它不仅仅是对人物生平的一般叙述，也不是天马行空的想象，它在寻找崇高，并试图用英雄人物的事迹来解说崇高，由此，给传记文学提供了新的视角，使人物更有魅力，使文章更有深度。罗兰的传记对后来茨威格、莫洛亚等人的传记写作产生了相当的影响。

10. 欧洲精神宝典《约翰·克利斯朵夫》

ōu zhōu jīng shén bǎo diǎn yuē hàn · kè lì sī duǒ fū

"这不是一部小说，——应当说：不止是一部小说，而是人类一部伟大的史诗。它所描绘歌咏的不是人类在物质方面而是在精神方面所经历的艰险，不是征服外界而是征服内界的战绩。它是千万生灵的一面镜子，是古今中外英雄圣哲的一部历险记，是贝多芬式的一阕大交响乐。愿读者以虔敬的心情来打开这部宝典罢！"早在20世纪上半叶，傅雷先生就怀抱着极大的热情与高度的敬慕，向国人介绍了法国文学大师罗曼·罗兰创作的《约翰·克利斯朵夫》，这部作品在中国，其亲切感、神圣感可以和本土出产的任何一部伟大作品相媲美。它述说了人类生活的艰涩，歌颂了英雄以及属于英雄人物的强大力量，描绘了一幅欧洲社会生活的广阔图景，它既是人类崇高思想的渊薮，也是社会生活的百科全书，"欧洲宝典"名实相符，如果你想要了解欧洲精神，那么就开启这部"宝典"吧，让我们与苦难逗趣，与英雄共舞，与崇高聚会。

罗曼·罗兰

谈论《约翰·克利斯朵夫》就不能不提罗曼·罗兰，就像歌德与《浮士德》、司汤达与《红与黑》、托尔斯泰与《战争与和平》，作家和作品已经是一种共同性存在，他们不可分割、不可孤立，并且相互联系、相互说明。1866年1月29日，罗曼·罗兰出生在一个中产阶级家庭，笃信宗教、酷爱音乐的母亲培养了他的浪漫主义情怀。少年时期，他阅读了大量文学、哲学作品，特别喜爱雨果、莎士比亚和贝多芬。二十一岁那年，他收到了托尔斯泰给他的回信，这位俄国文学大师说，艺术本身就是有价值的东西，因为它把人类团结在一起，换言之，充满人类之爱的艺术家才有希望做出有意义的贡献。一席话给罗兰带来了极其深刻的影响。高师毕业后，罗兰求学意大利，罗马这座秀丽挺拔的古城赋予了他内在素质——用文学创作捍卫神圣的艺术。1903年，罗兰回到巴黎，在一所大学任教，工作之余他结交了各式人物，对社会生活有了深入的了解。在轰动全国的德雷福斯事件中，罗兰坚决地站在了支持德雷福斯的一方，初现了充满真诚的"良心"。随后人们开始熟悉罗兰，知道他是一个具有潜力的作家和音乐家，但仅此而已。四十岁的罗兰依然没有获得更高的声望，他选择了隐居，并且一下子就沉寂了十年，这是寂寞、清苦的十年，也是积累知识、经验的十年，同时成为罗兰厚积薄发的准备期。1910 年，罗兰遭遇了车祸，养病期间，他承受了肉体伤痛的苦楚，思考着更具深度的人生意义。1914 年，罗兰发表了著名的反战宣言《超乎混战之上》，并且随着"伟人传记"、《约翰·克利斯朵夫》的出版和流行，声名大噪，被人们喻为"欧洲的良心"。1915年，罗兰因"他的文学作品中的高尚理想和他在描绘各种不同类型人物时所具有的同情和对真理的热爱"而获得诺贝尔文学奖。

莱茵河，德国的母亲河。河畔小城，宫廷乐师克拉夫脱家生了一个男孩，取名约翰·克利斯朵夫。乐师本人是个出色的小提琴手，但是由于没有坚强的毅力和高瞻远瞩的思想，事业只能流于平庸。他们家生活相对贫困，没有社会地位。小克利斯朵夫经常受到阔家少爷、小姐的侮辱和殴打，童年时光充满了阴郁。音乐使他的生活重现阳光。祖父送给他一架旧钢琴，他狂热地迷恋上音乐，并开始谱写乐曲。他作的《童年的遣兴》受到了亲王的赞赏，称他为"再世莫扎特"。少年时代的克利斯朵夫就已经浑身傲骨，他不愿向权贵低头，厌恶那些表现出一副卑贱样子的人，所以总是因为不驯服和父亲吵架。祖父去世后，父亲更加消沉，终日饮酒寻欢，克利斯朵夫挑起了负担全家生活开销的重担。他一方面在乐队里工作，一方面做教师，生活十分劳碌。"克拉夫脱"一词在德语中，意为永不疲倦的精力，它一经投入生活，可以战胜任何困难。克利斯朵夫正是具备顽强的力量的天才，对他来说，向困难挑战就意味着"使用实力"，因为"对于身强力壮的人来说，受苦是一件好事"。他一生中的的确确遇到了许多困难，处处碰壁，孤独寂寞，生活潦倒，爱情受挫，"生活是什么？是一场悲剧"，他不得不仰天长叹，可是"悲剧真好"，他马上补充道。他之所以能在困难面前表现出一种豪气冲天的气概，归根结底是他具备了崇高精神的特质，他追求的目标只有一个："最伟大的精神，全人类的生

活"，因此，他已然是个英雄了。在音乐方面，他造诣极深；在生活方面，他抗击苦难的能力相当强大，是个贝多芬式的英雄人物。《约翰·克利斯朵夫》首先为人们讲述了一个英雄的成长过程，以及人类崇高生活的现实表现，继续了罗兰在"伟人传记"里所要阐发的观点。

关于友谊，《约翰·克利斯朵夫》一书也有精彩的描写。在一次使克利斯朵夫受辱的音乐会上，只有两个年轻人站到了他的一边——奥利维尔和格拉齐亚，他们完全理解克利斯朵夫的音乐。奥利维尔，来自法国的思想者，在他身上体现了法兰西民族精神的精髓。奥利维尔和克利斯朵夫意气相投，彼此深深吸引，因为他们属于"同类人"——克利斯朵夫是德意志民族精神的精髓，两个民族精神的崇高部分在这里交相辉映，他们构成了"西方的双翅"。这是罗兰的理想，如果欧洲大陆上的两大民族能够真的像兄弟般地心灵契合，那么欧罗巴这只雄鹰自然会在高高的天空中展翅翱翔，到了那个时候，血腥和仇杀不复存在，人人都成为具有崇高精神的英雄。格拉齐亚，艺术之都的完全代表，在她身上体现了意大利这个古老王国的典雅和优美，她像是一朵洁白的百合花，在喧嚣的世界中静静地绽放。格拉齐亚由衷地敬佩克利斯朵夫，甚至可以把生命献给他，在她的暗中帮助下克利斯朵夫避过了不少麻烦和困难。格拉齐亚和克利斯朵夫之间的友谊是高尚而又纯洁的。传记作家茨威格说："在欧洲，从来没有象征性更崇高的三位一体：德国的抑制了的凶猛，法国的清澈明净，意大利精神的文静谐美。约翰·克利斯朵夫的生命乐章就变成了这样的三部曲。"好友亡故后，克利斯朵夫收养了奥利维尔的儿子和格拉齐亚的女儿，两个年轻人坠入爱河，最终结为夫妇。

罗兰希望成为"世界公民"，克利斯朵夫也选择了为各民族人民的共同利益而奋斗终生的人生目标。在克利斯朵夫心中，法国人、意大利人、犹太人、德国人都是一个整体，"对于所有的民族来说，真理是相同的"。德国刻板坚毅，法国激情浪漫，意大利宁静忠诚，尽管不同民族有着不同的民族心理和风俗习惯，但是只要心灵相通、互相理解，就一定会清除民族偏见与隔阂这一"世纪的痼疾"。对于犹太人，克利斯朵夫起初怀有敌意，但是不久他便发现，犹太人拥有坚强的意志和生机勃勃的活力，这些品格如此地吸引着他，因此无论走到哪里他都要热情地颂扬犹太人。就在克利斯朵夫梦想人类和睦相处的时候，第一次世界大战爆发了，他深感震惊，极度痛苦。在熟悉的土地上发生的一切都变得十分陌生，更让克利斯朵夫惊讶的是有人甚至认为"战争是人类谋求崇高境界的最壮丽的举动"。克利斯朵夫希望"超乎混战之上"，呼唤着具有坚强意志力和"超人"精神的领袖人物出现，解决这场灭顶之灾。然而很多人却似乎更加热衷战争，"这一切影响了西方民族，带来了体质和精神上的回生！他们行动的激流，他们热忱信仰的激流，迅急地涌向那些屠宰场！只有天才的拿破仑才能把这种盲目的冲动引向精心选择、富有远见的目标。但是，此时的欧洲却没有任何人具有指挥行动的才能，世界仿佛在它的子孙中选拔那些最平庸的人作为统治者，于是，人类精神的力量走上了别种渠道。"民族同一，世界和平，是一个难以实现的美好梦想吗？骨肉残杀的图景竟然没有让人类感到震惊吗？克利斯朵夫踽踽独行，他把自己的全部精力投入到了音乐的世界，谱写了一章章悲壮动人的乐曲。

克利斯朵夫的人生之旅即将驶向彼岸，他梦见了自己的童年，一生的流程仿佛莱茵河的滔滔江水，他想着："我曾经奋斗，曾经痛苦，曾经流浪，曾经创造……有一天，我将为了新的战斗而生"，眼前站着一个孩子，这个孩子就是"永恒的生命"。

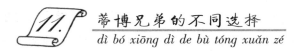

11. 蒂博兄弟的不同选择
dì bó xiōng dì de bù tóng xuǎn zé

欧罗巴大陆从来就不是一块平静沉默的土地，在它上面有关民族、有关宗教、有关国家的纷争此起彼伏。到了 20 世纪初，这种势头似乎愈演愈烈，由它引发的空前规模的战争几欲把人类社会推到了崩溃的边缘。此刻，作为精神航标的知识分子们纷纷站出来，著书立说，阐述观点，表明态度，一般认为马丁·杜伽尔（1881—1958）的鸿篇巨制《蒂博一家》

（1922—1940）以文学陈述的方式最为真实、全面地反映了那一时期的世态人情。《蒂博一家》全书七卷，字数过百万，讲述了在动荡的时代中一对同胞兄弟截然不同的生命历程和人生选择。

20世纪初，巴黎。十四岁的雅克·蒂博和同学达尼埃尔·德·丰塔南一起离家出走了。两人的友谊非同一般，平日里常常背着神甫和家长偷看卢梭和左拉的所谓"反传统"小说，并且毫无顾忌地谈论情爱与自由。正因如此，他们不能忍受学校、家庭的禁锢和束缚，决心出逃，以期在外面的世界里找到理想的生活。

雅克出生在一个资产者家庭，一家三口，生活相当殷实。父亲蒂博先生是个忠诚的天主教徒，一生经营慈善教育事业，哥哥安托万勤奋好学，已是一名实习医生，比雅克大10岁。他的母亲很早就去世了，家务由老小姐韦兹主持，她收养了一个孤女，名叫吉丝，雅克和安托万把她当成小妹妹。雅克生性叛逆，渴望自由，喜欢在幻想中寻找生活的真实，在他眼里父亲无疑是个伪君子。达尼埃尔家信仰新教，父亲生活放荡，四处追求女性，根本不管妻子和孩子；母亲则逆来顺受，独自一人抚养着他和妹妹贞妮。

他们坐火车来到港口城市马赛，准备搭船去突尼斯。身上只有一点钱，根本不够远行的费用，雅克编造了一些理由，结果幼稚的谎话马上就被船员识破了，扬言要送他们去警察局，两人慌张逃开，在大雨滂沱中失散了。这一夜，两人经历了完全不同的遭际，雅克疲惫地在码头上睡着了，达尼埃尔碰到一个女人，并在她那里过夜，初次尝到和异性接触的滋味。第二天一早，两人在一家咖啡馆相遇。达尼埃尔开始觉得雅克像个孩子，第一次向朋友隐瞒了自己的秘密。他们投宿一家小旅店，被老板识破，随后警察前来把他们带走了。

安托万把两人接回巴黎。蒂博先生为了维护威严和名誉，决心惩罚雅克，把他送到自己主办的克卢伊教养院里。雅克心中充满了愤怒，他给达尼埃尔留下一封信，表示了对父亲的憎恨以及自己有选择死亡的可能。

九个月过去了，安托万十分惦记弟弟。他背着父亲去了教养院，面前的雅克令他大为震惊，那个聪慧过人、生气勃勃的孩子如今变得冷淡、迟钝。经过反复询问，雅克才告诉他：这里简直就是监狱。安托万回到巴黎，和父亲大吵了一架。但无论如何，蒂博先生也不同意把雅克接回来，安托万只好求助于父亲的忏悔牧师。最后，老蒂博终于让步。雅克回来了，兄弟俩共处一室。安托万请来在大学教书的老同学帮助恢复雅克的智力，一切似乎恢复了正常。安托万带着雅克一起拜访达尼埃尔一家，丰塔南太太对他产生了好感。雅克和达尼埃尔的见面显得很尴尬，话不投机，雅克怅然若失。贞妮对雅克爱理不理，她怨恨他曾经把哥哥"拐走"。

光阴如电，一晃五年过去了。雅克以第三名的优异成绩考取了巴黎高等师范学校，达尼埃尔则过着和他父亲一样浪荡不羁的生活。此时，安托万陷入了爱情的旋涡，他爱上了拉雪尔小姐，可她却想念着远在非洲的情人。她决心去非洲，安托万泪眼迷蒙，目送着她乘坐的轮船渐渐离去。

敏感多情的雅克经受着青春期的烦恼，他对吉丝有着超越兄妹的感情，对贞妮也是常常想念。夏天，蒂博家和丰塔南一家都到郊区去度假，他们在那里各有一栋别墅。贞妮对雅克的看法有了很大转变，两人年岁相当，谈话越来越投机，雅克狂放中不失善良，贞妮有着少女特有的清秀和羞涩。

学校开学前，雅克失踪了。前一天，他和蒂博先生发生了激烈争执，他不愿到学校去浪费时间，给院长写了退学信，父亲为此怒不可遏。三年过去了，雅克依然杳无音信，只有吉丝知道他的下落，两年前，在她过生日的那一天，收到了雅克寄来的玫瑰花。吉丝深爱雅克，而安托万又爱着她。安托万已经成了一个有名的医生，他业务繁忙，常常帮助生活困苦的人，他把自己的全部精力都献给了病人。

一天，安托万收到一封寄给雅克的信，信里讨论了雅克写作《小妹妹》的事情。安托万欣喜万分，他知道弟弟还活着。《小妹妹》发表在瑞士的一家杂志上，安托万仔细阅读了这部作品，虽然里面人物的名字都很陌生，但是安托万从中看到了自己、雅克、父亲、贞妮、吉丝的影子。小说真实地描绘了他们这一群人的生活：雅克对父亲的痛恨，与自己的隔阁，和贞妮、吉丝之间的三角爱情。安托万了解到雅克出走的真正原因：与贞妮、吉丝的感情令他不能自拔；父亲反对他与贞妮结婚；实现第一次出走的夙愿。安托万雇了一个私家侦探进行调查，证实雅克果真生活在瑞士，他便急匆匆赶去。此时，雅克容光焕发，生活在一批国际革命者中间，主要从事写作工作。在安托万的说服下，雅克同意随哥哥回巴黎看望病重的老父。

蒂博先生已病入膏肓，见到雅克，不禁眼泪满面，他感到："世界构成一个与他格格不入的密封的整体，他行将就木，已没有他的位子。"兄弟俩给父亲洗了个热水澡，以减轻父亲临终前的痛苦。父亲死后，安托万仔细地阅读了父亲的遗嘱、信件和日记，发现了一些过去没有察觉的品质，深感自己其实也并不真的了解父亲。吉丝发现雅克变了，对于她来说，他已经变成了一个陌生人。葬礼之后，雅克再次离去，安托万和吉丝都未能挽留住他。

1914，雅克回到日内瓦的革命者中间。6月28日，奥匈帝国皇储斐迪南在萨拉热窝被刺杀，大战一触即发。与其他成员相比，雅克的态度显得消极，他信守和平，反对仇杀和暴力。雅克到巴黎执行任务时，和贞妮不期相遇，两人爱火重燃。贞妮的父亲因巨额债务自杀，哥哥达尼埃尔正在前线作战。他们去参加一个集会，雅克慷慨陈词，号召人民团结起来，举行反战罢工。安托万则对政府抱有幻想，认为"入伍的人是服从民族意志"，兄弟两人发生了激烈的争论。安托万应征入伍，临行前，兄弟相拥无语。

雅克愈来愈孤立，法国社会党和德国社会民主党的会谈没有达成共识，各国执政党都赞成打仗。他和贞妮的恋爱，遭到了丰塔南太太的反对。他要去瑞士进行他的反战和平宣传，此时，贞妮已经怀孕。丰塔南太太病倒了，贞妮决定先照顾母亲，然后再去瑞士与雅克会合。雅克驾驶着飞机在法、德前线上空盘旋，撒下十二万份传单，呼吁士兵们放下武器，像兄弟般相亲相爱。不幸，飞机失事坠毁，雅克身负重伤，落在溃退中的法军手里，因为不能说话，而被当做德国奸细，死在士兵的枪下。四年过去了，安托万在战场上中了毒气，回到故乡，想起死去的弟弟和朋友，心中感慨万千。

贞妮和吉丝在这特殊的年代里建立了真诚的友谊，她们共同抚养着贞妮和雅克的孩子让－保尔。安托万对让－保尔倾注了慈父般的爱，他激动地说："蒂博家的毅力，在我父亲身上是权威、统治的嗜好……在雅克身上是狂热、叛逆……在我身上是顽强……而现在，这孩子血液中的力量，会表现为什么形象呢？"他写信给贞妮，希望娶她，以便使让－保尔继承"蒂博"这一姓氏，遭到了贞妮的拒绝。安托万无法忍受病痛，给自己打了一针，慢慢地等待着生命的结束。临终前，他给让－保尔写了一封信，充满了对往事的回忆，"我们过去的所有希望，我们本来该有的所有愿望，我们没有完成的一切，都要你实现，我的孩子。"

雅克是家庭的叛逆之子，极富反抗精神，他提倡人性的魅力，反对毫无意义的战争；安托万年轻有为、循规蹈矩，有着大好的前途，他欣赏现有社会制度，为了报答政府而应征入伍。蒂博兄弟选择的人生道路各自不同，但殊途同归：在一个疯狂的时代，命运能给予他们的只能是充满了悲剧性的结局。1937年，杜伽尔因在《蒂博一家》中"所表现的强有力的艺术性与真实性——通过这些，他描绘了人性的冲突，以及当代生活的各个不同层面"而获得诺贝尔文学奖，成为本世纪最能表现社会状况的大作家。

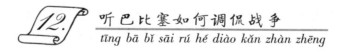

12. 听巴比塞如何调侃战争
tīng bā bǐ sāi rú hé diào kǎn zhàn zhēng

短篇小说《爱哭的约翰和爱笑的约翰》，以第一次世界大战为背景，描写了两个性格不同的士兵。马丁本来爱说笑，在人生的最后一刻，他懂得了一切，于是怎样也笑不出来；若艾尔为人刻板，临死前终于绽放出笑脸，战争的荒谬使他不得不笑。可以说，若艾尔一开始就对战争有着深刻的认识，所以他不受欢迎——疯狂的世界很难接受真理。马丁并不把战争

当一回事，他给大家带来的欢乐起到了饮鸩止渴的作用，但是终究导致了自己在疯狂中疯狂、在疯狂中死去。战争从不讲究游戏规则，马丁和若艾尔都要面对死亡，不是在战场上就是在"莫须有"的罪名中。

亨利·巴比塞（1873—1935）笔下的快乐人物马丁入伍了。马丁总是很高兴，就像一只报喜鸟，总能给周围的人们带来欢乐。来到前线后，他也老是笑，难怪人们都说"他好像去度假似的"。和他一起入伍的还有若艾尔，他们是同乡但绝对不是朋友。他们性格反差很大，若艾尔脸色死灰、愁眉不展，言必发牢骚，整日咒骂战争。马丁的笑料是无穷无尽的，战士们喜欢他，仿佛只有见到他，他们才感到这世上还有欢乐。一天，正在讲笑话的马丁头上中了一颗子弹，得救及时，他死里逃生，然而"他的笑话的性质略有不同了"——他的玩笑里有时掺杂了很多关于教义和历史的讨论。这是由于头部开刀，造成了马丁智能上的某些损失，军医诊断："马丁疯了。"战事紧张，马丁再次被送到了前线。他的幽默天才被完全释放出来了，众将士依旧喜欢他，因为他是"战败主义者的郁闷的解毒剂"。若艾尔更加憎恨战争，也更加招人反感了。部队的袭击行动完全失败，向前冲锋的时刻，马丁逃进了一个炮弹坑。总司令极为不满，要求整顿士气。马丁和若艾尔一起遭到了逮捕。若艾尔态度强硬，诅咒"责任"；马丁语无伦次，傻里傻气。法官被激怒了，在军医重新诊断说"马丁装傻"后，他们两人一起被判处了死刑。马丁有些明白了事态的严重，他问若艾尔这是怎么回事，若艾尔平生第一次开起了玩笑。"难道你看不出这是为了开开心吗？"在奔赴刑场的路上，若艾尔继续调侃"监狱是保证我们安全的地方"、"这真是个隆重的仪式"、"人家要让我们退伍还乡了"，马丁得到了安慰，兴高采烈地等待着死亡。在子弹击中脑部的刹那间，马丁好像窥见了战争和世界上的事情的真相。

小说结尾，巴比塞冲着倒下的马丁说："人们挖掘出来作为凯旋门下的无名英雄的，可能就是他；无数好大喜功的人和历届内阁部长在高谈法国开化世界的光辉和战争的神圣的时候，脚下践踏的也可能就是他；而他呢，躺在文明的薄幕下面，躺在幽黑的地狱里，永远在怪笑。"这无疑是对战争绝好的讽刺。

巴比塞是社会活动的积极参与者，从他那充满热情的一生中，很难看出他对战争竟有如此冷静的认识。1873 年 5 月 7 日，他出生在巴黎郊区，父亲是一个新闻工作者兼剧作家。受到父亲的熏陶，他从小就热爱文学。父亲把他送到罗兰中学读书，马拉美和柏格森都做过他的老师。十八岁获得文学学士学位，二十一岁考取了哲学硕士学位。十六岁时，就开始在报刊上发表诗歌。1897 年，巴比塞出版了第一本诗集《泣妇》，以忧郁多情的笔触，抒发了人生的悲苦之情。结束学业后，他先后效力于几家出版社，这期间他写作了不少戏剧评论和短篇小说。长篇小说《哀求者》（1903）和《地狱》（1908）获得了较大的反响。1914 年，第一次世界大战爆发后，巴比塞不顾自己已经四十一岁的年龄，毅然入伍上了前线。他成为一名担架兵，多次从战火纷飞的战场上救助伤员，并因此受到国家的嘉奖。他坚持写日记，几乎每天都把战场上的见闻记录到笔记本上。1916年，通过几年在战场上搜集来的素材，他创作了《火线》，使他因此获得1917 年龚古尔文学奖。俄国十月革命后，巴比塞看到了新世纪的曙光，他崇拜社会主义制度，希望在有生之年能加入苏维埃共和国退伍军人联合会和国际退伍军人联合会。他和罗曼·罗兰一起创办了杂志《光明》，大力介绍共产主义和苏联，爱因斯坦、托马斯·曼等名人都曾被团结在它周围。1919 年，巴比塞发表了他的另一部著名长篇小说《光明》，继续批判战争。1923 年，在法国共产党遭到政府迫害的紧要关头，巴比塞加入了共产党。从 1928 年开始，他终于如愿以偿，多次访问苏联。30 年代，以他为首的先进知识分子组成了反法西斯阵线。巴比塞的其他作品还有：小说《曙光》（1921）、《镣铐》（1928）、随笔和人物传记《耶稣的犹大》（1927）、《左拉》（1932）、《斯大林》（1935）。1935 年 8 月 30 日，巴比塞病逝于苏联。

《火线》的副标题是"一个步兵班的日记"，顾名思义，它向人们讲述了一个步兵班的战场纪实。战壕里漆黑一团，四周散发着臭味。清晨，一个步兵班的士兵出发了，他们来自法国社会的各个阶层，有矿工、船夫、农民、药剂师、学生，三教九流，无所不包。班长贝特朗，稳重谨慎，曾经是一个工厂的工头。他们来到前线已经一年多了，每个人心中只想着一件事：把德国鬼子赶出法国的土地。他们盼望着邮递员的到来，阅读家人来信的那一刻，他们感到人生毕竟还有幸福。十八连在前方的阵地遭到了重创，步兵班要去换防。他们在那里看到了惨烈的场面：一个士兵的腰被打断，血汨汨流出，像一只被打翻了的水桶；一个被打穿了胸膛；一个脑袋被压成了肉饼……换防结束后，佛巴特虽然负了伤，却非常高兴，因为他可能会被疏散到后方，在女护士的照看下舒舒服服地休息一阵子，其他人都很羡慕他。团队开往新的宿营地，路上迎面走来了一支送葬的队伍，大家不禁羡慕起死去的人，一致认为他们才是幸福的。贝特朗向对战争抱有疑问的战士说：当祖国、正义和自由受到威胁时，我们就要去保卫它。士兵苏舍兹回到沦陷的故乡，看到妻子正带着女儿，在德国大兵中间卖弄风情，他本想上前揍她，可是又一想，她才二十六岁，不能指望她一天到晚都为丈夫流泪、一连十八个月在家中孤守空房。班里的战士少了一个又一个，最后连贝特朗也牺牲了。幸存者们途经一个城市，立刻被一群富人包围，他们议论着"打冲锋该是件好看的事情，像赶盛会一样有趣。士兵们被这些话激怒了，他们看到人和人之间存在的分歧永远不能和解。究竟为了什么而打仗，谁也不能说出准确的答案，"我们不要战争"，"应该打下去，我们是为着人类的进步而打仗"，"我要打仗，是因为我不愿意再有战争"……当战争风暴再次来临时，活着的人终于看清了战争，他们得到了结论：各民族、各国家、各国人民应该相互谅解，相亲相爱，建立美好的新世界。

巴比塞的小说，字里行间都渗透着幽默，即便是最沉重的场面也充满了戏谑，仿佛在同你调侃一件很有意思的事。但这绝不是作者玩世不恭，或者把战争当做游戏，他是要在调动起人们的兴趣的同时加深人们对战争、对强暴的认识，让人们在苦笑中领悟人生的真谛。从此，"巴比塞的名字将要以火焰的字母照耀在千千万万人为反对旧世界——剥削的、奴役的和掠夺的战争的世界——而斗争的旗帜上"。

13. 现代的马可·波罗：谢阁兰
xiàn dài de mǎ kě · bō luó : xiè gé lán

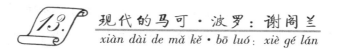

20 世纪之初，一位法国诗人来到了中国，他深深地爱上了中华文化，对道家和易学特别感兴趣。如果说除了外在的国籍身份，在每个人的心目中还有个精神祖国的话，那么这个诗人的精神栖息点肯定在中国。他的名字叫维克多·谢阁兰（1878—1919），人们称他为现代法国的马可·波罗。

1918 年 5 月的一天，一个神色焦虑的女子走进法国西部的一片森林，她四处张望，缓缓前行，突然她的身子猛地抖动了一下，接着直奔上前，跪在了一个卧在地上的男子身旁，她惊慌地触摸男人的面颊，脸上露出极度痛苦的表情，他的身体已经冰凉，衣服和周围草丛里的鲜血已然凝固。他的旁边放着一本莎士比亚的作品集，他是她的丈夫。两天前他带着便餐来到这里，不小心被一根锋利的植物根茎刺伤，流血过量而昏迷死亡，没有人经过这里，没有人能够及时地把他救起来。就在他离家前，还在写着《中国石雕艺术》，他正是维克多·谢阁兰。法国人痛心从此失去了一个优秀的诗人，远在东方的中国人也为一个老朋友的意外故去感到遗憾和难过。谢阁兰生前留下二百多万字的文学手稿，其中有一半都是关于中国文化的，以至于他的名字已经和中国紧紧联系在一起。

谢阁兰生于法国的普列塔尼省，二十岁入海军医学院，二十二岁开始创作诗歌。青年时代的谢阁兰受到象征主义的影响，追求"非宗教神秘主义"的文艺观。1902 年，他来到美国圣弗朗西斯科（旧金山），在当地的华人聚居区第一次接触了中华文明，对他来说这是一个改变人生的重大发现，古老的东方文化使他惊喜万分，他竟像热恋中的少年一样追逐着与中国有关的一切事物。1908 年，谢阁兰在巴黎东方语言学院学习了整整一年汉语，次年 8 月，作为海军译员来到中国，这是一次他梦寐以求的旅行。1909 年至 1914 年间，谢阁兰先后三次来华，"从五台山走到黄土高原，从洛阳走到云南"。在中国，他做过医生，做过教师，甚至还从事过考古工

作，给袁世凯的儿子看过病，进紫禁城拜见过中国末代皇帝。他到过骊山脚下，预言秦始皇陵寝将和长城一样壮观，他建议当时的中国政府建立一个古代文化博物馆。他认为，对文化最好的理解，就是把它们一一记录下来。因此，每到一处地方，他都要把自己的感想书写下来。

最后，谢阁兰来到了北京城，他立即被这座古都完美和谐的规则秩序、深奥神秘的哲学意境、高贵典雅的气质打动了。在他心目中，北京城是一首最最优美的诗歌，一个神秘之国的杰作，他找到了向往已久的日常生活以及精神世界的栖息处。他忘情地称北京为"我的城市"，自己住过的四合院为"我的皇宫"。清晨，在钟鼓楼的钟声和油条、豆腐脑的叫卖声中，他从床上爬起，打开窗子，让一缕晨曦进入屋中，身体无比清爽、心情无比轻快；黄昏，他坐在院子里，悠悠然地望着头上淡蓝色的天空，那是"属于我的一片蓝天"；夜晚，听着外面的知了叫声，仿佛整个城市的生命都汇入了自己的体内。多么闲适，多么浪漫，多么宁静，这里是"梦寐以求最理想的居家之地"。在给友人的信中，谢阁兰说，我到了香港，又去了上海，一个是英国味的，一个是美国味的，都不是我所喜欢的，"再就是顺着长江到汉口，以为可到了中国，但岸上的建筑仍然是早已眼熟的德国或英国或别的国家的。最后我们上了开往北京的火车，坐了三十个小时，才真正到了中国。北京才是中国，整个中华大地都凝聚在这里。然而不是所有的眼睛都看得到这一点。"

在写作方面，谢阁兰最大的成功是 1912 年发表的诗集《碑》，《紫禁城》就出自这里。从形式上看，这是一种"碑体诗"，为作者游历大江南北、遍览华夏碑林的结果。看了世界第一的西安碑林后，他说"倾听未道之道，服从未颁之令，崇拜未竟之业。用我的欢乐、生命与虔诚，去宣告建立无纪年的统治，未登记的君王，无名之人，无人之名。去揭示上天所囊括、人类未体察的一切。"全书分六章："南面"、"北面"、"东面"、"西面"、"曲直"和"中央"，皆以中国为背景。内容上大多歌咏中国的经史子集，像《诗经》《尚书》《礼记》《论语》等。诗人常常套用中国古典诗歌的典故，如《诗经·鲁颂》中"上帝是依，无灾无害。弥月不迟，是生后稷"，到了他那里就成了"无灾无害，弥月不迟，是生后稷"；《陈风·月出》中"月出照兮，佼人燎兮，舒夭绍兮，劳心惨兮"，变成了"月出照兮，劳心惨兮"。借助中国文人的传统抒怀方式，谢阁兰以碑喻诗，以诗作碑，完成了从外在形式到内在倾向的转化——从对中华文明的热爱到自身思想支点的建立。谢阁兰说，碑的精华毫无疑问地只留给了少数内心虔敬、谦卑的人。这部诗集在谢阁兰那里，则用风靡西方的立体主义方法构思，融入属于中国生活的内容和法国作家的眼光。

碑，中国古代显示庄严的物体，在这位法国作家笔下充满了威严和理想的色彩：

> 这支壮美的队伍已经排列了多
> 少个朝代；
> 它恳求还它行进的能力。它已
> 没有重量；
> 它在等待。
> ……
> 面对这行进的队伍，只有那些
> 纪念碑静止不动。任何行进的
> 命令都不能触及他们，震撼它们。它们依然如故。

1910 年，谢阁兰试图以光绪皇帝为原型写一部名为《天子》的小说，虽然写下了一些篇章，但是最终并没有完稿。1913 年，他开始动笔写作另外一部有关中国宫廷生活的小说《神秘御园》，描述了青年勒内·莱斯与光绪皇帝和隆裕皇后之间的恩怨纠葛。莱斯是光绪的密友，属于少数非皇室成员却能随意在宫廷出入的人。"我"试图走进宫里，却意外从汉语教师那里发现紫禁城里的秘密。莱斯当了太后的情人，并生下了一个女儿，使他拥有了特殊的地位，权力越来越大。这个故事取材于一个比利时人莫里斯的真实生活。透过谢阁兰，我们看到了北京全景——皇宫里的秘闻、胡同里的掌故、政治阴谋、人民运动、帝王的为人、后妃的逸事、市民的

喜悦与悲哀……当他在钟楼上俯瞰北京时，看到了"一幅镶嵌画，杨柳葱绿，殿宇金黄，民宅灰蒙，井井有条"。谢阁兰由衷地热爱北京，北京是他的第二故乡。

谢阁兰自然是站在一个法国人的立场上看待中国与中国文化的，其中有多少想象的地方，有多少失于偏颇的地方，有多少浮在表面的东西，百年之后的人们可以做出一个中肯的评价。但是，不管怎样说，在那样一个时代，醉心于中国古籍、古迹研究，描写清朝宫闱故事的作品即使在中国都是不多见的，他让我们在审视历史的时候又多了一份来自"旁观者"的信息。谢阁兰本人也在进入另一个文化世界的同时，打开了自己心中的"神秘御园"，"谢阁兰的中国是像一种能复现真迹的羊皮稿本，经过诗的召唤，就会从表面的文字下再出现秘密但不易辨认的字迹和永不出现的影子。"

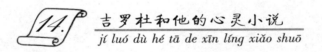

14. 吉罗杜和他的心灵小说
jí luó dù hé tā de xīn líng xiǎo shuō

法国文坛有一个特殊现象，即在文学创作方面取得了一定成就的人多半身兼数职，他可以同时是一个战士，一个政府官员，或者一个公司职员，一个老师，一个演员；即便在文学领域内部，他也会是个多面手，既可吟诗，又会写小说，还能编剧本。吉罗杜就是这样一个人物，他在小说和戏剧创作两方面都取得了较高的成就，并且还曾担任过报社编辑、大学教师和法国政府外交官员等职。

吉罗杜是擅长描写人的内心世界的作家，他认为人与人之间是难以沟通的，只有进入心灵世界，才能发现人生，享受生活。他的小说基本上不注重情节承续和人物性格的塑造，而是经常地再现主人公内心隐秘和想象中的理想世界以及他们对周围事物的看法。他要通过解读人的内心世界，发现整个人类社会的发展状况和发展态势。但是有趣的是，虽然他在写作中运用了大量心理分析描写，却不大赞成像乔伊斯那样的《尤利西斯》式的"内心独白"。

吉罗杜笔下的人物，往往是在不经意的状态下发现了观察和体味世界的最好地方：自己的内心深处。比如，《苏珊娜和太平洋》（1921），这是吉罗杜最重要的小说之一。一个年轻的法国姑娘苏珊娜坐船离开了故乡贝拉克，她想去周游世界，完成自己小时候的梦想。不幸，航行不久后她就在海上遭遇了风暴，失去了船只，漂流到一座荒岛上。她不像鲁宾孙那样想组建一个文明家园，相反，她十分喜欢这种孤独的感觉，一个人独处，没有外界打扰正好可以让自己沉溺在幻想世界中，这个世界所呈现出的是一幅自由、惬意的图景。苏珊娜到达了这个真正能逃避现实的地方，从而发现了内心世界，看到了更为广阔的天地。对吉罗杜来说，这不是由传统意义上的浪漫想象的变奏构成的。在他看来，这种理想以最接近真实的方式反映了外部世界，甚至影响了整个世界。另一方面，苏珊娜对理想世界的设想处处充满了与现实世界的对比，自然与思想，人类与宇宙，传统与现代，历史与现世，从而进一步加深了她对现实的了解。

在《朱丽叶在男人国》（1924）中，吉罗杜"控测内心"的思想更明显地体现出来。朱丽叶是个外省少女，她满心喜悦地来到巴黎这个充斥着男人的世界，她喜欢都市的生活，因为在这里能够更好地了解世界。她想在男人们中间找到一个能给她幸福的丈夫，在结识了形形色色的男人之后，她失望地认为这种理想是无法实现的。后来，她认识了一个从事文学创作的人，也就是作者本人，给她朗读了一本名为《在埃菲尔铁塔上的祈祷》的作品。听罢，她豁然开朗——真正的生活其实就在我们心中，我们要在心中不断地搭建自己的理想才能找到生活的本质和生活的目标。在这种思想的指导下，朱丽叶返回了家乡。

法国人常常会引用"吉罗杜情结"一词，它是想象与真实相混合的情结。《西埃格弗里和里摩日人》（1922）是一部称得上经典的作品，它使吉罗杜获得了该年度的巴尔扎克奖。小说的出发点是法、德两国可以通过精神契合实现和解，因为法德两国在文化和文明方面有着相似性。让是一家报社的专栏编辑，一天他在报纸上发现了一个化名为西埃格弗里的德国新闻记者的文章，使他奇怪的是，这篇文章里面大量引用了他过去的一个法国朋友经常说的话。让本是个法国人，长期生活在德国，了解并热爱德国。通过一个德国男爵的帮助，他终于结识了西埃格弗里，弄明白了自己的疑惑。在一个机缘的促使下，西埃格弗里成为战后德国的领路人。两人很快成为朋友，经常就文化问题展开探讨，西埃格弗里细心聆听让对法国的描述，渐渐回忆起了自己的童年时光和美丽的故乡风景，原来他不是德国人，而是一个法国人，患了健忘症之后他忘记了先前所有的事情。最终，西埃格弗里跟让一起回到法国。这部作品的一个大主题就是，不同民族之间可以在心理上真正实现沟通并达成理解，其中穿插着两位主人公的心灵交流。后来吉罗杜把这部小说改编成剧本，名为《西埃格弗里》，获得了很大的成功。在剧中对原著做了一些改动，西埃格弗里患了健忘症之后，遇到了一个法国女郎，唤醒了他的记忆，同她一起回到了法国。

小说《艾格朗蒂娜》《贝拉》和《西埃格弗里和里摩日人》被称作"政治三部曲"。《艾格朗蒂娜》讲述的是：艾格朗蒂娜是一个法国姑娘，她在法国情人和东方恋人之间摇摆不定。作者向读者介绍了东方人和西方人之间的相似性和差异性，以及双方沟通的可行性。《贝拉》述说了一对情人的矛盾。造成他们不和的原因不是来源于内心而是外在形成的生活方式的不同。吉罗杜在这几部小说中所要探讨的核心问题是，没有心灵上的沟通，现实世界中人们并不能和谐相处；造成人与人之间隔膜的原因是因为大多数人都没有遵循心灵的召唤。

1882年10月9日，吉罗杜出生在法国小城贝拉克，父亲是建筑公司的普通职员。1900年，他来到巴黎求学，从拉卡纳尔中学毕业后进入高等师范学校读书。1905年，去了德国，在一个亲王家当家庭教师。一年后回到巴黎，给《晨报》总编当秘书，也就是从这时开始，他发表了一些文学作品。1907年，他在哈瓦尔大学获得了教师资格，教授法文。1909年发表了《外省女人》，再现了作者童年和青少年时代的生活。随后，他发表了不少小说，有《药店女老板》《圣女埃丝泰尔》《从我的窗口》《春天》等，大多描写了普通人的日常生活。1910年，吉罗杜通过考试，进入外交部，从事起外交工作。第一次世界大战爆发后，他应征入伍，使自己的外交工作告一段落，他在战场上负了伤，并获得荣誉勋章，之后被派往葡萄牙和美国，承担军事指导工作。1918年，他结了婚，并于年底回到了外交部继续从事外交工作。20年代，他曾出任法国驻外事务处处长和外交部新闻发布处处长。他利用业余时间写下了大量小说。自1928年起，吉罗杜转向了以剧本为主的文学创作，并取得了辉煌的成就。他和路易·儒韦有着密切的合作关系，儒韦经常亲自执导或演出吉罗杜的作品。《第三十八位晚宴东道主》《间奏曲》《特洛伊战争将不会发生》《埃莱克特》等剧作给吉罗杜带来了较高的声望。40年代，他创作的《索多姆和戈莫尔》《夏约的疯婆子》公演后，在欧洲引起了轰动。1940年德国入侵法国后，吉罗杜离开了巴黎，两年后才回来。1944年1月31日，吉罗杜在巴黎病逝。

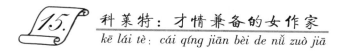

15. 科莱特：才情兼备的女作家
kē lái tè: cái qíng jiān bèi de nǚ zuò jiā

1958年3月的一天，好莱坞星光大道上，灯火通明，人流拥塞，在这天晚上举办的奥斯卡颁奖晚会中，一部名为《琪琪》的音乐影片成为本届评比的最大赢家，它一举夺得了最佳影片、最佳导演、最佳剧本、最佳彩色片摄影、最佳彩色片美工、最佳彩色片服装设计、最佳剪辑、最佳歌舞片音乐、最佳歌曲九项大奖。这部在美国引起轰动的影片原来改编自法国现代女作家科莱特的同名中篇小说。这时，原著作者已经去世四年了，但是她留下的文学作品仍然成为人们热谈的对象。

《琪琪》的故事发生在20世纪初的法国巴黎。一个名叫琪琪的小姑娘，从小生活在祖母玛米塔的家里，她漂亮可爱、调皮任性、活泼好动，祖母对她很是疼爱。琪琪一天天长大，祖母希望她能成为一个高贵、淑雅的女子。为了实现这一目标，祖母特地送她到阿莉西亚姨妈家接受每周一次的特殊教育，按照淑女的言谈举止、吃穿用戴标准，琪琪要从头学起。然而对此种教育，琪琪却不以为然，她认为凡事率性而为才是可贵的品

格。过去，一家制糖业公司的年轻财产继承人加斯东常常到琪琪家里做客，他喜欢和天真无邪的琪琪玩耍，经常送她一些小礼物，陪她一起玩纸牌游戏，两个人都觉得在一起的时光很开心。长大后琪琪愈发美丽动人，加斯东被吸引住了，琪琪的纯真、浪漫使他不禁爱上了她，想要娶琪琪为妻。祖母认为加斯东一定会给琪琪带来幸福，所以极力促成这门婚事。但琪琪却对结婚既反感又恐惧，她不想自己的自由被婚姻束缚，她断然拒绝了加斯东的求爱。加斯东痛苦之极，无法安心做任何事情，只能借助浮华的生活来麻醉自己。琪琪的内心也经历了从未有过的失落和惆怅，她终于发现自己是多么地喜欢和爱慕加斯东。于是琪琪主动写信邀请加斯东到家里来玩，并且当着祖母面表示接受加斯东的求婚。加斯东喜出望外，他带着琪琪参加上流社会的大型社交舞会，琪琪身着银色晚礼服，青春可人，显得格外出众。但她举止不雅，弄出了不少笑话，使得加斯东很尴尬，两人不欢而散。后来，费了很大周折，两人才重归于好，终于结为伉俪，过上了幸福的生活。

　　琪琪获得了幸福，科莱特也终于得到了美满的生活。感情生活对科莱特的影响是相当大的，并且逐一体现在她的文学作品中。在第一个丈夫的影响下，科莱特走上了文学创作之路。1873年1月28日，加布丽埃尔·西多妮·科莱特（1873—1954）出生在圣索弗·昂·普伊泽，父亲是退伍军人，母亲是家庭主妇。乡村生活使科莱特更容易接近自然世界，她喜欢在宽阔的田野中玩耍，感受大自然的花香鸟语；或者，到父亲的书房看书，享受精神世界里的游弋和飞翔。科莱特还是个聪明活泼的小姑娘，就像琪琪一样。少年时期，她随家人来到巴黎。1893年，二十岁的科莱特嫁给了比她大十四岁的艺术家维利。她喜爱艺术，崇拜丈夫这方面的才华。1900至1903年间，在丈夫的启发下，科莱特创作了四部以克洛婷为主人公的系列小说。科莱特已经成为一个对文学艺术谙熟于心的女人了，她对生活有了深刻的认识，特别对婚姻有了新的见解。其实，维利并不是个好丈夫，他经常出入"红磨房"（法国著名的艳舞酒吧），一为作画，二为寻欢。1906年，他们的婚姻走到了尽头，科莱特一度陷入痛苦，振作之后她希望能够找到一个真心爱她的男人。纵观科莱特在这一时期的文学作品，主要是反映了在感情发生变故时女人的心态，以及她们对男性世界的不信任。

克洛婷系列由《克洛婷在学校》（1900）、《克洛婷在巴黎》（1901）、《克洛婷成家》（1902）、《克洛婷出走》（1903）组成。在第一部中，克洛婷还是一个在学校读书的小姑娘，她具有反抗精神，敢于向权威发问。学校里的学生大多数是来自农村的外省姑娘，她们有的天真，有的奸诈，有的笨拙，有的邪恶，生活起来很有意思。第二部讲述了克洛婷随家人移居巴黎，起先总是有一种自卑感，灯红酒绿的都市生活让这个来自乡村的姑娘不能马上适应。父亲带她来到姑妈家做客，认识了与她同龄的侄子马塞尔。马塞尔是个漂亮的男孩，但是体质非常孱弱。克洛婷和马塞尔成了好朋友。克洛婷见到了堂兄勒诺，马塞尔的父亲，并深深地被他吸引了。勒诺对克洛婷产生了一种父爱，他、克洛婷和马塞尔经常一起出去玩，三个人都很开心。勒诺向克洛婷求婚，遭到了拒绝，但是他没有气馁。《克洛婷成家》叙述了克洛婷的婚后生活。她终于嫁给了勒诺，开始的时候，两人相亲相爱，生活得很快乐。不过渐渐地她觉得自己根本不能融入他的生活圈子，她是朴实的女子，而与他交往的人都是一些时髦前卫的人物。克洛婷遇到了一位非常漂亮的贵妇蕾琪，她们之间有了一段微妙的感情。婚姻越来越使克洛婷感到沉重，她回到娘家，想重新找回青少年时代那平和快乐的生活。最后一部，人物的重点从克洛婷转到了安妮。安妮的婚姻不幸，丈夫十分花心，有好几个情妇。安妮和克洛婷成为了好友。当安妮看了丈夫写给情妇的信后，愤然离家出走。

不难发现，克洛婷身上潜藏着科莱特的影子。来自外省的姑娘在繁华的巴黎闯荡，她们居无定所，经常受人白眼，因此稳定的生活对她们来说显得格外重要。那么解决困难最为可行的方法是嫁一个好丈夫。一些人过中年的中产阶级男子还真就挺喜欢这样的女孩子，她们没有完全受到大城市不良风气的洗礼，人比较纯真、朴实，具有成为任丈夫为所欲为的老实妻子的必要条件。因此，他们对她们表示爱慕和关心，面对这样少见的爱护她们也自认为已经找到了真爱，毫不犹豫地嫁给了这些比自己大出许多岁的男子。然而，这样的家庭关系往往很难维系长久，因为这些丈夫不只限于过家庭的生活，他需要寻找外遇，当初找外省的妻子很重要的一点就是她们在丈夫面前不敢吭声。小说中，克洛婷发现真相后，毅然离开了丈夫；现实中，科莱特明白了这个道理，决然同丈夫离婚。

再次一个人生活，为了谋生，科莱特曾当过哑剧演员，还去过"红磨房"工作。她感到寂寞，另一部小说《感情的退隐》（1907），又是一部心情之作。勒内离开了画家丈夫，因为他是个粗野风流的男人。她来到一间舞厅工作成了一个"流浪女伶"。她受到了一个阔少的追求，刚刚动心的时候，就发现他也是个玩弄女性的人。第二次感情失败后，爱情在她心中已形成了心理障碍，既想被爱又害怕再次受伤。果真，科莱特的第二次婚姻也失败了。1912 年的时候，她嫁给了《晨报》总编亨利·德·茹弗奈尔男爵，因为性格不合，1924 年离婚。科莱特时常慨叹，为什么真爱如此难寻。在经历了多年的感情挫折后，上天终于眷顾了这位多才多情的女子，1925 年科莱特遇到比自己小十六岁的莫里斯，他们性格相近，相互敬爱，彼此都相当珍视这份来之不易的爱情。共同生活了十年之后，1935 年他们举行了婚礼，从此科莱特的感情生活再也没有出现危机。同时，她擅长描写的爱情悲剧失去了生活素材，她开始创作一些轻松浪漫的作品，用来献给自己难得的爱情、自己的婚姻和挚爱的丈夫。《琪琪》就是她这段时期的代表作。

1949 年，由于卓越的成就，科莱特当选了龚古尔评奖委员会主席。1954 年 8 月 3 日，她逝世于巴黎，法国政府为她举行了庄严盛大的葬礼。

科莱特被人们喻为自乔治·桑以来法国最伟大的女作家，"科莱特的文笔自然流畅，且善于在宁静中露瑰丽，明快里藏含蓄。她能写出自然界活生生的形象和音响节律，语言生动、纯洁，使她成为当代法语大师之一。"

16. 荒诞年代的盗火者：加缪

huāng dàn nián dài de dào huǒ zhě：jiā miào

1914年第一次世界大战爆发，1939年第二次世界大战爆发，现实的残忍彻底地击碎了人们心中有关天堂的梦想，欧洲的光辉从此隐没进了漫天的乌云之中，整整一代人都是"在各种灾难、毁坏和危机中成长起来的，他们觉得战争的可能性始终存在，几乎每天都会爆发"，法国作家阿尔贝·加缪（1913—1960）就是在这样的状况下成长起来，他所认识的世界只存在荒诞。

战争一次比一次残酷，纳粹的野心使整个地球失去了平衡，种族屠杀、民族清洗、没完没了的轰炸、遍布四处的战壕……直叫相隔了半个世纪的人类在重新审视历史的时候仍旧无法抚平内心的创伤。面对德国的步步紧逼，法国政府采取了绥靖政策，在某种程度上讲，正是法国这个欧洲大陆最强大的国家的软弱无力助长了纳粹德国的嚣张气焰。终于，贪婪的侵略者给了他们一记无情的耳光，1940年6月14日，德国军队进驻巴黎，法国沦陷了。这个结果充满了讽刺意味。知识分子最先站了起来，他们高呼法国精神，痛斥当局的可笑，用自己的方式宣泄郁闷、愤怒、憎恨、反抗的情绪。在战争结束前这个荒诞的时代里，加缪创作了著名的荒诞三部曲：《局外人》（1942）和《西绪福斯神话》（1942）、《卡利古拉》（1944）。

加缪的成名作《局外人》，体现出了作者对时代的认识和选择。在20世纪40年代的阿尔及尔，有一个青年，名叫莫尔索，在一家法国公司工作。一天，他发现养老院里的人对死人并无伤感，甚至连他自己也没有什么心痛的感觉。第二天，他来到海湾游泳，遇到了旧同事玛丽，两人在沙滩上嬉戏，去看了一部喜剧，还共同度过了一个浪漫的夜晚。星期天，玛丽离开，他站在阳台上看着下面的行人和街道，消磨掉了整个下午。星期一，他去上班，晚上回到过去了，星期六莫尔索和玛丽在海滩再次相遇，

加缪在姨父的工厂里

玛丽提出结婚，他说，如果一定要结婚那就结好了，反正对他来说那是无所谓的事情。雷蒙情人的兄弟勾结了一伙阿拉伯人，同雷蒙发生了争执，在场的莫尔索不自觉地向阿拉伯人开了枪。莫尔索遭到逮捕，在法庭上，所有的供词都对他十分不利：反对宗教，在母亲的葬礼上没有流泪，在母亲死去的第二天就四处游玩。检察官认为莫尔索的罪是有预谋的，因为他没有灵魂和道德的观念。结果，莫尔索被判处死刑。在整个审判过程中，莫尔索都充当了一个局外人的角色，没有人听他的意见，当然他也懒得把辩词说"清楚"。在最后的日子里，莫尔索拒绝忏悔，他觉得生活没有什么可以留恋，人总是要死的，何时、何地、用何种方法去死并不重要。莫尔索对一切事物都超然的态度使他成了一个不合时宜的人。

"这个世界是不合理的，这是人们可以说的一切。但荒诞是这一不合理性与人的内心深处对条理性的强烈要求的对立"，莫尔索并非邪恶或者神志不健全，他是在用自己的"荒诞"对抗现实的"荒诞"，这是一种没有办法的行动，也是对时代荒谬的一种警醒，"我们时代"是"最无情的命运和人本身抗争"。

《西绪福斯神话》是一篇哲学随笔，在这里加缪套用古希腊神话明确地阐述了荒诞的定义、荒诞的人及荒诞的创作。西绪福斯同样也是个荒诞的人物，他是神的儿子，性格豪爽，傲视权威，总是做出一些对神"不敬"的举动，最后受到神的惩罚：他必须把一块巨石推到山顶。当他经过一番辛苦就要完成任务的时候，巨石由于惯性滚落下山，他只好跟着下山，再次推石上山。石头不断地滚下，西绪福斯不断地上山、下山，这个工作循环往复、永无止境，没有成功的希望。西绪福斯知道自己所做的工作是很荒诞的，但他还是勇敢地承担这任务接受命运的挑战，以示对神的蔑视，毕竟推石头的人是他自己，他可以实实在在地主宰自己的命运。因此西绪福斯是幸福的。正像加缪的好友蓬热说的："幸福的西绪福斯，是的，不仅因为他正视自己的命运，而且他的努力得到了很重要的收获。诚然，他无法把石头固定在山顶上，他达不到绝对（从本质上就是达不到的），但是他在不同的学科中将得到实在的结果，尤其是在政治学科中（人类世界的组织、人类社会的组织）对人类历史和个人——社会之矛盾的把握。"加缪在西绪福斯身上找到了行动的价值。人要在茫茫宇宙中寻找真理，可是宇宙蕴涵无尽奥秘，人永远不会找到绝对的真理。人们越是渴望获得明白无误的事物就越是和现实发生矛盾，荒诞由此产生。人的荒诞是对荒诞的社会的一种反悖。第二次世界大战把人推进了一个无边的疯狂年代，各种矛盾都在激烈地碰撞着，单薄的个人力量无法改变现实，只得采取离经叛道的行为默默地抗争。人们奔忙在时代的"苦役船上"，在漫漫长夜里摸索前路。

《卡利古拉》是一出悲剧。罗马皇帝卡利古拉原本是个贤明的君王，妹妹兼情人德吕西亚的死亡使他突然明白"人是要死的，他们并不幸福"，他出走了。等到卡利古拉回来的时候，人们发现他完全变了，他命令人们为他摘取月亮，他要建立一个由荒诞和偶然统治的王国，并实施暴政，去审判所有人。贵族们不满卡利古拉强加给他们的痛苦和屈辱，一些人正在酝酿着反抗的情绪。卡利古拉却沉迷在自己的世界中，他恣意妄为，残忍跋扈，认为周围的人们全都是木偶，不会有人对他构成威胁。他当着一个

加缪1940年与其上司巴斯喀·皮雅在伦敦

贵族的面抢走他的妻子，还当众把毒药塞进了另一个贵族的口中。卡利古拉还把自己打扮成女神的样子，要大家对他顶礼膜拜，这种行为被视为对神灵的极大不敬。有人向他告密一场阴谋推翻他统治的行动正在悄悄进行，卡利古拉讥笑了告密者，在他思想里别人都是傻瓜，怎么会有人聪明到或者是勇敢到反抗他的程度呢？他居然还把谋反者召唤来，表示对传言很是不屑一顾。深夜，他又突发奇想，组织赛诗会，会后把情妇凯苏尼亚掐死了。

谋反者冲进他的宫殿，狠狠地向他刺了一剑，临死前卡利古拉不断地高喊："我还活着。"卡利古拉是个反抗者，在领悟了人生并不美满这一真理后，决心用恐怖的行动对抗无限地制造恶的世界，他极度疯狂，是为了让大家都跟他一样生活在真理中，因为现实世界不过是一场荒唐的骗局。卡利古拉还认为只有用严厉的手段才能把人从迷途中召唤回来，按照这种逻辑，任意使用权力便是有所根据的。

战后，加缪成了一名反抗暴力、反对强权的战斗者，体现在作品中，较为著名的有小说《鼠疫》（1947）、剧本《正义者》（1949）、哲学论著《反抗者》（1951）。1957年，加缪"由于他重要的文学著作，照亮了我们这时代人类良心的种种问题"而获得了诺贝尔文学奖。1960年1月4日，加缪因车祸去世。

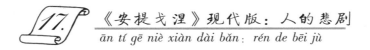

17. 《安提戈涅》现代版：人的悲剧

ān tí gē niè xiàn dài bǎn：rén de bēi jù

安提戈涅的故事发生在英雄时代的忒拜。

俄狄浦斯终究没有逃脱弑父娶母的悲剧命运，他决心把自己放逐到无边无际的黑暗世界之中，用苦难鞭笞灵魂，用痛苦擦拭伤口，没有一种苦难可以解救他的罪过。他把王位留给了两个儿子，厄特俄克勒斯和波吕涅刻斯。为了争做国王，两人打得不可开交，最后双双战死，他们的舅父克瑞翁继承了王位。安提戈涅是俄底浦斯的女儿，克瑞翁的未来儿媳，当她获悉克瑞翁安葬了厄特俄克勒斯，却禁止按照习俗埋葬波吕涅刻斯时，认为这是违反天条的行为。于是找到妹妹，问她愿不愿意一起去埋葬哥哥，遭到拒绝后，安提戈涅决定独自去做这件事。原来，波吕涅刻斯为了打败哥哥曾经勾结其他部族前来攻打忒拜，克瑞翁把他当做忒拜的敌人，所以不予安葬。守兵来报告，有人在波吕涅刻斯的尸体上撒了干沙，举行了葬仪。克瑞翁下令立即捉拿那个藐视权威的"奸细"。安提戈涅再次来祭奠哥哥的时候，被守兵捉住。克瑞翁问她为什么要违反禁令，安提戈涅义正辞严地回答："因为向我宣布这法令的不是宙斯，那和下界神灵同住的正义之神并没有为凡人制定这样的法令；我不认为一个凡人下一道命令就能废除天神制定的永恒不变的不成文律条。"克瑞翁火冒三丈，判处安提戈涅死刑。克瑞翁的儿子、安提戈涅的未婚夫海蒙来求情，他说人们背地里议论，认为安提戈涅所做的事情是正确的，希望父王能收回死刑的命令。克瑞翁没有听从海蒙的劝告。先知赶来，对克瑞翁说：给死者以宽恕吧，忒拜的祭坛和炉灶已经被猛禽用它们从波吕涅刻斯的尸体上撕下来的肉弄脏了。克瑞翁毫无悔意，发誓哪怕波吕涅刻斯的肉被带到宙斯的宝座上，也不允许埋葬。安提戈涅被吊死，海蒙用仇恨的目光盯着父亲，拔剑自尽。克瑞翁的妻子承受不了儿子死亡的打击也自杀身亡。克瑞翁茫然不知所措，耳边响起长老们的话："谨慎的人最有福；千万不要犯不敬神的罪；

傲慢者的狂言妄语会招惹严重的惩罚。"

《安提戈涅》曾被黑格尔赞为是最好的悲剧。古希腊悲剧作家索福克勒斯（前496——前406）被罗马人称作悲剧界的荷马，他的悲剧深刻地反映了当时社会的精神面貌——在神的启示中认识人自己。

文学艺术上，后人改编原来的经典作品是常有的事，但是旧瓶换新酒，想要逾越前人的伟大成就可就不那么容易了。在这方面，法国作家·阿努伊（1910—1987）给人们展现了一个成功的例子。经他改编的《安提戈涅》，在1944年公演时获得了巨大的成功，受到了国际间的广泛好评。

剧中，安提戈涅和克瑞翁的冲突不是建立在对神明的态度上，而是在对生活的不同看法上。克瑞翁本来不想做国王，在群龙无首万不得已的情况下接管政权，整日里无可奈何地干着自己不喜欢干的事情，他很痛苦，也很无奈。安提戈涅，是个理想主义者，渴望自由，追求完美，她不愿意失去童年生活的快乐，因为在她心目中，成年人的社会是个堕落的世界。他们两人在如何做人这个问题上争论起来，安提戈涅说如果让她妥协于龌龊的成人社会，那还不如死掉，克瑞翁规劝安提戈涅，应该面对现实，把幻想收藏起来，因为凭借个人的力量是无法改变社会的。年龄的不同，是造成他们想法不同的又一个原因。安提戈涅是个没有长大的孩子，她用来埋葬哥哥尸体的铲子都是儿童用的玩具铲子，另一方面克瑞翁则是饱经沧桑的中年人，他能说出不得不向生活妥协的千百条理由。克瑞翁悄悄对自己的年轻侍从说："小家伙，永远别长大！"最后，安提戈涅勇敢地走向死亡，前方理想正在对她招手。

阿努伊在这个故事中探讨了人生的现实悲剧。谁都有过年少轻狂的时候，但是经过岁月的涤荡，又有多少人能够保持本真呢？人们渐渐地学会了随波逐流，学会了"淡然"处事，每一天当中都会有许多个安提戈涅转变成克瑞翁，难道这是个不能更改的定律吗？阿努伊并没有正面回答这些疑问，就连安提戈涅自己也承认，她并不能清楚地知道死亡的意义，也许只是一种无谓的反抗吧。就这样，一部古典悲剧变成了一个现代悲剧，一个对现代人具有普遍意义的悲剧。可以说它是对索福克勒斯的《安提戈涅》的一种反悖，安提戈涅不是个"贞德"式的英雄，她就是生活在你我身边的人，她要保护纯真的念头，所以在成人的世界中走失！克瑞翁所说的现实就是我们的生活，虚伪而混乱，人只是汪洋中的一条小船。阿努伊的现代版《安提戈涅》向人们展示了人的悲剧，他的最大贡献在于"他把支离破碎的现实社会以及思想上深沉的苦恼都在冷酷无情的剧情中表达出来"，从而完成了对古代文本的现代解读。

阿努伊是继蒙泰朗之后，法国最优秀的剧作家之一。他出生在波尔多一个贫苦的家庭，父亲是个裁缝，母亲当过音乐教师。八岁时随家人一起来到巴黎。他们家住在一个剧院的旁边，他经常偷偷溜进戏院看戏，梦想着有一天自己成为从事戏剧工作的人。十二岁，他已经开始尝试剧本创作了。通过观看戏剧和阅读有关书籍，他熟悉了萧伯纳、克洛岱尔、蒙泰朗、吉罗杜、皮蓝德娄等当代著名戏剧家的作品。中学毕业后，他进入了巴黎法学院学习，不久因为负担不起学费而辍学。1928 年，他终于找到一份与戏剧有关的工作，那就是成为了著名演员兼剧院经理路易·儒韦的秘书。1929 年，阿努伊同女演员莫奈尔·瓦朗坦结婚，夫唱妇随，共同促进了双方的事业，后来阿努伊的大部分作品，都是由莫奈尔来扮演女主角的。1932 年，他的《白鼬》被搬上舞台，引起了评论家的注意。30 年代，随着一系列剧作的问世，阿努伊声名鹊起，他一生笔耕不辍，共创作了五十多部剧本。一般把他的剧作分为以下几大类：冷酷无情的黑色剧，代表作《白鼬》、《热扎贝尔》（1932）、《野姑娘》（1941）、《没有行李的旅客》（1941）、《安提戈涅》、《美狄亚》（1946）；轻佻游戏的粉色剧，如《窃贼们的舞会》（1932）、《桑利的约会》（1937）、《莱奥卡迪亚》（1939）；热情洋溢的闪光剧，如《城堡》（1947）、《排练或受到惩罚的爱情》（1950）、《白鸽》（1951）；奇思异想的聒噪剧，如《阿黛尔或雏菊》（1948）、《斗牛士华尔兹》（1952）；古装剧《云雀》（1953）、《贝克特或上帝的荣誉》（1959）；巴洛克剧《亲爱的安托万或失败的爱情》（1969）；隐秘剧《别吵醒夫人》（1970）、《歌剧院经理》（1972）。

在多数剧作中，阿努伊都在同观众探讨人的本质同现实社会的矛盾和

冲突。在《桑利的约会》中，乔治有一个有钱的妻子，但他并不爱她。他厌倦了纸醉金迷的生活，喜欢上了纯情少女伊莎贝尔。他隐瞒了自己的身份，在桑利租了一栋别墅，和伊莎贝尔生活在里面。他还雇用了两名老演员冒充他的父母，他要在这个家庭里营造出一种相互敬爱、幸福和谐的气氛。但是他的过去无法被抹去，最后精心设计的梦境终于被现实击碎。乔治和安提戈涅一样，都想按照自己真诚的想法去生活，安提戈涅找不到这种思想的栖居地只得以死来解决问题；乔治努力创造适合理想的环境，但最后也归于失败。《阿黛尔或雏菊》中的将军对家人不好，妻子因此精神失常，他的妹妹阿黛尔和一个家庭教师相恋，他认为这是有辱门庭的事情，调动所有的家人反对这对恋人，把他们逼得最终选择了殉情自杀。《野姑娘》讲述的是苔蕾丝和一个有名望的音乐家弗洛朗恋爱了，她讨厌父母想在弗洛朗身上捞取好处的贪婪做法。她来到弗洛朗家，感到一切都与她为敌，她无法进入他的世界。最后悄悄离开，痛苦地放弃了爱情。阿努伊笔下的人物有一个共同的特点，既不想融于现实，也不想向现实妥协，他们小心翼翼地呵护着心灵中的"纯真"火苗，哪怕为此献身也在所不惜。当然也从侧面烘托出了人们所生活的现实的世界，在那里纯真的人都是不成熟的人。

18. "支那"人民的异邦兄弟

zhī nà rén mín de yì bāng xiōng dì

起初，马尔罗准备到印度支那（包括今天的越南、老挝、缅甸）去，传说那里有丰富的宝藏。1923 年，一个夏日的夜晚，马尔罗对妻子克拉拉说："我要弄点事情做做，你还是不相信吗？"妻子轻轻一笑，"是的，相信又怎么样？""那你知不知道，从弗朗德勒去西班牙孔波斯拉朝圣走的那条路？它的沿途都是教堂，有好些直到今天基本上还完好无损。除去这些宏伟的圣殿，肯定还有不少小教堂已经不见遗踪了"，克拉拉茫然地望着漆黑一片的窗外，马尔罗继续道，"从暹罗到柬埔寨，在从当勒山到吴哥的那条圣道上，有很多大寺庙，《艺术介绍》上已有过描述。我敢肯定还有别的，至今没有被人发现……我们到柬埔寨的小寺庙里搞几个雕像，贩到美国去卖，够我们安安生生地过好几年。"克拉拉终于回过头，脸上带着一丝惊诧。早前，马尔罗倾其财产购买了某家矿业公司的股票，结果该公司股票贬值，他和妻子陷入了严重的经济危机之中。文物考古、鉴定的知识，马尔罗是懂得一些的，1919 年，他曾在吉梅博物馆和卢浮宫学校自由听课，研究了许多古典、现代艺术品。他们说走就走，全是因为生活所迫，当然异域文明也可能有那么点吸引力，10 月，约上了好友路易·谢瓦松，乘着远洋客轮，马尔罗和克拉拉乘风破浪奔向了遥远的"乐土"。

1901 年 11 月 3 日，马尔罗出生在法国巴黎，父亲是一个银行家。十四岁那年，父母因感情不和离异，他跟着母亲来到外祖母家生活。学生时代的马尔罗就已经表现出了相当强的观察力和洞察力，但是不知什么原因他放弃了升入大学的机会。1920 年他在《知识》杂志上发表第一篇文章《论立体派诗歌的起源》，同时开始写作诗体小说《纸月亮》。《纸月亮》意境朦胧，具有现代主义气息，是作者初露锋芒的作品。1921 年马尔罗同克拉拉结婚，也是在这一年，他就任一家出版社文学部主任，结识了许多画家和文学家，他也开始小有名气了。

马尔罗一行三人，徒步进入南亚，这里瘴气熏熏、森林无尽、蛛网遍布、到处蚊虫，环境极其恶劣。他们找到了一座古庙，在庙周围的塔林中发现了一些女神雕刻，费了很大力气把雕像锯了下来，将近千斤的石块运走。正当他们准备庆祝收获时，法国殖民当局没收了文物，金边政府下达逮捕令，三人被控"盗窃文物罪"在拘留所等待法庭的审判。"鉴于女子总到处跟随丈夫"克拉拉被免予起诉，四个月后在克拉拉的努力下，西贡法院释放了马尔罗。1925 年怀着个人反抗精神，马尔罗和克拉拉再次前往西贡，组织"年轻的安南运动"，与当地的法国律师、激进的民主主义社会活动家莫南创办了《印度支那报》，对殖民当局进行了猛烈的抨击。8月，报纸被迫停刊，11 月更名为《枷锁中的印度支那》再度刊行。马尔罗直言不讳地指责总督："您的残暴是众所周知的，而您的外貌却含威不露，

您那个像小号一样的鼻子显得那么和蔼可亲……"他回击当局对报纸的威胁："这是道道地地的狗腿子勾当，丝毫没有一个总督的风度。您曾想一个人统治，您可以把这当做一个理论，但也只有您自己赞同它。"他给总督起了个外号：手铐先生。1926年1月，马尔罗返回巴黎。

回国不久，他完成了小说《征服者》（1928），取得了很大成功。据同马尔罗一起工作过的同事说，在印度支那期间他去过香港，时值省港大罢工，他还受到了港口工人的礼遇。《征服者》以省港罢工和广州革命为题材描写了中国革命。主人公瑞士人加林，常常感到社会生活荒谬无理，他渴望动乱时代的到来，以便发挥出自己潜在的能力和实现内心的征服欲望。他来到中国进入了孙中山领导的广东政府宣传部。不久，他就成了部门的负责人，建立了一支警察队伍。当时，革命情势十分危急，陈炯明正觊觎广州政府的领导权，地方军阀唐也准备发动武装政变推翻广州政府。软弱无力的广州政府却迟迟下不了决心出台有效的政策。加林组织工人纠集队伍先发制人，率先占据有利地形，打败了唐。但是，参加罢工的工人的生活来源出现了问题。以洪为代表的恐怖分子对支持政府的富商、银行家进行了暗杀和威胁行动，政府决定停止罢工。政府又杀害了四名革命者，就连加林也受到了牵连。广州政府终于颁布了牵制香港经济的禁运命令。加林身患重病，打算离开中国，弥留之际传令兵送来电报：陈炯明部队被红军击败。在与"支那"人民的接触中，马尔罗对东方文明受到西方野蛮侵略表示深切的同情，他想成为一个像加林那样的英雄，把苦难的人民从"荒诞"的世界中解救出来。说明这时他已超脱了个人利益上的不满。

1929年，马尔罗夫妇游历了伊斯法罕、巴库等地区。他对亚洲之行念念不忘，总是想借文章抒发怀念的情感，1930年发表第二部小说《王家大道》，以他在柬埔寨的经历为蓝本。"石头，到处是石头……远古时代的浮雕，典型的印度风格……美不胜收啊。"佩尔康终于找到了王家大道，这条路在高棉北方，沿途分布着许多寺院，寺内有一些散落在草丛间的古代雕像。佩尔康锯下了几尊精美的雕像，准备运回法国。进入斯丁地区后，遇到了毛伊人的袭击，他以送给每个武士一只瓦罐为条件与毛伊人达成协议，放他们通行。而政府军突然出现扫荡了村落，不仅毛伊人被打得落花流水，佩尔康的雕像也不见了踪影。应当说，马尔罗基本是站在"支那"人民的立场上的，虽然在某种程度上说他也不是个绝对清白的人，比如他"随便"拿人家古代文化遗产的行为，但是作为西方人他对殖民政府的批评已经是包含着很大的进步意义了。特别是在和当局的斗争过程中，他加深了对殖民地的理解，最终把自己的精神世界融进了异域的文明。这部小说获得了文学联合会奖。

1931 年，马尔罗和克拉拉第一次环球旅行，名义是为一家出版社搜集艺术展览会的素材，在他们为期一年的旅行中，他们到过伊朗、阿富汗、新加坡、中国、日本、加拿大、美国，途经大半个亚洲和半个美洲。回法国后，他马上创作了自己文学生涯中最为出色的一部小说《人的境遇》（1933），并且凭借它荣获了法国文学的最高奖龚古尔奖。小说以中国北伐战争、1927 年上海工人武装起义及"四·一二"大屠杀为背景，描绘了他所理解的中国革命和中国人民的英勇斗争。国共第一次合作期间，陈刺杀了军火商唐寅达，和共产党人乔在一个小店铺里会合。乔的父亲是法国人，母亲是日本人，妻子则是德国人。在俄国顾问加托夫的指挥下，上海工人准备武装起义。不料，国民党内部已经在酝酿着反对共产党的行动，乔察觉了这一动态，他对上级领导的做法表示怀疑，主张共产党人脱离国民党。陈两次刺杀蒋介石都没有成功，被迫自杀。国民党军队包围了所有的共产党机关，乔被捕自尽，卡托夫被活活烧死。乔的未婚妻逃到日本，继续为革命做出努力。作品借助电影蒙太奇的手法，从不同侧面描写了关键时刻的各种人物、各种力量对人生、社会、生死的不同态度。作为一个法国人，马尔罗可能不会真正地认识和了解中国革命，如果把《人的境遇》当成一部忠实地记录历史的小说，那就有失偏颇了。但是我们可以肯定的是马尔罗无疑对中国、中国革命、中国人民怀有深沉的理解和同情。后来在他担任法国文化部部长期间曾积极推动中法关系和两国之间的文化交流。

"支那"，在英文里中国以及所有受到过西方殖民者蹂躏的国家都长久地被书写着这个屈辱标签，它记录了一段历史的真实情况，中华民族要腾飞就不能忘却作为"支那"人的痛楚经历，同样也不应忘记那些曾给我们兄弟一般支持的国际友人。

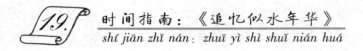

19. 时间指南：《追忆似水年华》
shí jiān zhǐ nán: zhuī yì shì shuǐ nián huá

马塞尔·普鲁斯特的一生只做了一件事——重新打造时间，如果你感到惊奇，那就看看《追忆似水年华》，一本普鲁斯特交给你的时间指南。

布吉特·马塞尔已到中年，现实使他有些麻木。一天早晨醒来，他没有马上起床，而是任凭思绪驰骋。他感到自己很渺小也很贫弱，甚至不如史前人类和动物；他感到自己好像进入了好几个王朝、攀登过许多个文明的高峰，但他不认为已经得到了智慧。他望着四周，寂静一片，旁边的物品都不会动，还是人们认为它们不能动？他努力地回想着每天早晨醒来时的感觉，以及睡觉前的想法，这是哪里，那是什么，墙在哪儿，门在哪儿，家具在哪儿，太阳在哪儿。当然，一切都是徒劳的，外面仍旧是黑暗裹卷的世界。迷蒙的眼前出现了童年生活，睡觉前他总是让妈妈亲吻自己，床边的柜上放着的波希米亚碗正在闪闪发光，对面的壁炉上是用大理石做的装饰。

过了一会儿，马塞尔真正醒来了，他穿上衣服下了床，头脑比刚才清醒多了。他沏了一杯红茶，慢慢喝下，这种味道使他似曾相识，童年回忆更加清晰。他想起了那种名叫"玛德莱娜"的小点心，当他喝第一口的时候，觉得自己立刻变成了另外一个人，不再平庸、不再懦弱，简直像是坠入了一场美好的爱情之中。他又喝了第二口、第三口，这种魔力消失了，茶里并无趣味，而是唤醒了他的自我、他的过去。马塞尔通过味觉的刺激凭借精神的隧道回到了过去。

少年时代，马塞尔每年都要去姑妈家度假。姑妈住在贡布雷城，那里有逼仄的街道，古老的教堂，秀丽的花园，善良的乡亲。马塞尔最喜欢在乡间小路上散步，有一条路可以通往犹太富商斯万家的别墅。孩子的头脑总是被好奇占据，更何况马塞尔又是那样地欣赏斯万先生，他常常在暗中注意斯万先生的行止，哪怕是听到和斯万先生相关的消息也让他兴奋。斯万先生的父亲同马塞尔的外祖父交情不错，不过外祖父为人严肃认真，老斯万先生却有着不羁的性格。斯万先生还是马塞尔母亲的朋友，他气质高雅、风度翩翩，小马塞尔第一次见到斯万先生时，竟要求母亲吻斯万，结果遭到了母亲的拒绝。后来，在一次沙龙聚会上，斯万先生和一位叫奥黛特的交际花相识，他们相互吸引，很快坠入爱河。尽管惹来人们的议论，斯万还是和奥黛特举行了婚礼，可是婚后奥黛特并不忠实，这使斯万非常痛苦。马塞尔还注意到斯万先生有一个漂亮的妹妹，叫吉贝特。在贡布雷城的另一端，住着一个神秘莫测的杰曼德公爵夫人，她把自己关在一座古城堡里，对周围一切事物漠不关心。

马塞尔渐渐长大。一个星期天，他在贡布雷的公园里读书，书中描绘的景致使他浮想联翩，想象着梦幻世界里的自己以及自己未来的情人，心里像喝了蜜水一般，她的样子模糊不清，但是一定会像紫罗兰花环那样美丽。正当他读到作家贝戈特的作品时，听到人家说吉贝特和贝戈特去参观古城堡了。于是乎，就产生了某种心理暗示，他梦中情人的形象幻化成了吉贝特的模样。他突然有了一种冲动的想法：我要认识她，我爱她，吉贝特。马塞尔热烈地爱上了吉贝特小姐，然而不久，热恋却中断了，毫无缘由，只是心中没有了感觉。马塞尔来到避暑胜地巴贝克海滩，陶醉在明媚的阳光中。在与当地上流社会的接触中，马塞尔结识了阿尔贝蒂娜，他起先认为阿尔贝蒂娜行止俗气，相貌难看，但是她总是令他琢磨不透，而这正是男女之间产生吸引力的最好因子，依恋之情油然而生，最终他爱上她了，开始了平生第二次恋爱。同时，他和杰曼德家的沙尔和曼鲁斯成为知己。后来，马塞尔全家移居巴黎，寄住在盖尔芒特公爵家。巴黎文化气氛浓厚，在两位知己的介绍下，马塞尔经常出入贵族沙龙，认识了很多社会名流和文化界人士，开始过着一种从童年时期就一直向往的在日耳曼街上居住的贵族们的生活方式。他不喜欢平民之间的庸俗生活，想从文雅的社会生活里提取纯洁、高尚的精神养料。结果，事与愿违，在这里他看到的仅仅是掩盖在鲜亮的外表下的虚伪、愚昧和邪恶，还有人与人之间的深层漠视。

马塞尔再次来到了巴贝克，把阿尔贝蒂娜从那里带回来，他们在巴黎同居生活。如果说马塞尔对吉贝特付出的爱是青春期的一次飘忽不定的情感，那么他对阿尔贝蒂娜则是一种真正的依恋。然而"爱情的本质在于爱的对象本非实物，它仅存在于情人的想象之中"。他视阿尔贝蒂娜为全部，疯狂地爱她，幻想在这个世界上她只属于他一个人。怀疑和嫉妒使他认为阿尔贝蒂娜是个水性杨花的女人，或者是个同性恋者，他要把她囚禁在家里。阿尔贝蒂娜终于因为不能忍受他的做法而离家出走。此后，她给他写了几封信。有一段时间，她的信没有了，不久便传来关于她坠马死亡的消息。他痛不欲生，悔恨万分，多么希望时间可以倒流，永远陪伴在情人身边。他不断地发掘新的情人，为的只是在她们身上找到阿尔贝蒂娜的影子。

生命中的梦想全都幻灭了，马塞尔心灰意懒、暗自神伤，他发现自己所谓的"幸福"不过是虚幻的影子，自己的感情也无非是时续时断的情绪跳跃，什么是有价值的，什么是无价值的，他为不能清清楚楚地观看世界而痛苦。他带着落寞的心情从疗养地回到巴黎。有一次，他应邀去参加杰曼德家举办的宴会，不小心在院子里凹凸不平的石子路上绊了一跤，刹那间，他整个人都沉浸在一股无法言喻的幸福之中，他清醒了，脑海里立即浮现出美轮美奂的景象。

很多年过去了，马塞尔在咖啡厅里遇见了几个老朋友，他们拖着疲惫的身体，衰老不堪。沙尔已经去世了，他和吉贝特所生的女儿出现在马塞尔的面前，马塞尔仿佛看到了自己儿时所憧憬的两个方向结合为一，于是，他顿悟到，即使人类能够超越时间的樊篱，沉沦混沌的社会也依然存在，精神的世界和现实的世界也永远无法达成和解。真正的幸福生活只能在存在于想象的世界中。

汹涌的感情波涛日渐平息，马塞尔决心动手写作，依靠作品来表达自己所认识的世界。他为时光流逝而痛心，为自己不能抓紧时间而惋惜，他深感暮年已至，担心不能完成创作计划。他在一种与世隔绝的创作热情中发现了人生的真谛，找到了失去的时光。

《追忆似水年华》由七部构成，《斯万家的那边》《在花枝招展的少女们身旁》《在盖尔芒特之家》《索多姆与戈莫尔》《女囚》《逃亡者和失踪者的阿尔贝蒂娜》《昔日韶光重现》，作者创作了七年，通常被认为带有自传的性质。这是一部典型的意识流小说，它打破了时间的界限，以描写人物的内心活动为主，旨在向人们说明回忆才是人生的精华，幸福生活来自思想的世界。

记忆像一个万花筒，把原本平常的碎屑组合成一幅幅神奇的图画，当我们慨叹岁月流逝的时候，记忆已使它变成一位"来自远方的好姑娘"，美丽、清纯、动人。

20. 讴歌爱与美的"明星"邓南遮

ōu gē ài yǔ měi de míng xīng dèng nán zhē

邓南遮绝对受用得起"明星"两字，作为诗人、小说家、剧作家，他通过以美为终极追求的文学创作轰动文坛；作为政客、战士，他通过"超人"意志和英雄主义精神撼动世界；作为情场高手，他通过浪漫的爱情和浪荡的行径被后人书写为传奇。难怪中国诗人徐志摩说他是"放射着骇人异彩"的"彗星"，是名副其实的"怪才"。

1863年3月12日，邓南遮出生于意大利中部亚得里亚海附近的山城佩斯卡拉。耀眼的阳光，轻巧的白云，柔媚的海风，山林中的鸟语花香——大自然的生灵赋予他多情敏感的胸怀以及感知一切美好事物的欢喜之情，可以说他天生就是个诗人。十六岁时，他发表了第一部抒情诗集《早春》（1879），三年后，他又发表了诗集《新歌》（1881），1884年他写出了著名的诗篇《少女的诗》。在诗作中，他毫不隐讳自己对生活的热情以及对自然之美的赞叹，对他来说生活就是爱。1881年，邓南遮来到罗马，一呆就是十年。罗马在欧洲历史上具有不朽的地位，既是几朝古都又是宗教圣地，而今是刚刚获得统一的意大利的首都，在这儿古代经典与现代文明结合，文化、政治、商业相互交融，一派舞榭歌台、车马辐辏的景象。邓南遮从山水秀美的小城来到五光十色的都市，从情感的浪漫潜隐进入情绪的亢奋抒发，他凝视着、感悟着，终于深深地爱上了罗马。他沉湎于罗马的贵族化生活，他喜欢出入上流社会的沙龙，喜欢结交社会名流，中规中矩的生活对他来说是无意义的。这段时期，邓南遮与其说以文学创作著名，不如说靠声色犬马的生活扬名，他发表的作品并不多，主要有短篇小说集《处女地》（1884）、《圣·潘达莱奥内》（1886）、长篇小说《欢乐》（1889）。尽管邓南遮在1883年时与一位贵妇结婚，尽管由于宗教因素意大利是个相当重视婚姻的国家，但是一切都不能成为他不断追逐女人的束缚。他喜欢女人，喜欢不断地追求爱情，他经常为了女人去决斗，并因此在头上留下一道长长的疤痕。在邓南遮眼里，文学的旷达和女子（包括女子周围的世界）的美好是不可分割并且是不可缺少的，热爱生活就是热爱美。

1891年，罗马发生瘟疫，邓南遮开始了他的漂泊生涯，他先是迁居那不勒斯，在那不勒斯《晨报》担任编辑，后又去了水城威尼斯。1898年，他再次迁居来到文化名城佛罗伦萨，在一所乡间别墅里一直住到1909年。这近20年的时间，是邓南遮文学创作的丰收期。他完成了著名的《玫瑰三部曲》——《欢乐》、《无辜者》（1891）、《死之胜利》（1894），《百合花三部曲》之一《岩间圣母》（1895），《石榴三部曲》之一《火》（1900），剧作《死城》（1898）、《春晨之梦》（1898）、《琪娥康陶》（又译《乔孔达》）（1899）、《荣光》（1899），诗集《赞歌》（1906—1904）。

他不停地写作不停地恋爱，为了爱情而写作为了写作而恋爱，当然他的生活态度并不为世人所接纳。有一个广为流传的笑话，说的是邓南遮追求舞蹈家邓肯的故事。邓肯的美貌使诗人一见倾心，他对邓肯说了许多洋溢着赞美之词的话语，认为邓肯也一样会迷恋着自己。一次，他对邓肯温柔地说："我半夜里来。"邓肯含笑不语。邓南遮走后，邓肯开始准备夜间的"幽会"。她在房间里放满了葬礼上用的白花，并点上几排白色的蜡烛。深夜，邓南遮兴冲冲地赶来。一身银装素裹的邓肯将他推到一把椅子上坐下，向他身上撒着白花。随着琴师吹起肖邦的送葬曲，她翩翩起舞，一边跳舞，一边吹灭屋子里的蜡烛，只留下邓南遮面前的两支。屋子里灯影幽寂、哀乐凄绝。邓南遮毛发直竖，以为自己已经到了地狱。当邓肯舞到他面前，又吹了一枝蜡烛，正要吹灭第二支时，邓南遮惊恐地叫起来，夺门而去。这是一段逸闻，真实与否不得而知。但是，邓南遮一生确实爱过许多女子，他把爱当做生活的主要行动，其中最为著名的要数他与戏剧演员杜珊的爱情，《火》、《琪娥康陶》等名作就是他为这场爱情所书写的宣言。

　　《琪娥康陶》的主人公卢乔是一位雕塑艺术家，他酷爱艺术，视艺术为生命。琪娥康陶是他的模特儿，有着像"天上的云彩一样千姿百态"的完美外表，"她的每一种动作都是打破一种和谐，又创造一种新的更优美的和谐"。他们正在创作斯芬克斯雕像。卢乔发现自己越来越离不开琪娥康陶。琪娥康陶顾盼神飞、婀娜多姿，卢乔酷爱艺术，爱赋予他一切艺术灵感的琪娥康陶。但是他终究是个已婚的男人，他受不了爱与道德冲突的精神折磨，决定给自己一个了断。一天夜里，卢乔在工作间里开枪自杀，妻子西尔维亚及时赶到救了他。卢乔深深地感受到了妻子的贤淑和善良，但感激取代不了爱情，他依然念念不忘琪娥康陶。妻子决心捍卫家庭，她找到琪娥康陶谎称卢乔即将放弃艺术创作。琪娥康陶闻言愤怒、失望至极，她打破了即将完成的斯芬克斯雕像，西尔维亚被倒下的雕像压断了双手，琪娥康陶从此沉默不语。卢乔在病愈之后重新来到了雕塑室，但他心中的斯芬克斯已无法修补，在未来的日子里雕塑将只是工作而不是创造。

　　《琪娥康陶》是表现邓南遮唯美主义思想的代表剧作。邓南遮阐释了生活与艺术的关系：生活是爱，爱是美，美的最高形态是艺术，因此生活就是艺术。唯美主义强调"为艺术而艺术"，人只有在艺术中才能找到自身存在的价值，艺术一旦死亡，生活也就失去了意义。在现实生活中，要想探索艺术的真谛，就得超越世俗伦理规范的约束，成为现世里的"超人"。

为了成为"超人",邓南遮加入了第一次世界大战,志愿入伍到前线作战。1916 年在驾驶飞机执行军事任务时,他右眼受伤失明。1918 年,他率军在南斯拉夫布加利港口突袭了奥地利军舰。1919 年他率领敢死队强行占领了阜姆城。在戎马生涯中,邓南遮获得了二枚金质奖章、三枚银质奖章、一枚铜质奖章、三次获军功十字勋章,成为一个在意大利家喻户晓的战斗"英雄"。他和墨索里尼私交甚密,1937 年被意大利法西斯政府任命为科学院院长。1938 年 3 月 1 日,邓南遮因患脑溢血去世。人们记得邓南遮,因为在他身上我们看到了一个民族的特性:热情外向、多情而又风度翩翩、喜欢用艺术符号来解释自己对世界的认识、对于人生的终极问题往往采取感性分析——意大利是个充溢着激情与艺术的国度。

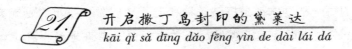

21. 开启撒丁岛封印的黛莱达

kāi qǐ sǎ dīng dǎo fēng yìn de dài lái dá

20 世纪初,一位女作家在我们面前展示出撒丁岛的另一番风貌,我们突然为岛上的旖旎风光而着迷,被岛内的风土人情所感染,我们不禁惊诧于这里的朴实与天真好像被尘封了几个世纪,而这正是撒丁岛的真实面貌。1926 年,这位女作家"由于她那为理想所激发的作品,它们明晰而透彻地描绘了故乡的海岛生活,并以深刻而同情的态度洞察了人类共同的问题"获得了诺贝尔文学奖,瑞典皇家文学院对她的评价是"她所完成的最伟大的发现,就是发现了撒丁岛"。女作家名叫格拉齐娅·黛莱达(1871—1936)。

黛莱达出生于撒丁岛的努奥罗,在故乡她度过了自己的童年和青少年时代。二十五岁时,她来到撒丁岛的首府卡利亚里,在那里结识了后来成为她丈夫的马德桑尼,1901 年他们结婚后迁居罗马。从此,除了几次短期旅行外,黛莱达的整个后半生都是在罗马度过的。她虽然身处繁华都市,但始终难忘乡情。她钟爱写作,从十三岁发表的第一部长篇小说《东方的星辰》(1890)开始一直到逝世前发表的最后一部作品《寂静的教堂》

（1936），几乎无一例外的以撒丁岛为背景，以岛上的居民为主人公。可以这样说，就文学而言，撒丁岛是属于黛莱达的。

撒丁岛保存着许多古老的风俗传统。比如说复仇，一个人为了同宗族人的不幸遭遇去从事仇杀会受到所有人的钦佩，另一方面出卖复仇者则是最为可耻的罪行。"纵使赏金比这个人的脑袋还要大三倍，在努奥罗也找不到一个会出卖他的人。在这里只有一条法律：尊敬一个男人的勇气，蔑视整个社会的正义。"同样，在撒丁岛做强盗也不是一件可悲的事情。在黛莱达的一部作品中，一位老妇人说："你以为强盗是坏人吗？那你就错了。他们只是想显示一下自己是男人罢了。……他们去抢劫、偷盗甚至偷牛。他们这样做并不是干坏事，只不过是显示本事与力气而已。"撒丁岛上的婚丧礼俗也很奇特。弟弟去世后，未婚的哥哥要娶亡弟的妻子。举行葬礼时，本地所有的门窗都得被关上，所有的蜡烛都得被熄灭，所有的人都不得做饭，大家要静静地听着哭丧者的哀号。

撒丁岛是个男权社会，女孩子不准读书是岛上不成文的规定。黛莱达家境殷实，父亲曾做过努奥罗的市长，尽管如此，她也只能在小学念完四年级后就回到家里学习女孩子应该通晓的"知识"。好在父亲和叔父有着丰厚的藏书，她整日浸染其间，阅读了大仲马、巴尔扎克、拜伦、雨果等人的作品，可以说她的全部文学素养除了天性就是自修而来。女孩子不可以自由择偶，"她们必须像奴隶般地操劳，烤面包，织布，缝纫，烹调，善于料理家中的财物，特别是在男人面前，她们不得抬起头来哪怕瞧一眼，也不准许它们去想那些肯定不可能成为它们丈夫的人"，假如她们趴在窗户前向小巷外张望那就大难临头了，她们一定会遭到羞辱和毒打。

人们平日交流只用撒丁岛方言，黛莱达的意大利文和法文是同一个从外省请来的家庭教师学习的。

岛内的生活原是与世隔绝的，此刻与其同时的欧洲大陆已经完成了资本主义机器革命并正在向工业革命迈进，宣扬人性解放的精神一丝一丝地渗入到保持封建式生活的撒丁岛。尽管新思想不被主流阶层所认同，但毕竟唤醒了本来就蕴藏于人们心中追求自由与平等的天性。因此，人心与社会构成了矛盾，一方希冀冲破不合时宜的束缚，一方极力使人们固守原地。在诸般冲突中表现得最为明显的是一系列"畸形"情感的产生，这类冲突往往极具破坏力，有时甚至是带有毁灭性的。

哥哥爱上了弟弟的未婚妻，为了逃避不得不去追求"清心寡欲"的僧侣生活（《埃利亚斯·波尔托鲁》，1900）；妹妹暗恋着姐姐的未婚夫，因无法控制感情最终杀死了所爱（《撒丁岛的血》）。阔家小姐玛丽亚与长工彼特罗相恋，但因门第观念嫁给了贵族少爷，彼特罗杀了玛丽亚的丈夫然后娶了玛丽亚，虽然这是过去他们常常渴望的幸福生活，但如今的他们却怎么也找不到心灵上的平静港湾（《邪恶之路》）。根据教规，圣职人员不允许恋爱、结婚，但是《母亲》中的主人公牧师保罗竟然和女教徒谈起了恋爱。保罗的母亲得知这件事后，陷入了极度的恐惧和痛苦之中。她不能眼看着儿子堕落，但是又该怎么办呢？其实，保罗已经决定斩断情丝。他找到姑娘提出分手，姑娘不能容忍感情被玩弄，她威胁要在第二天做礼拜的时候当众揭露他的罪恶。第二天到来了，保罗的母亲被一场即将发生的灾难吓得失魂落魄。姑娘并没有进行复仇的行动，而当保罗出现在神坛前时，母亲已因惊吓过度而气绝身亡。

《常青藤》（1908）、《风中芦苇》是最能体现黛莱达创作风格的作品。这两部作品通过两个家族的兴衰史，描述了撒丁岛的社会风貌和岛上居民的生命历程。作者怀着对故乡的深深眷恋之情，为读者展示了一个现时与往昔更迭、现实与梦幻交流、痛苦与美好斑杂、情感与自然融合的神妙世界。黛莱达心中的撒丁岛，就像那悄孕生命的"常青藤"，"一旦攀在墙头上，就不再脱落，一直到藤条枝叶干枯为止"；她眼里的撒丁人，就像那"风中的芦苇"，他们的命运就是风。

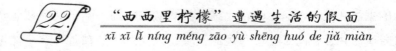

22. "西西里柠檬"遭遇生活的假面

xī xī lǐ níng méng zāo yù shēng huó de jiǎ miàn

《西西里柠檬》（1910 年）是意大利名作家皮蓝德娄的短篇佳作，在这里他为我们展现了一个淳朴青年的理想失落过程，密库乔对生活抱以单纯与真诚的态度，而生活的真实注定他要受挫，就像西西里柠檬虽然醇香却不合时宜。

1867 年 6 月 28 日，路易吉·皮蓝德娄生于意大利西西里岛的阿格里琴托，父亲是个实业家，经营着祖传的硫矿产业。同许多意大利人一样，他的家庭也具有浓烈的民族传统。他的父亲参加过加里波第领导的抗击奥地利侵略者的武装斗争，外祖父是 1848 年西西里独立政府中的一员。皮蓝德娄一生忠爱祖国，但另一方面他生性温儒敏感，与作为商人的父亲难以沟通，他说过从小就感受到了"无法与他人沟通时的忧愤心情"。他热爱文学，十二岁时就写出过一个题为《野蛮人》的戏剧。在西西里完成小学和中学的课程后，他曾先后就读于罗马大学、德国波恩大学，专攻语言和文学，获得了博士学位。1892 年皮蓝德娄从德国回到意大利，开始着手翻译歌德的《罗马挽歌》，同时进行自己的诗歌创作，他与罗马文化界人士交游甚密，真实主义理论家卡普安纳是他的挚友。欧美文人大多是学者、作家身份集于一身，皮蓝德娄也不例外，1897 年至 1921 年，皮蓝德娄在罗马高等女子师范学院教授文学和修辞学，在那里他研究了存在主义哲学和实验心理学，他很欣赏瑞典戏剧家斯特林堡的戏剧。他还发表过《幽默主义》、《艺术与科学》两篇论文来阐释自己对现代派艺术的见解。

单纯而敏感的人面对复杂的人生时往往会产生悲剧意识，如果不幸遇到真实生活的悲剧，他们就会对人生有警醒的认知。1894 年皮蓝德娄与门当户对的波尔杜拉诺结婚，双方的父亲是生意上的合伙人，但他们的婚姻生活并不幸福。一次山崩事故顷刻间毁掉了皮蓝德娄投资的硫磺矿，妻子因此精神分裂，瘫痪在床，而且终身未愈。可以想象他生活的压抑，既要照料病重的妻子，又要养家糊口照顾年幼的孩子。就在事业稍微稳定下来的时候，他的两个儿子先后赴第一次世界大战前线作战，一个患病，一个战死。"人生的课题充满着蒙受痛苦的经历、备尝失望的苦涩、重复错误的无知、迟于觉悟的难堪，只有经历了这一切之后，我们才能获得具有内在价值的经验从而成熟起来。"对他来说，生活的理想是从事文学创作，

而文学创作则体现了对生活本质的感悟。

在诗歌方面，皮蓝德娄的创作并不出众，他的优秀作品集中在小说和戏剧两方面。他一生创作了四十四部戏剧，三百多篇小说。在他看来，人，生而单纯，但每个人都有各自不一的内心世界，人无法与他人沟通，生活是戴有假面的舞台，我们都是舞台上的木偶。我们可以用三部作品概括皮蓝德娄的创作精神和艺术成就，那就是小说《已故的帕斯卡尔》，戏剧《六个寻找作者的剧中人》、《亨利四世》。

长篇小说《已故的帕斯卡尔》（1904 年）被视为意大利 20 世纪叙事体文学的典范。乡村图书馆管理员帕斯卡尔不堪忍受吵吵闹闹的家庭生活而离家出走，恰巧在这段时间里人们在他家附近的河里发现了一具尸体，大家都以为他自杀身亡。其实此时的帕斯卡尔在蒙特卡洛赌场赢了一笔钱正准备回家。当他在报纸上看到自己亡故的消息后，便恶作剧地改名为梅斯，过起了另一个"自我"的生活。他爱上了房东的女儿，却因为无法解释过去而退缩。他的巨款被盗，却不能报案，他无法澄清自己是谁，来自何方。杜撰一个人并不是件容易的事。他把手杖和帽子放在桥头，造成梅斯投河自尽的假象，终于他要做回到原来的自己帕斯卡尔。他回到乡下，妻子已经改嫁生子，当他站在妻子和岳母面前时，她们都吓得惊慌失措，认定他是帕斯卡尔的鬼魂。他只好在图书馆里静静地等候着时间的流逝，每天在自己的墓前放上一束鲜花。

皮蓝德娄的戏剧构思精巧，情节离奇，内容晦涩，通常被称为怪诞剧。《六个寻找作者的剧中人》（1921 年）是 20 世纪戏剧史上的里程碑，皮蓝德娄首创了融合现实生活与舞台戏剧的"戏中戏"。后来出现了"皮蓝德娄主义"一词，用于形容这种类型的戏剧虚构与现实相融合的特色。剧场里正在排演新戏，六个幽灵般的剧中人闯了进来，他们自称是被剧作者遗弃的角色，而作为角色他们具有"永恒的人格"，在舞台上永远比演员高明，他们请求剧院经理把他们的戏排出来。这六个人是离异的夫妻和四个同母异父的孩子。二十年前，丈夫把妻子交付给自己的秘书，他出于"善良"，认为秘书和妻子更加般配。儿子被他送到乡下，成长在没有父母的环境里。妻子和秘书组成家庭，他们育有两女一男。多年后秘书去世了，丈夫把妻子及她和秘书的孩子们接到家中，但是这个重组的家庭并不能和睦相处。儿子痛恨母亲，厌烦父亲，认为母亲无耻下贱，父亲懦弱无能；秘书的大女儿当过妓女，自卑而又跋扈，小儿子终日木讷无语，叫人无法理解，只有小女儿天真烂漫给人以安慰。结果小女儿溺水而死，小儿子开枪自杀。舞台上响起真的枪声，人们奔走惊呼，假戏成真。《六个寻找作者的剧中人》对戏剧本身做了许多理论上的探讨和形式上的革新，六个剧中人既代表人生的苦恼又体现着剧本与作家、演员与角色的关系，它使皮蓝德娄跻身于戏剧大师的行列。

在另一部剧中，一个现代青年深爱着一位姑娘，在化装游行会上，他装扮成 11 世纪神圣罗马帝国皇帝"亨利四世"的样子与化装成伯爵夫人的姑娘并肩而行，这种情形使情敌妒火中烧。情敌暗算了青年，使他跌落下马，大脑受到震荡，从此精神失常，只记得自己是"亨利四世"。亲友们顺从他的意志把别墅布置成皇宫，并且雇用了四名青年做他的"臣仆"。十二年后的一天，"亨利四世"从疯狂中清醒过来，他发现心上人已嫁给了情敌，自己在虚幻的梦中消耗掉了全部青春，他茫然不知所措，无法承受真实的生活，只好继续装扮"亨利四世"来逃避现实。又过了八年，按照神经科医生的设计，昔日的情人装扮成伯爵夫人的样子来看他，他再也无法使自己平静下来，他当众揭发了情敌当年的卑劣行径，最后拔剑刺死了情敌。他站在舞台上，惊恐地看着这荒谬的一切，最后他不得不戴上古代人物的面具，他要逃脱罪责，只能再次成为"亨利四世"。《亨利四世》（1922 年）被称作 20 世纪戏剧的绝佳作品。单纯的理想遇上生活的骗局，无异于鸡蛋碰到石头。皮蓝德娄在作品中力求表现理想与现实的冲突，进而体现出生活的虚幻和社会的紊乱。

从事文学创作的人多半是童贞与复杂的结合体，皮蓝德娄形容自己是个驯服的学生，对生活抱有真诚的赤子之心，他说我们"必须毫无保留地、毫不怀疑地绝对相信人生的万千表象"。但另一方面，现实对他来说是荒诞无常的，每个人都有自己的一套想法，人与人之间不会真正地达成

共识，只有戴上面具才能找到现世的真实。人生如戏，人无法逃脱虚假。

"我思索着，是因为我有感觉；我感觉着，是因为我思考着。"皮蓝德娄一生都在探索着人生的本质，直到 1936 年 12 月 10 日患肺炎辞世。

鉴于皮蓝德娄"无畏而智慧地复兴了戏剧和舞台艺术"，1934 年瑞典文学院授予他诺贝尔文学奖。

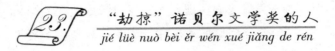

23. "劫掠"诺贝尔文学奖的人
jié lüè nuò bèi ěr wén xué jiǎng de rén

诺贝尔文学奖应该奖给文学界的人士，这仿佛是不言而喻的事，但是从 1902 年起就有不少文学界以外的人闯进这一领域，将文学奖"劫走"。最早"劫走"诺贝尔文学奖的是一位历史学家，德国的哲学博士——特奥多尔·蒙森（1817 — 1903）。

这是为什么呢？原来诺贝尔奖的颁奖章程第二款明确指出："文学"应不仅只包括纯文学，"也包括在形式上或内容上表现出文学价值的其他著作"。根据这一定义，诺贝尔文学奖可以奖给哲学家、科学家、史学家，只要其著作的表现形式有杰出的艺术性，内容有很高的价值。

这样，蒙森所从事的历史学编撰事业也符合了这条规定。其实，从文学的角度来说，蒙森的皇皇巨著《罗马史》，不仅具有极准确的历史价值，也具有极高的文学价值。蒙森的文笔洗练，擅长刻画人物，且富戏剧性，读来非常生动，因此许多人就将它作为文学作品来阅读。据说，当时德国专制的"铁血宰相"俾斯麦，曾在一次议会散会后（蒙森晚年曾担任过国会议员），走到蒙森的跟前，恭恭敬敬地对他说："您的《罗马史》我拜读再三，你看，封皮都快要磨破了。"

蒙森于 1817 年 11 月 30 日诞生在德国的加尔丁。父亲是牧师，母亲是教师。这使得蒙森从小受到良好的家庭教育。母亲曾对少年蒙森说："我们这一地区，跟古罗马帝国有非常密切的渊源。可是如今，谁还记得古罗马帝国光辉灿烂的悠久历史呢？"母亲的教育与激励，使蒙森下决心献身于古罗马史的研究。

蒙森二十六岁那年，前往罗马从事考古，在意大利待了七年。这期间，他发掘了许多文物和史料、整理了大量古籍，特别是那不勒斯王国的史料。回国后，蒙森曾在莱比锡大学任教。后因他在政治上反对专制的俾斯麦，任教两年就被莱比锡大学解聘；他不得不转到瑞士苏黎世大学，在那里教授罗马法。

蒙森的皇皇巨著《罗马史》，自1854年出版第一卷始，前后辛苦耕耘，呕心沥血，历经三十余载，待到《罗马史》五卷本完成时（其中第四卷未完成），他已经是一位六十八岁的老人了。《罗马史》的完成，使他在国内外享受了崇高的地位和声誉，连遭到蒙森一贯公开、强烈反对的专制统治者俾斯麦，也不得不对他表示钦佩。

蒙森具有多种不同的才华。这是一个渊博的学者及思路清晰的资料分析家，而在判断时又可以满怀热情。他能极为详尽地描述政府内部的机构运行及经济的复杂状况，而对于战争场面与人物性格，又同样写得精彩生动。凡是读过他的《罗马史》的人，便不会忘记他对特拉希米诺湖之战、坎尼之战、阿勒利亚之战及法萨罗之战的记述。他对人物的描写也同样活泼。他用鲜明的线条勾画出"政治煽动者"G. 格拉古；勾画出早期的马利乌斯——那时，"心智的错乱已变成了一种力量，人为了避免眩晕而投入深谷"；勾画出汉尼拔，勾画出扎马之战的胜利者西庇阿·阿非利加纳斯，以及许许多多不那么重要的人，其形象在大师笔下，只略略几笔，就都跃然纸上了。

或许，从根本上讲，他是个艺术家，他的《罗马史》就是一部庞大的艺术作品。面对"纯文学"，这一诺贝尔遗嘱中得到肯定的文明之高贵花朵，蒙森不愧为其主要代表之一。蒙森在《罗马史》第五卷中曾说，想象力不仅是诗歌之母，也是史学之母，可见他已感到了两者之间的关系。

我们在他的著作中处处可以看到学者的手笔，也可以看到诗人的手笔。实际上，蒙森青年时代就曾写诗。1843年的《三友诗编》就证明他本可成为缪斯的随从，只是由于环境，其人生道路才有所改变，正如他所说，"诗与文，并非每个蓓蕾都会成为花朵"。虽然他是一位史学家，但同时他也是德国诗人迪奥多·斯多姆的朋友，诗人莫利克的崇拜者；即使在他年事已高的时期，他仍把意大利诗人卡尔杜齐和贾克沙的诗译成德文。

1902 年，由于蒙森是"现存的最伟大的历史写作艺术大师，特别是他写了里程碑式的著作《罗马史》"，而荣获 1902 年第二届诺贝尔文学奖。

在蒙森"抢走"诺贝尔文学奖后，时隔六年，又一位文学圈外的德国人将诺贝尔文学奖收归到自己名下——这就是鲁道夫·欧肯（1846 — 1926）。如果说蒙森是以编史方面的成就而获奖的；那么欧肯就是以哲学方面的卓越贡献而夺魁的。虽然领域不同，但他们都符合诺贝尔文学奖的宗旨：从诗扩大到人文学科。

一个人的成长往往和他童年、少年时代的兴趣、爱好有极大的关系。欧肯也是如此。欧肯在四五岁时，他所喜爱的哥哥和父亲相继死去。这使他既痛苦又百思不解："人为什么会死？""上帝真的是全能的吗？"他常常提出这一类问题来问妈妈。当然，妈妈的回答又常常使年幼的欧肯不能满意。对于失去丈夫的年轻母亲来说，儿子是她唯一的安慰和依靠，她决心要让欧肯读书，上大学。随着年龄、学识的增长，无穷尽的人生疑问把他的兴趣引向了哲学。

欧肯读中学时，最喜欢上哲学课。他觉得哲学虽然高深，但并非难以接受。从此他更加如痴如狂地迷上了哲学。有一次上课时，老师在黑板上出了四个题目，任同学们自由选择作文标题。然后老师单独点了欧肯的名字，对他说："年轻人，你喜欢哲学，你的头脑富于哲理性，你就写一篇关于西塞罗（古罗马著名政治家和演说家）谈话录的文章吧！"老师的这番评价和首肯给了欧肯极大的鼓舞。在哥丁根大学学习的时候，欧肯主动要求听古希腊哲学家亚里士多德这门课。这个要求令老师十分高兴，因为他是唯一报名听这门课的学生。

大学毕业后，他先后在中学和大学任教。欧肯二十五岁时就成为巴塞尔大学的哲学、教育学教授。先后撰写了《当代基本观念的历史和批判》、

《精神生活在人类意识和行为中的统一》、《伟大思想家的人生观》等哲学著作。尤其是《伟大思想家的人生观》一书深受各国知识界的欢迎，先后再版了十六次，被许多国家翻译出版。1908 年，"由于他对真理的热切追求，他深邃的洞察力、广阔的视野和热情、雄浑的笔力，以及他在众多作品中维护和阐释的理想主义人生哲学"，瑞典皇家科学院将诺贝尔文学奖授予了他。

其实，诺贝尔文学奖的评奖结果也从一个侧面反映了文学与其他学科的交融性。这种交融性，在 20 世纪的欧美文学中表现得非常明显。文学与哲学、心理学、历史学、神话学、民俗学、自然科学之间不断相互借鉴、交叉、融合，出现了意识流文学、存在主义文学、寓言编撰派等等。文学和其他艺术的相互影响就更为明显，许多现代派文学的产生都是从绘画、音乐、造型艺术中获得灵感，发展创造出来的，如印象主义、表现主义、超现实主义等等。这一现象的根源，似乎还在于，它们从根本上讲都是围绕着"人"这个主题的。也正因如此，高尔基的名言时至今日依然有着重要的启示作用——"文学是人学"。

24. 历史魔镜中的《杜拉多》
lì shǐ mó jìng zhōng de dù lā duō

东西方文化的交流很早就开始了，然而在西方人的眼里东方——特别是中国——永远是一个神秘的世界。正因如此，一些关于中国的传说，几经转述早已不是原来的面貌了，而成为一种想象的素材，反映的是他们自身对世界、人生的认识了。德语文学中关于杜拉多的故事就是这样的。

杜拉多公主的童话故事取材于东方童话集《一千零一夜》中的《王子卡拉夫同中国公主的故事》。卡拉夫是一个皇族的王子，这个皇族遭到了很大的不幸，失去了王国和统治权。卡拉夫来到了中国首都北京，他听说皇帝有一个漂亮的女儿杜拉多。邻国的王子都被她的美貌所倾倒，但是杜拉多却十分憎恨男子。杜拉多是她父亲的一块心病，因为他除了这个可怕的女儿外没有任何后代。她是如此的狂傲，拒绝所有的求婚者。她声称："我恨男子，我不愿意成亲。"只有那个能当着首都所有精通法律的人的面回答杜拉多提出的所有问题的男子才能娶她，而不能回答问题的求婚者均遭砍头。后来，公主也向卡拉夫提了问题，卡拉夫第一个回答出了她的所有问题。感到惊恐的杜拉多对她的女奴说："他的正确答案使我对他没有任何好感。"王子愿意放弃娶她的权利，条件是杜拉多能回答他提的一个问题，即要猜出他的名字。杜拉多派了一个女奴到王子那里打听他的名字。这个女奴本来也是一国的公主，但作为皇帝的俘虏住在北京，她爱上了卡拉夫，想劝他同她一起逃跑。第二天，杜拉多获知王子的名字，是女奴把名字泄露给她的，因为女奴不愿意杜拉多嫁给王子，卡拉夫万分悲痛地倒在地上，然而充满胜利喜悦的杜拉多当众宣布她将嫁给王子的决定。女奴拔刀自刎。"全体在场的人因为这件事儿大哗。"这桩婚事起初并不美满，后来夫妇间的阴影才逐渐消失。旧的秩序重又建立起来，当然是通过血腥的战争。成千上万的人死于战争，但故事的讲述者认为，王子"不幸的命运宣告结束，尽管战争是残酷的，但这次战争至少对王子来说具有决定意义"。

王子卡拉夫和中国公主的故事是一个残忍而伟大的现实主义童话。后人不断被它吸引，也不断地对它进行修改。意大利剧作家戈齐1762年根据这个故事创作了一部童话剧。剧中保留了原作中的残忍性，此外还加进去了一些15世纪意大利即兴喜剧中的典型人物，使得这个童话剧更具有民间色彩。后来席勒又将这个故事改编成一部诗剧。席勒的剧本从结构和情结来看都与戈齐的童话剧相似。他只是删去了一场滑稽戏：在戈齐的童话剧里，女奴这个角色已经失去了不少矛盾性，而只是一个热恋王子的女阴谋家，当她想结束自己的生命时受到王子和杜拉多的宽宥。除此之外，席勒还给所有的人物都增添了一种高贵的色彩，并去掉了一切残忍的场面。如果说戈齐的杜拉多还是随心所欲地行事，没有心理动机的话，那么席勒的杜拉多就是一个有自由要求的高贵的人物了。

1953年8月，德国著名戏剧家布莱希特（1898—1956）又一次将目光转向杜拉多这一古老题材，这也是布莱希特的最后一部剧作。

　　早在 30 年代，布莱希特就产生了写《杜拉多》一剧的想法。布莱希特流亡期间在准备写一部关于"图侬们"（知识分子）的小说时曾多次考虑要把《杜拉多》的素材同他的这部小说结合起来。在《伽利略传》里他要描写"理智的黎明"，而在他的这部描写知识分子的剧中他要描写的是理智的末日。

　　布莱希特的戏剧主要讲了这样一个故事：中国的皇帝陷入困境，因为在老百姓当中开始流传皇帝为了保证自己的经济收入人为地制造棉花紧缺的说法。皇帝把大量的棉花囤积在他自己的仓库里，也就是说不让棉花进入市场，从而保持棉花的高价。人民大为不满，并要求知道棉花的去向。一个名叫开河的人对人民进行启蒙教育，"他从思想上、军事上训练了武装起义的朋友们并准备发动一场革命"。他要把中国"变成一个可以居住的国家"。中国的公众舆论仍然受知识分子的控制。他们把思考当做肮脏的买卖，他们靠贩卖观点生活。要在这个国家取得一定的地位就必须成为图侬，图侬学校和图侬大学的任务就是传授如何成为图侬和制造观点的艺术。开河也是出身在图侬这个阶层，但是他没有滥用他的智力，因此他被图侬们排斥，因为他"同渣滓"同流合污。当时如果制衣者联盟同无衣者联盟能联合行动的话，皇帝肯定会被推翻。但是这两个群众组织的图侬们相互仇视胜于仇视他们的敌人，他们就正确的道路、主要是有关武力的作用争吵不休。渔翁得利的不仅仅是虚弱的皇帝，而首先是强盗戈格尔·戈格。戈格之所以当了强盗是因为他想通过这一途径成为图侬，但他没有被任何一个图侬学校所录取，只得进入政界。皇帝把这个戈格和他的人马当做拯救他的恩人，皇帝已不愿再利用图侬们，因为事实证明图侬们在关键时刻没有保卫皇权的能力。皇帝召开图侬大会以开脱罪责，大会本来是为了消除人们对他囤积棉花的怀疑，但这次会议失败了。能为皇帝开脱罪责的人可以娶杜拉多公主为妻，但没有人能做到这点，所有的应征者都被砍下脑袋。戈格尔·戈格借机接近杜拉多公主，起初公主对他十分有意，皇帝也同意他俩结婚。戈格夺取了政权，他把一部分棉花烧掉并企图把罪责推到制衣者、无衣者和图依们的身上，然后把剩下的棉花高价出售。戈格迫害图依，销毁他们的艺术品，但是他的统治也维持不了多久，因为开河和他的支持者打进了首都，他们赶走了独裁者，建立了人民的统治。

剧中，布莱希特完全重塑了杜拉多这个角色，她不再是原作中的那个憎恨男子的女人，经反复考虑后，她选择了一个男人当丈夫，而且仅仅是因为她征服了这个男人。布莱希特的杜拉多更多是一个喜欢男人的轻浮少女。她最看得上图依们，如果她中意的图依在智力上显示出无能，具体来说就是无法为皇帝开脱罪责，就会失去她的宠爱。她追求的是善于说谎的人，不善于说谎的人就会掉脑袋。如果男人们"能言善辩"，而且能对答如流，她就极度兴奋。原作中杜拉多给求婚者出难题的情节，在布莱希特的作品中变成了皇帝给图依们规定的任务，图依们要用机灵的词句使人们消除对皇帝操纵经济命脉的怀疑，皇帝则把杜拉多公主作为奖赏最聪明人的诱饵。原作中精通法律学者大会在布莱希特剧作中成为图依大会，而图依大会也是这部剧的中心内容。

布莱希特在《杜拉多》中加进了许多对现实的隐喻，主要的情节可以说就是用中国的一个故事来比喻在魏玛共和国发生的导致希特勒上台的一连串事件。布莱希特要表现魏玛共和国表面的民主如何导致了法西斯主义的滋生、蔓延，而剧作家心目中的图依就是那些想知道真理，但为了自己的利益不敢说真话的知识分子。

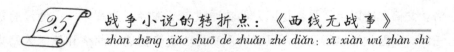

25. 战争小说的转折点：《西线无战事》

zhàn zhēng xiǎo shuō de zhuǎn zhé diǎn：xī xiàn wú zhàn shì

雷马克（1898—1970）的《西线无战事》发表，才彻底改变了这种局面，才有人真正通过一个普通士兵的个人感受和心理活动来展现那真实而残酷的战争场景，来揭露和控诉战争的不人道。因此可以说，《西线无战事》是一场文学领域里的地震，它导致了战争观念的彻底变革。

雷马克出生在奥斯纳布吕克市一个小工场主家庭。因为全家都信仰天主教，所以雷马克青少年时期一直在天主教会学校念书。1916 年 11 月，正在当地初等师范学校念书的雷马克应征入伍，参加第一世界大战，在西线经历了多次战役，五次受伤，战后从事过教师、会计、石匠、记者、编辑等多种职业。1918 年他开始发表作品，多是一些短篇，第一部长篇小说是 1920 年出版的《梦中小屋》，之后有《地平线上的车站》（1927—1928）等长篇陆续问世，这几部作品表明了尼采对他的影响和他对尼采的兴趣。但从整体上看，雷马克还没有跨出介于消遣小说和艺术作品中间的那条界限，在文学创作上他是一个寻找方向的人，还未能捕捉住能刺激时代中枢神经的题材，还没有塑造出令读者认同的艺术形象。1928 年 11 月至 12 月间，他的小说《西线无战事》在报纸上连载，翌年 1 月出版。这是雷马克创作上的一个里程碑。小说引起巨大轰动，仅三个半月印数就达六十四万册之多，这一年年底就被译成十二种语言。雷马克也一夜之间跻身于德国乃至欧洲文坛知名作家之列。

1931 年雷马克移居瑞士。1933 年希特勒上台后，他的作品被投入火堆，罪名是"对参加世界大战的士兵的文学上的背叛"，1938 年被剥夺国籍，1939 年他流亡美国。这期间他创作了一系列作品：《三个伙伴》（1937）、《爱邻人》（1940）、《凯旋门》（1946）、《黑色方尖碑》（1956）、《借来的生活》（1956）。1948 年雷马克重新返回瑞士，在那里居住直到逝世。

在雷马克的整个文学创作中，《西线无战事》占有极为重要的地位。这本书一经出版在德国就掀起了一阵群情激越和相互矛盾的狂热反响：民族主义者和法西斯分子疯狂地咒骂和鼓噪破坏；爱好和平的人士则热情欢呼。一年之内它在德国的发行量就达一百二十万册，先后被译成二十九种语言，被出版业的行家誉为"古今欧洲书籍的最大成就"。中国在 30 年代就已有了几种不同的译本。

它讲的是主人公博伊默尔的故事。第一次世界大战时，保罗·博伊默尔和他的同班同学阿尔贝特·克罗普、米勒、勒尔都是不满二十岁的年轻人，他们在校长坎托列克"保卫祖国"的沙文主义宣传的煽动下报名当了志愿兵。可是随之而来的却是平淡的日常生活。起先驻扎在后方。这里充满普鲁士大兵的气息，鲁顿呆板的军士精神践踏着人的自尊心，"营房、操场"的概念逐渐排挤了"祖国"的概念。在部队里，他们四人又跟锁匠恰登、泥煤工海伊·韦斯特胡斯、农民德特林和卡特结成了好朋友。他们的排长是一个以折磨人为快事的残酷的家伙，保罗他们几乎每个人都受过他的侮辱和迫害，对他恨之入骨。

后来开始过战壕生活：虱子、老鼠、饥饿和寒冷，时刻提心吊胆怕被打死，也时刻为要去打死完全无辜的人而担忧。这些感受像无力承担的重担落在主人公的身上："我们不再是青年了。我们已经不打算从战场上捡回这条命。我们躲避自己，躲避自己的生活。我们才十八岁，我们刚刚开始爱上世界和生活，却不得不向它们开枪射击。第一颗爆炸的炮弹就打死了我们。我们同理性活动，同人类的心愿，同进步隔绝了。我们不再相信这些东西。我们只相信战争。"

战争彻底打碎了博伊默尔他们心目中的英雄主义和崇高的神圣情感，他们像机器人一样被驱赶上战场，凭着一种本能向一个概念——敌人——拼命冲杀。一次博伊默尔外出侦察，跑到正在进攻的敌人的散兵线后面。他紧张的倾听着夜战的声响。蓦地一个法国兵沉重地跳进弹坑，就在这一瞬间，博伊默尔一刀捅了过去；他连考虑都没有考虑，光知道身上有一个调节好的机器"动了一下"。天亮了。回到自己人那儿已经不可能了，于是主人公在漫长的几个钟头里眼看着一个人在他身边慢慢地、艰难地死去。一个他亲手杀死的人！现在，这已不是"敌人"，不是危险的抽象化身，而是一个个儿不高的、留着小胡子的男人，在这个人的证件上写着——热拉尔·迪瓦尔。恐惧和悔恨袭击着主人公。他这才意识到，他们的敌人也正如他们一样，在自己的国土上不过是一些普普通通的人，他们有工作、有理想、有亲人，他们同样被什么人驱赶着来到战场，与素不相识、毫无仇怨、一样无辜的人厮杀。博伊默尔许下了要反对战争、帮助死者妻子的诺言……可是现在他又回到德国战壕，又置身于杀人的战争圈子里。他又只不过是一个没有时间做"心慈手软的人"的士兵："这全是由于我跟他在一起呆得太久的缘故，"他说，"战争终归是战争嘛"。

在战争间隙，博伊默尔他们有时也忍不住相互询问学过的物理、哲学、文学问题，可紧接着，他们便陷入绝望的沉默之中：他们这一代人刚刚站在人生的门槛上，就被卷入无情的战争。即使战争不要他们的命，而战争一结束他们便必然被抛弃。因为他们既没有"过去的生活"可以联系，也没有"将来"可以寄托，他们刚要在生活中扎根，战争便把他们连根冲走。就这样，他们带着无尽的恐惧、忧虑和绝望的情绪，迎接一场又一场战争。博伊默尔的同伴也一个接一个地死去；休假旅行只能更突出主人公的孤独，加深他与家庭之间的鸿沟，加深而今的"成年人"的绝望与那无忧无虑的少年时代之间的鸿沟。

在小说的结尾，博伊默尔已经是一个彻底垮了的人，因而在1918年一个静静的秋日里落在他身上的死亡，看起来竟像是一种解脱，甚至像是因为他遭受的痛苦而授予他的奖赏。那一天，整个前线沉寂宁静，战报上用这几个字概括：西线无战事。

这部小说的成功，首先在于他对可怕的战争生活所作的淋漓尽致的描写。战场上充满的是残酷：那里既没有飘扬的旗帜，没有嘹亮的军号声，也没有壮丽辉煌的赫赫战功；有的只是堑壕中的血与泥，肿胀的死人肚子，溅满战壕墙壁的脑浆，蛇一般弯弯曲曲的人的内脏。士兵们既没有"保卫祖国"的豪言壮语，也没有决死疆场的英雄气概，有的只是捉虱子、打老鼠、烤小猪、偷白鹅，长官折磨士兵，士兵捉弄长官，有时还用军粮面包换取占领区女人的"爱情"。他们时刻担心着被打死，就仅仅为了保全自己，才不得不去杀死别人。这些涉世未深，天真未凿的青年，"对人生的知识仅仅限于死亡"，"杀人——这是我们有生以来的第一个职业"。作者着力渲染他们的迷惘、痛苦与恐惧，在平静的描述中有一种强大的沉痛的力量在震颤着我们的心灵，那就是对摧残人性、践踏生命的战争的控诉。

《西线无战事》不仅是对惨无人道的战争的控诉，他同时也是一曲人的颂歌，虽然充满痛苦，虽然浸染了悲观的情绪，然而终究是颂歌。在书中主人公的心里，在他们那粗呢军大衣下面，隐藏着淳朴的人类感情——爱、信任、友谊，这些情感的存在是违背荒谬和血腥的战争法则的。正因为博伊默尔拒绝向这些法则投降，他才变成了一具"活尸"：一方面想要遵循人道主义的原则，另一方面，职责又要求他每分钟都违反这些原则，这种无法解决的矛盾使他万分痛苦。

雷马克对"善"是有着坚定不移的信念的，同时他又看不到走出不道德的战争圈子的出路，因此主人公的内心反抗实际上是无望的，他的失败是早已注定了的，这就使得《西线无战事》增添了一种悲剧性的魅力。

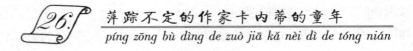

26. 萍踪不定的作家卡内蒂的童年
píng zōng bù dìng de zuò jiā kǎ nèi dì de tóng nián

1981 年诺贝尔文学奖获得者——卡内蒂（1905—1994），是一位具有特殊经历的作家。虽然早在 30 年代初，他就已经开始创作生涯了，但在德语界却长期鲜为人知，他的长篇小说《迷惘》（1935）的头两版几乎没有引起反响，直到 60 年代中期第三版时才博得广大读者的赏识。1981 年，这位七十六岁高龄的英籍德语作家，由于"他的作品具有广阔的视野、丰富的幻想和艺术力量"而荣获诺贝尔文学奖。消息传出震动世界文坛，人们从此对他和他的作品刮目相看。

卡内蒂 1905 年出生在保加利亚的小城市鲁斯丘克（现叫鲁塞），当时那里生活着来自五湖四海的人。除保加利亚人外——他们常常来自农村，还有许多土耳其人、希腊人、阿尔巴尼亚人、亚美尼亚人、吉卜赛人，从多瑙河对岸来的罗马尼亚人（卡内蒂的乳母就是一个罗马尼亚人），还有个别俄罗斯人。这种多民族的环境对卡内蒂的成长产生了深远的影响。人们常常谈论语言，光是卡内蒂所在的城市里就有七八种语言，这些语言每个人都懂得一点，只有从农村来的那些做保姆的小丫头才只会保加利亚语，因而被看做是愚蠢的。每个人都列举自己所熟悉的语言，多掌握一些语言是重要的，掌握了语言知识，不但可以解救自己，甚至可以拯救他人的生命。关于语言有这么一个故事：早年，商人们出门旅行是把他们全部的金钱都放在围着腹部的腰包里，他们也这样乘坐多瑙河上的轮船，这是很危险的。卡内蒂的外曾祖父在甲板上装着睡觉，倾听两个男人在用希腊语讨论一个谋杀计划：他们打算轮船一靠近下一个城市，就突然袭击一个舱房里的商人，把他弄死，抢走他那沉甸甸的钱袋，将其尸体从舱房的一个窗口扔进多瑙河里，轮船一停泊，就马上离开船只。卡内蒂的外曾祖父跑到船长那里，向他讲了自己听到的情况。那位商人受到警告，一位乘务员偷偷地隐藏在舱房内，其他人在房外站岗，当那两个凶手去执行他们的计划时，他们被抓住了。

生活在这种环境下的卡内蒂对语言自幼就有一种特殊的兴趣。

后来卡内蒂全家迁居英国曼彻斯特，在那里卡内蒂开始上学。他上学几个月之后，父亲为他带了一部书回来，并领他到孩子的卧室里，给他讲解这本书。那是一本少儿版的《一千零一夜》，封皮上有五光十色的画。父亲激励卡内蒂，一本正经地对他说，这部书多么让人开心，并朗读了一个故事，说书中的其他所有故事也跟这个故事一样有趣。他要求卡内蒂马上就试试阅读这些故事，要求他把读过的故事经常在晚上讲给他听，还答应卡内蒂读完这部书后，再给他带本新书。小卡内蒂一听，马上行动，虽然他在学校里才刚刚开始学英语，可他还是马上读起这部令人赞叹的书来。每天晚上小卡内蒂都向父亲讲一点读过的故事，而父亲也经常给他带回新书。在这个过程中，小卡内蒂读了格林童话、《鲁宾孙漂流记》、《格列佛游记》、莎士比亚的故事、《堂吉·诃德》等。卡内蒂后来说："我后来成长所需要的一切，都包含在我七岁时为了讨父亲高兴而阅读的那些书里。"

然而，所有这些与他学习德语的经历相比都要逊色。我们知道，卡内蒂的父母对孩子和其他亲戚说的都是西班牙语，可在他们夫妻二人之间说的却是德语。那是他们在维也纳度过的幸福的学生时代的语言，是他们记录一切美好回忆的语言。每当他们交谈的时候，小卡内蒂就感到他们的话不可思议。他聚精会神地倾听他们谈话，听完后便询问他们，这是什么意思，那是什么意思。他们咧嘴笑了，说要了解这些，对他来讲还太早了。"他们把'维也纳'一词（仅此一词）告诉我，已是过分的了。"在小卡内蒂看来，他们用这种语言交谈的必定是一些很奇妙的事情，他久久地徒劳地恳求后，便愤然离开，跑到另一间很少利用的房间里，以完全像咒语那样的语调背诵几句从父母那里听来的话。他常常独自一人练习这几句话，在单独一人的时候，就把已背熟的所有句子或者个别词连续不断的说出来，说得非常快，肯定没人能听明白，但小卡内蒂还是小心翼翼，谨防父母觉察到，以一种自己掌握的秘密来报复父母的秘密。

小卡内蒂发现，父亲给母亲起了一个名字，只有当他们说德语的时候，他才使用这个名字，她叫玛蒂尔德，他则称她梅迪。有一次，小卡内蒂站在花园里，尽可能出色地伪装自己的声音，向屋里高声呼叫"梅迪！梅迪！"父亲每次回家的时候，在花园里就是这样呼叫母亲的。呼叫后，小卡内蒂就迅速绕着住宅奔跑，过了一会儿，他又带着清白无辜的神情出现。只见母亲无可奈何地站着，问他是否看见了父亲，她把小卡内蒂的声音当做是父亲的了，这对小卡内蒂来说是一次胜利。母亲在父亲回家后马上就给他讲了这件事，说它是无法理解的。这个秘密，小卡内蒂一直守口如瓶，不转告他人。

在童年时期众多的强烈愿望中，小卡内蒂最强烈的愿望就是掌握父母亲的秘密语言。这一愿望在小卡内蒂六岁，父亲不幸英年早逝后得以实现。母亲那时一瞬间感到失去了说这种语言的伴侣，这时她生活中的可怕创伤最敏感的表现出来：她用德语跟父亲谈情说爱的时光不在了，他们的婚姻原本是在这种语言中进行的。她手足无措，觉得没有他自己也完了，因此她竭力希望尽快的以小卡内蒂取代他父亲的位置。

为了学习德语，卡内蒂和母亲来到洛桑不久，就买了一本英德语法，由母亲开始上课。这是一个痛苦的过程。母亲念一句，小卡内蒂跟着念一句。由于母亲总是不满他的发音，小卡内蒂就只得把句子反反复复念多遍，直到母亲觉得过得去为止。反反复复地念是常有的事，因为母亲讥笑他的发音，小卡内蒂十分好强，就下了工夫，很快纠正了发音。掌握正确发音后母亲才把句子的英文意思告诉他，可是她从不复述自己的话，小卡内蒂得马上永远记住。教完一句后迅速转入到第二句，程序相同。这种令人烦恼的学习大概延续了一个月。后来母亲将课本交给小卡内蒂，从此他的德语水平不断增长，在上课之外母子俩也开始用德语交谈了。

卡内蒂后来说道："对我来说，德语是在一种忍受着痛苦的情况下较晚培植的母语。痛苦过去了，随即而来的是一个幸福的时期，幸福使我同这种语言结下了不解之缘。这必定很早就培养了我对写作的爱好，因为我为学会书写的缘故而得到了母亲那本书，而我突然向好的方面转变恰恰是以我学习德语字母开始的。"

从此卡内蒂就一直以德语写作，他晚年写作的自传三部曲《获救之舌》（1977）、《耳中火炬》（1980）、《眉目传情》（1985），很快成为畅销书，不断再版，印数递增，轰动了整个德语文坛，受到舆论好评。《每日镜报》称赞说，"埃利亚斯·卡内蒂的自传应属这类文学中超越时代的少数范例之列，因为它把真实与文学创作融为一体，把个人的小天地同延续着的时代历史熔为一炉"。《时代报》把它誉为"经典性的传记"，"富有诗意的传记"。就像瑞典皇家科学院的艾德菲尔德院士在"授奖词"中指出的："这位萍踪不定的世界作家有他自己的故乡，这就是德语。"

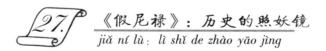

27. 《假尼禄》：历史的照妖镜
jiǎ ní lù: lì shǐ de zhào yāo jìng

在 20 世纪的德国文坛上，里昂·弗希特万格（1884—1958）是以擅长于写历史题材而获得盛名的，但是当前的现实生活一直强有力地吸引着他的注意力。"我从未打算过为了单纯的历史本身而去描写历史"——在谈到自己的写作特点时，他曾这样说过。可以说他是企图用历史的题材来认识和解决现实的冲突。

弗希特万格出生于慕尼黑一个富有的犹太工厂主家庭。1903 年进入慕尼黑大学，后入柏林大学学习语言学、哲学、人类学、梵文，获博士学位。很早他就爱好古典文学，而在宗法制家庭传统的影响下，又对犹太历史发生了兴趣，这种兴趣一直保持到他生命的结束，并决定了他许多作品的题材和主题。1903 年他出版了第一部小说集《孤独者》。1908 年创办文学月刊《明镜》，后在《舞台周报》担任剧评工作，写了一些剧本和艺术评论。他的早期作品深受唯美主义的影响。第一次世界大战爆发时，他在当时法国占领下的突尼斯被当做帝国公民遭到拘捕，不久逃回德国。这一时期他的思想发生了深刻的变化，逐渐摆脱了唯美主义的影响，写出了一些有影响力的作品，如剧本《华伦·赫斯汀斯》（1916）、《战俘》（1919）、《托马斯·万特》（1920）、《丑陋的公爵夫人》（1923）、《犹太人徐斯》（1925）等。其中比较重要的是他以犹太人为题材的《犹太人徐斯》。这部作品描述了犹太人徐斯一生传奇性的经历，他从一个小商贩爬上符腾堡公国主管经济大权的高位，为国王敛聚财富，自己飞黄腾达，而百姓却倾家荡产，饥寒交迫，他理所当然地引起众怒，受到仇视。国王死后，他被判处死刑。虽然他有机会逃脱，但他拒绝了，自动走上绞刑架。对于弗希特万格来说，历史小说只是一种身着昔日服装来阐释自己的思想、表现当前社会冲突的一种手段。1940 年希特勒的第三帝国的御用电影艺术家曾把这部作品拍成一部反犹影片。弗希特万格对此是极其反对的，作者强调，这部作品不是描写犹太人的恶行，而是解释行为的客观价值，这才是这部作品的主题。这一点突出表现在主人公徐斯被捕后的自我反省和消极静观上。他经历了个人的痛苦，完全洗心革面了，他对行动采取否定的态度，迟疑不决地走向苦难，希望他在痛苦的时刻所认识到的消极静观的明哲态度能得到举世的公认。很显然，弗希特万格受到犹太神秘哲学和东方无为哲学的影响，这大大削弱了他作品的批判力量。然而社会现实促使弗希特万格逐渐清醒地认识到自己的这一弱点，并在以后的创作中不断增强了批判性。

30 年代，弗希特万格创作了以当代生活为题材的小说，谴责和批判德国法西斯。1933 年希特勒上台执政时，在美国讲学的弗希特万格被剥夺了德国公民权。1933 至 1940 年弗希特万格被迫流亡法国，曾和雷德尔、布莱希特等共同创办流亡杂志《发言》，在莫斯科出版。在此期间，他推出了在德国文学史上占有重要地位的《候车室》三部曲：《成功》（1930）、《奥培曼兄弟们》（1933）、《流亡》（1940）。之所以将三部曲取名"候车室"，是因为弗希特万格将现代人类比喻成挤在一个狭小的历史中转站的旅客，他们已经离开原处，身处途中，尚未到达目的地。作家认为有责任要让同时代人看到那个售票处，按他的看法，那里出售的是主要历史列车的直达车票。1937年，弗希特万格到苏联旅行，受到斯大林的接见。1940年德国法西斯入侵法国，他再次被拘押，在美国朋友的营救下获释，后流亡美国，侨居在加利福尼亚，1958年12月病逝于洛杉矶。在这期间，他完成了《假尼禄》（1936）、《西蒙》（1944）、《戈雅》（1951）、《愚人的智慧》（1952）、《西班牙谣曲》（1955）等长篇小说。

《假尼禄》是弗希特万格历史小说的代表作。故事发生在古罗马。恺撒家族的最后一位皇帝、暴君尼禄在位的时候，罗马元老院的元老瓦罗备受青睐。瓦罗的奴隶特伦茨长相酷似尼禄，尼禄在位时，瓦罗多次带特伦茨入宫，扮作皇帝，供真尼禄取乐。尼禄的统治被推翻后，瓦罗遭到贬斥，逃到东方的叙利亚行省，继续推行已故尼禄皇帝卓有成效的东方政策，建立自己的势力，与罗马当局抗衡。

蒂图斯登上了皇帝的宝座，瓦罗少年时的同学、受他鄙视的塞伊翁受宠，被委以重任，并出任帝国叙利亚行省的总督。这两位昔日有隔阂的同窗代表着新旧两个王朝开始了彼此的争斗。

古板的塞伊翁恪守法令，拒不通融，坚持征收瓦罗六千塞斯特尔兹的督军税，尽管这笔钱对于任何一方来说"都是微不足道的"，但"事关原则"，双方都不肯退让。直到赛伊翁以武力相逼，瓦罗才被迫出了钱。这使瓦罗大为恼火，他决定抬出假尼禄特伦茨，公开对抗罗马当局，推行东西方一体化政策，同时也给"伸懒腰小木偶"塞伊翁出点难题，以报复他的无礼。

与蒂图斯王朝的高压政策相比，尼禄的东方政策在东方确实深得人心的，在两河流域苦心经营多年的瓦罗深谙人们的心理，于是他一方面散布尼禄假死的谣言蛊惑人心，另一方面又挑起叙利亚总督府和巴息王阿尔他班及两河流域一些小公国的矛盾，为假尼禄的出现做了充分的准备。

特伦茨只是一个瓦工，虽然他有着尼禄被推翻时险些送命的心惊肉跳的经历和爱他的妻子卡娅的谆谆告诫，但他却时时忘不了他扮皇帝时虽是虚假但也辉煌的过去。因此，他把自己陶瓷厂里的事全交给妻子卡娅和奴隶克诺普斯管理，自己则忙于社交，并期待着梦想的实现。

瓦罗的"赌博"正式开始了。特伦茨不顾妻子的忠告，作为复活的尼禄皇帝被推到前台，在两河流域建立了政权，并任命他的奴隶克诺普斯为国务大臣，投降的罗马军团军官特莱波恩为元帅，暴虐的"三巨头"统治开始了。为了取得巴息王的支持，阴险的克诺普斯放幼发拉底河的水淹没了阿帕米亚城，转而嫁祸于蒂图斯皇帝和基督徒，不明真相的百姓和军队纷纷倒戈，假尼禄的政权表面上一片大好。

然而人民是不会被长期愚弄的，再加上"三巨头"统治的腐败无能，人民的不满情绪不断增加，假尼禄政权开始出现了危机。当此之时，克诺普斯再献"良策"，借助血腥的"短刀匕首周"，大开杀戒，清除异己。凡是与他们有隙的人全部被杀，包括卡娅在内。

但靠恐怖和暴力维持的统治时没有生命力的，假尼禄政权终于走到它的末路。特伦茨看大势已去，仓皇出逃，但终归逃不脱被审判的命运。"三巨头"在遭到百般戏弄和侮辱后，被钉到十字架上，结束了他们可耻的一生。这样，倒行逆施的三巨头统治在昙花一现后覆灭了。

这部作品创作于1936年，当时希特勒已在德国掌权，而且嚣张一时，作为坚决的反法西斯战士，弗希特万格觉得有必要向包括德国在内的世界人民揭露出希特勒统治的真面目。

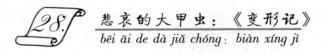

28. 悲哀的大甲虫：《变形记》
bēi āi de dà jiǎ chóng: biàn xíng jì

每个作家都有一个自己熟悉的世界，一个触发自己灵感的源泉。就像哈代永远生活在他的"威塞克斯"，乔伊斯只专注于都柏林，福克纳离不了"约克纳帕塔法"一样，卡夫卡的一生都和布拉格紧紧地联系在一起。

布拉格这座中欧的历史文化名城，充满了令人不可思议的神奇色彩，或者说充满了"悖缪"。它布满了教堂（被誉为"有着一千个塔尖的城市"），但实际上基督徒只是一个很小的数目；它拥有中欧最古老的大学以及相当数量的文化名人，但这里的人们同时又那么轻视学问和厌恶"精英"。

卡夫卡就出生在这样一个奇妙的国际性环境中。当时的布拉格是属于所谓的"奥匈帝国"的，这样卡夫卡出生后，国籍是属于奥地利，文化是属于德意志，生活在人口压倒多数的捷克人中间，而自己的血统则是一个纯粹的犹太

卡夫卡

人。因而卡夫卡的生活也充满了悖缪：他虽然具有奥地利的国籍但不是奥地利人；虽然处于德国文化圈但不是德国人；虽然和捷克人生活在一起，但不是捷克人；虽然具有犹太血统，却又和犹太人的宗教和文化传统相隔绝。在这么一个复杂共存的都市里，卡夫卡完全不知道自己的立场，其内心的彷徨可想而知。

布拉格的这种悖缪深刻地影响了卡夫卡的思维乃至创作。

一次，卡夫卡的一个朋友带给他一本名叫《狐女》的英文书，并告诉他这本书明显地模仿了他的《变形记》。卡夫卡听后却疲倦地微笑，轻轻地摇头："不，他没有模仿我。这是时代的问题，我们都抄袭了时代。动物比人类更接近我们——那就是我们囚笼的所在。我们发现，亲近动物比人类更容易些。"

这似乎可以解释为什么卡夫卡的作品中会出现那么多的动物形象，并

且都通过动物的生活而提出了人的问题。

其实，无论是父亲暴君式的管教，还是他从母亲那里继承来的神经过敏、多愁善感的性格，都促使卡夫卡对现代社会的异化感、恐惧感、冷漠感有深刻的体会。1907年卡夫卡在《乡村的婚礼准备》这部作品中，就叙述了当时人们的许多礼俗，并对此感到疑惑。他将"世人"与"我"加以区分，戏言式的叙述方式，使他的态度好像是在危险的工程旁边观看的小孩。只有"人类"才会去参加所谓的典礼、仪式，卡夫卡派遣肉体去参加乡下的婚礼，"自己"则化身为甲虫，留在家中。卡夫卡著名的作品《变形记》的雏形在这里就已显现：

——人因为在龌龊的岗位上工作，所以弄得身心疲惫不堪，不能享受休闲的乐趣。不管多么认真工作，也不能拥有受到爱心照顾的权利。人若与孤独无缘，将成为好奇心的对象。如果你不说"自己"，而只说"人们"，那什么事都不会发生。这样无聊的话，反复说上几次都没关系。但是，如果你说那是"我本身的自由"，那你的腰杆子就会被打洞，不断地发抖、恐惧。

不过，这是我刻意将"人类"与"自己"区分开来的，又如何能埋怨别人？或许他们也没什么不应该的，只因我太疲劳了，以致无法看清一切。由于想让我痛苦，他们将我周围的领地完全占领。过了几天，他们逐渐被打退。我一点也没有帮助他们的必要，我变成那样是理所当然的。不过，我感到很虚弱，静观"我"的一切，让其自然发展。或许，再过几天，一切都会好转。

我是否能和小孩一样，站在危险的工程旁边，依然泰然自若？我自己并不需要到乡下去，我只是将穿上我衣服的肉体送出去。我的肉体从我的房间门口蹒跚地走出去。他的蹒跚并不意味着害怕，而是意味着肉体的不实在而已。

我的肉体在楼梯上跌倒。他到了乡下，一面哭泣，一面吃晚餐。当时，我正躺在床上睡觉，盖着黄褐色的棉被，任由从门缝中透进来的风所吹袭。躺在床上的我，觉得自己好像是一只很大的甲虫或锹形虫或金龟虫。

对了，正是一只很大的甲虫。那时，我假装是在冬眠，这是非常重要的。在那膨胀的腹部，有着细小的足。我小声说了两三句话，对我旁边的肉体，故作悲伤地给予指示。过了不久，我就疲惫不堪了。我的肉体向我敬礼，然后快步地走了。在我安静休息的时刻，肉体会把一切事情做得很好。

五年之后，卡夫卡最著名的作品《变形记》问世了。《变形记》的主角是格里高尔·萨姆沙，他是布拉格市的一个中产阶级夫妇的儿子，这对夫妇就像福楼拜笔下的市侩，只对生活中物质方面感兴趣，且欣赏趣味低俗。大约五年前，老萨姆沙失去了他的大部分钱财，于是他的儿子格里高尔在父亲的一个债权人手下谋得一个职位，成了一个推销布匹的旅行推销员。他的父亲索性不工作了。他的妹妹格丽特还太小不能工作，而母亲又得了气喘病。所以年轻的格里高尔不仅养活全家，而且全家现在住的房子也是他设法找到的。这套房子是大公寓中的一个单元，被分割成几个小间。当时雇用仆人很便宜，萨姆沙家因此雇了一个女仆，还雇了一个厨子。格里高尔几乎老是在外旅行，但当故事开场的时候适逢他两次出差之间，可在家中待一个晚上。

格里高尔变形后，妹妹出于同情，每天按时给他送来食物。可是他已经改变了饮食习惯，爱吃大甲虫吃的那些腐烂的东西，喜欢在天花板和墙壁上爬来爬去，他已经完全失去说话的能力和人的声音了，但是还保持着人的思维能力和心理特点。格里高尔自惭形秽，也是为了怕吓坏亲人，总是躲在沙发底下不敢出来。但每天晚上，他偷偷地把耳朵贴在墙壁上听家里人谈话，急切关心着家庭变化，沉浸在担忧和渺茫的希望中。父亲老了，母亲患有气喘病，妹妹才十七岁，谁能出去挣钱呢？

妹妹发现他喜欢到处乱爬，就把家具都搬走了。格里高尔心里非常难过，这等于家里人放弃了他好转的希望。他害怕丧失这些家具给予他的安慰，就不顾一切地从躲藏地地方冲了出来，他不知道先拯救什么，他看见墙上一位女士像，便不顾一切地爬上去，紧紧地贴在玻璃上，母亲又一次吓昏过去，格里高尔想赶过来救母亲，被父亲用苹果打伤，其中一只苹果打中他的背，并且陷进去，格里高尔六神无主地瘫倒在地上。

家计日益窘迫，侍女辞退了，母亲妹妹的首饰也变卖了，家里有一间房出租给了三个房客。有天晚上，妹妹给三个房客拉小提琴解闷，格里高尔被优美的音乐所吸引，大胆地爬进了起居室。音乐对他有这么大的魔力，他真想爬到妹妹跟前，告诉她，谁也没有像他那样欣赏她的演奏。

一个房客突然发现格里高尔正在地上爬，惊叫起来，父亲赶过来安慰房客，房客发现住在他们隔壁的竟是大甲虫，十分恼火，当场要求退租，还威胁说要提出控告。

父亲踉踉跄跄跌进他的椅子里，妹妹哭着要求把格里高尔弄走，说对他已经仁至义尽了，母亲僵直地躺在椅子上，因为疲惫紧闭双眼。格里高尔知道自己又闯祸了，想转动他那不灵活的身子爬回自己的房间。但他太衰弱了，他拼命爬着，还不等他完全爬进房间，妹妹就把门推上闩了起来，还上了锁。

"现在又该怎么办呢？"格里高尔自言自语地说。他向黑暗的四周扫了一眼，如今想消灭自己的决心比妹妹还强烈十倍，他背上的烂苹果和周围发炎的地方都蒙上了柔软的尘土，早就不太难过了，他怀着温柔与爱意想着自己的一家人，鼻孔里呼出了最后一丝摇曳不定的气息。

格里高尔醒来的时候，他单独一人。这时他已经变成了甲虫，但在他身上人的意识还存在着，还渴望着回到人的世界，这说明变形还没有结束。随着时间的发展，虫的本能逐渐浸透到他的意识，人的思维渐渐地模糊、丧失。这篇小说描写的虽然是人变虫的过程，但真正值得我们关注、思考的却是变形所引发的萨姆沙一家人的反应，以及由此揭示出的温情脉脉面纱下的人与人之间的冷漠、欺诈、隔绝，以及剥削与寄生的关系。格里高尔变成了虫子，这是一种变形，也是一种放逐，被放逐出人的世界，但他却由此得到一个机会看到了曾经熟悉的家庭的另一面，他不知晓的一面，与此相对照的是格里高尔那些善良的想法和举动。他的甲壳虫身份虽然扭曲和贬低了他的身体，但却把他内心人的美好一面全都体现出来了。

他彻底的无私精神，总是替别人着想的品质与他自身可怕的灾难形成强烈的对比。卡夫卡的艺术在于他一方面逐步积累格里高尔的虫的特征，包括他的虫的外表的所有的可悲的细节，另一方面又生动、清晰地向读者展示格里高尔善良的、体贴入微的人的本性。如果说"异化"是此书的主题，那么这些因素也不可忽视。

最后读者不禁问这样一个问题：哪一个更接近人的概念？是变成虫的格里高尔，还是具有人形的那些寄生虫？（小说结尾部分具有鲜明的讽刺意味：全家人如释重负地计算着新的生活……）进而要问格里高尔为什么会变成虫？是他生活的那个世界的原因还是他个人的原因？所有这些问题的答案，恐怕只能在作品中去寻找了。

29. 诗人普宁：流亡的爱国者
shī rén pǔ nìng : liú wáng de ài guó zhě

在俄罗斯文学史上，普宁被称为是"最后一位古典作家"，这是因为他深深扎根在俄罗斯文学传统中，俄罗斯始终是他无穷无尽的创作源泉。然而就是这样一位无限眷恋这片土地的作家，却又远离故国达三十三年之久，并最终客死他乡。是什么迫使普宁离开这片土地的呢？

说到普宁的出走，就不能不提到 20 世纪初俄国十月革命那场历史性的大变动。革命摧毁了旧的压迫人的剥削制度，同时在革命的过程中也出现了不顾一切大肆破坏的现象。

普宁在他早期的《乡村》、《旱峪》等作品中，写到"庄稼人烧地主的庄园"，对被压迫者的反抗行动还多少表示理解。可是，到了 1917—1918 年，当他获悉普希金在米哈依洛夫斯科耶郡村的故居被付之一炬，列夫·托尔斯泰一家在图拉省的祖传庄园也遭到焚烧时，便无法理解了。作为一个艺术家，一个文化人，一个高度珍视文化传统的作家，他对革命风暴时期群众中自发出现的无政府主义过火行动感到极度的震惊；对当时在苏俄文化战线上占据主要地位的无产阶级文化派所鼓吹的否定一切历史遗

产、在一片空地上建立新的文化的主张嗤之以鼻。革命时期的俄国文坛令普宁深感失望。他觉得，"俄罗斯文学在最近一二十年中已经极度蜕化"，"走上街头"，"同群氓混在一起"。

俄国革命后发生的一切更使他感到格格不入。当时把持苏俄文坛的一批年轻人"对旧事物的仇恨是如此强烈，以致无法客观地对过去留下的全部遗产进行合理的分析……他们怀着满腔的革命热忱，渴望在一切方面，在所有地方都破坏掉旧世界；在一切方面，在所有地方都建立起一个新世界"。他们对那些真诚愿意为苏维埃政权服务的所谓"小资产阶级知识分子"，甚至包括当年被誉为"革命的海燕"的高尔基，都一概排斥，更不用说是地道"旧派"的普宁。1919 年 4 月，敖德萨的文艺团体召开了一次"小说创作者社团工会例会"，有人推举普宁主持会议，可是有一批青年作家"大喊大叫，说他们要誓死捍卫苏维埃的行动纲领，要对参加会议的人进行审查，不准腐朽的资产阶级作家发言……结果吵了一通，不欢而散"。

在敖德萨的那些日子里，普宁对法国史学家列诺特尔的著作很感兴趣，他完全接受后者谴责雅各宾派恐怖行动的观点，并把当时的苏俄同大革命时期的法国相比拟，认为群众发动起来后不过是一种自发性的破坏力量……

1920 年 2 月，普宁怀着揪心的痛苦，在敖德萨搭上一艘法国轮船离开了战火中的俄罗斯，这成了作家一生中悲剧性的分界线。从此，他同眷恋的俄罗斯土地永远割断了联系。普宁同妻子维拉·尼古拉耶夫娜一起经过君士坦丁堡、索非亚和贝尔格莱德，几经周折抵达巴黎，在那里定居下来。

在整个 20 至 30 年代，普宁在国外的生活是比较安定的。他不但硕果累累，而且颇有声望。1933 年他还获得了瑞典文学院颁发的诺贝尔文学奖，成为第一位获此殊荣的俄罗斯作家，这也是自诺贝尔文学奖设立以来，第一次授奖给一个流亡者。但是，所有这些并没有减轻他内心的痛苦。作家日思夜想着遥远的祖国。留在国内的亲人——两个哥哥：尤里和叶甫根尼，还有妹妹玛丽娅，他们已在 20 年代初大饥荒的日子里相继死去，但那里还有先人的坟墓，还有曾经养育过他的俄罗斯的土地。普宁意识到：尽管异国接纳了他，但这毕竟是别人的家。

普宁绝不愿意更换祖国，他在日记中写道："如果我不爱这个俄罗斯，那么为什么我在这些年里还要那样牵肠挂肚，万般苦恼，五内俱焚？"在从瑞典回巴黎的途中，他硬是去里加逗留了一段时间，以便感受一下贴近家乡的气氛。

在普宁的小说创作中，也表现着独具一格的特色。1910年，他出版了中篇小说《乡村》。这篇小说的出版在当时的俄国引起了一场轩然大波，激起了读者们的热烈讨论，同时也使作家名噪一时。在这部小说中，作家把笔端直接指向了俄国人信仰的本质，"即那些带着斯拉夫文化优越感的乡村农民，一相情愿地梦想自己的国家有朝一日能够统一全球"。使该小说成了"俄国文学中最忧郁、最残忍的作品之一"。在普宁早期小说中，自然景物与人物的心理感受达到了紧密的结合。作家在描写俄国农村的衰败和贫困之中揭示了俄国宗教法制社会解体所带来的没落感和深深的忧虑。

《阿尔谢尼耶夫的一生》在普宁的小说创作中占有重要地位。作家苦心孤诣经历七年奋斗，终于在1933年把这部作品奉献给了世人。这部作品具有很强的自传性，主人公阿尔谢尼耶夫青少年时期的经历与普宁自身的真实生活极为相近，而且两者在精神上更有着相通和默契。小说向人们展示的是"一个人从生到死，在漫长而美好的旅途上的感受"。作家正是以他别有风格的笔调，以他对真理的执著的感悟，塑造并刻画着人的精神历程。使小说更加注重对人的心灵震颤的把握，而非生活事件和人物本身。这里有源于生活又超越生活的人生感悟，有合乎自然更不悖乎人性的自然景观，也有那颗孤寂敏感而富于幻想的活泼灵魂。从而构筑了主人公阿尔谢尼耶夫的形象，同时也流露出作家普宁本人对自然、情感乃至艺术的体验和感受。它反映了主人公个体的独特性，也表现了普遍的人生感受。被人们称之为"一部叹为观止的奇书"。在这部作品出版的当年，普宁便被授予世界文学中的最高荣誉——诺贝尔文学奖。

普宁之墓

1939 年 9 月 1 日，希特勒德国军队进攻波兰，第二次世界大战爆发。同年 6 月，法国北部沦陷，普宁困居在南方的格拉斯小镇上，只能通过报纸和电台断断续续地了解外界发生的一切。1941 年 6 月 22 日，法西斯德国进攻苏联，投降德国的维希政府当即宣布同苏联断交。在法的俄国侨民处境于是变得更为艰难，不少人遭到逮捕和搜查，甚至被送往集中营。普宁在格拉斯的住所也被搜查了一遍。俄侨中有些败类投靠占领军当局，自我推荐，要到沦陷于德军铁蹄下的俄罗斯地区去效劳。一位知名的俄国侨民作家梅烈日科夫斯基甚至跑到巴黎电台大放厥词，把希特勒当做救星，将其比作……冉达克（圣女贞德）。有人建议普宁为占领军的报纸撰稿，并许诺给予优厚的报酬，但遭到断然的拒绝。他的心始终向着祖国。

与此同时，普宁还以实际行动为反法西斯斗争出力，有时甚至冒着生命危险。他把自己的住所变成了受占领军当局迫害的人们的避难所。许多犹太文学家、艺术家都曾在他的住所落脚。一些苏联战俘也被普宁一家悄悄地当客人一样来招待。

在几乎与世隔绝的格拉斯，普宁热切地注视着第二次世界大战，特别是苏德战场的形势。在普宁的日记里有时几乎逐日记录着战况。当作家获悉在他的故乡，在他早年生活过的地方正发生激战时，他寝食不安，惦念着老家的房屋和亲人的坟墓。当作家获悉红军正乘胜追击时，他情不自禁地发出欢呼："若是活到战争结束，就回俄罗斯去！"在1944年7月3日的日记里，普宁写下了这样的话："收复普斯科夫。整个俄罗斯都解放啦！真是伟大的壮举！"

"二战"结束以后，有些旅法的俄国侨民启程回国，也有一些人接受了苏联国籍。巴黎的侨民文学团体把几个接受苏联国籍的侨民作家除名，普宁不赞成，并退出团体，以示抗议。当时的苏联驻法大使博戈莫洛夫曾邀请普宁到使馆，面谈他回国的事宜。维拉·尼古拉耶夫娜在1946年5月27日的日记中写道："有人建议让扬（伊凡·普宁）乘飞机到莫斯科去一次，有去有回，两个星期，并把回来的签证也办好。"然而，普宁多年来一直心存疑虑：回国以后会碰到什么？国内战争期间的遭遇还难以忘怀，玛丽娜·茨维塔耶娃一家回国后的不幸遭遇又记忆犹新（丈夫被诬陷为国际间谍而遭枪决，妻子自杀身亡），而在1946年日丹诺夫正对苏联文艺界进行新一轮的"整顿"，一些刊物停办，左琴科、阿赫玛托娃遭到猛烈的围攻……犹豫再三，普宁终于没有成行。不过，这位作家同国内的友人始终保持着通信联系，关注着新一代俄罗斯艺术家的发展。在与友人的信中，他对特瓦尔多夫斯基的长诗《瓦西里·焦尔金》和巴乌斯托夫斯基的短篇小说都赞叹不已。

普宁的晚年生活并不十分如意。长期漂泊在异国他乡，使他总深深思念自己的家乡祖国。他曾多次给阿·托尔斯泰写信希望回到祖国的怀抱，却因一次世界大战的爆发而未能如愿。"二战"期间，他居住在法国南方，曾冒生命危险掩护和营救犹太记者和苏军战俘，他断然拒绝德军的高酬聘请，没发表过一篇文章。1950年，他在法国度过了法国为他举办的隆重的八十寿诞。1953年11月8日，普宁在巴黎的寓所里以八十三岁的高龄走完了他长达六十八年的文学生涯。

1953年，普宁与世长辞了。这位无限眷恋故国的大师，最终没能叶落归根，回到他心爱的俄罗斯，而那里才是他幸福的归宿：

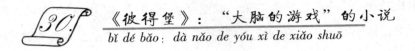

30. 《彼得堡》："大脑的游戏"的小说
bǐ dé bǎo: dà nǎo de yóu xì de xiǎo shuō

在俄苏文学史上，有一位被世界上众多学者认为可以同普鲁斯特、乔伊斯齐名的"意识流"小说家，他就是安德列·别雷（1880—1934）。

安德列·别雷在一份"作家自述"中这样来描述自己："把自己当做作家来谈，我觉得不好意思，而且感到刺手。我不是专职作家；我只是个探索者；我也许能成为一名学者，一个木匠，至于写作我考虑得最少；不过：我又不得不苦苦琢磨我的行当的细节。倘若我是个雕刻家，或许我会以同样的激情专注于雕刻艺术的细节：须知，灵感是离不开人的；一切皆为创作的对象。"别雷把自己称为一个探险者，而不好意思把自己认作是一个作家，这里面包含了作家本人的自我清醒认识。就对文学这一领域的贡献而言，别雷堪称是一个探险者。在俄罗斯文学上，别雷就是以其创作的标新立异而独占鳌头的。"他改革小说艺术形式，追求各种艺术门类的融合，——他把作曲法，如对位、旋律的再现、变奏、转调等，移植到小说创作中；他是语言、文体的试验者，使诗歌发展为宣叙调的小说，使小说诗化、韵律化；他追求叙述语言、叙述结构的节奏，追求作品的音响效果……"诸种小说形式方面的革新和探索，别雷似乎都要一一实践，这自然使他的文学创作表现出对传统文学的离经叛道。

安德列·别雷的原名叫鲍里斯·尼克拉耶维奇·布加耶夫，出生于莫斯科的一个较富裕之家。父亲是莫斯科大学数学教授，母亲则来自于爱好艺术的富商之家。夫妻俩都想让别雷以自己的意愿成长，父亲要把别雷培养成数学家，继承自己的事业；而母亲则希望儿子成为一个风流倜傥、出入上流社会的名流雅士。性格与兴趣迥异的夫妻间的纠纷与矛盾，自然影响到了幼时别雷的心灵，所以从那时起被夹在父母之间的他便显得内向而善沉思了。他尊敬父亲，而情感上却与母亲更接近。为了使父母二人都能如愿，别雷于 1899 年先进了莫斯科大学的数学系，1903 年毕业后又在该大学的文史系学习三年。在别雷的身上清晰地体现着多元文化交织而产生的作用。他有数学家的头脑，也有哲学家的锐利和艺术家的敏感，这些都为他的小说创作提供了先天的基础。别雷最初的兴趣是在音乐上。作家自己曾说："我觉得自己与其说是诗人，不如说是作曲家；音乐如此长久地阻挡着我走上作家之路……"

别雷走上文学之路源于一种偶然，他最初并没有发表作品的欲望。第一部作品完全是为了给朋友朗读半开玩笑式地写成的。然而正是起于这种玩笑式的活动，一个伟大的作家诞生了。正如作家自己说的那样："在用茶时，手稿落到瓦列里·勃留索夫手里，朋友们发现了我的才能，这本书的问世几乎违背我的意愿，我竟被拉进了为新艺术而斗争的年轻的象征主义的圈子，环境敞开了作家之路——"

别雷的初期作品呈现出一种试验性的文体特征，他总是在把他在音乐方面的感情和才能用文学的样式表现着。对这一点别雷是直言不讳的，他说："我追求标题音乐；我从音乐主导动机中提取的头四部书的情节，我并未称之为中篇小说或长篇小说，而称作交响乐（第一交响乐、第二交响乐等）。由此而产生了它们的声调的、音乐的意义，由此而产生了它们的形式的特殊性，产生情节的呈示部，产生了语言。"由于别雷小说的文体性特征，使他的小说显得异样而遭受了许多非议，许多人说"看不懂"。文体性使小说自身形成一股不可分割的自我张力，它不但表现着语言之间的相互吸引和节奏，而且还具有语言内部的表现力，所以，别雷的小说是不可替换的。这一点别雷相当看重，他也在《作家自述》中称自己的文章是不可翻译的。的确，文体性越强的作品就越难以被其他语言所替代。别雷的长篇小说《银鸽》在世界享有很高的声誉，但别雷认为"它是被勉勉强强译成外文的"。他的代表性作品《彼得堡》，被译成德文，虽然译者的学识渊博，文化修养很高，但作者却认为译得很糟糕。这是实话，别雷的小说无论要译成哪个民族的语言，都是很不易的，特别是在翻译之中许多重要的品质便消失了。作家意识到了这一点，翻译家们也意识到了这一点。所以面对别雷的长篇小说《莫斯科》，德国报刊认为它是不可翻译的。

有意思的是别雷小说的这种强烈的个性一方面在一定程度上被读者们所排斥，另一方面也因此才抓住了读者，被读者所承认。

别雷对生活的艺术感受能力是相当深刻的，他在作品中所揭示的社会现象、刻画的人物形象，在不远的将来却都成了事实。比如《交响乐》中的好高谈阔论的怪人与后来现实中的一些知识分子的类似；《银鸽》中主人公与沙皇尼古拉二世的宠臣格·拉斯普京的类似；以及描写1922年柏林生活的小说《德国》中对法西斯的专制描写的惟妙惟肖等，都表现出了预言式的真实。这或许是一个伟大作家的真正才能。

《彼得堡》是一部非常现代的小说，它的故事在1905年俄国第一次民主革命的背景上展开，交叉着两条情节线索：一条是一个位尊官高的俄罗斯贵族家庭的分而复合；另一条是被沙皇政府保安局利用的恐怖主义谋杀案。小说的背景宏大，内容广博，但时间的跨度却在十余天之间，令人不禁会想到乔伊斯的《尤利西斯》。应该说别雷是俄国象征派的代表人物，他的作品中自然会充溢着诸种意蕴丰富的象征特征。例如小说中反复出现着这样的话："彼得堡的大街具有确凿无疑的特征：彼得堡的大街把过往的人变成阴影，而阴影又把彼得堡的大街变成了人。"它把小说中那些具体生活在彼得堡的人，同更普遍更广泛的社会中的人联系起来，具有了历史的空间感。在对人性的刻画上，别雷特别注重对人物生存环境的描写，而不是故事情节的展示。环境不但是人的存在的基础，更是人的精神和性格的浓缩，具有丰富的象征涵义。然而小说还具有多种独特的特点。

小说中许多人物和情节都取自于19世纪的俄罗斯文学名著中，他们带着从前的影子又重新展现在我们的眼前。例如走在涅瓦大街上的"没有鼻子的人"使人想到果戈里的小说《鼻子》的主人公；阿波罗·阿勃列乌霍夫和妻子安娜·彼得罗夫娜及儿子尼克拉的关系，会使人联想到托尔斯泰的《安娜·卡列尼娜》中的卡列宁一家；而恐怖分子杜德金不但具有普希金笔下叶甫盖尼·奥涅金的特征，还具有陀思妥耶夫斯基笔下的拉斯科尔尼科夫，以及伊凡·卡拉马佐夫等人的影子。这种把前人笔下的一些人物和情节，融于新的艺术世界之中的作法，无疑具有独特的艺术魅力。

小说具有突出的意识流色彩。作家曾自我表白说："我的整部长篇小说是借象征性的地点和时间描写残缺不全的想象形式下的意识生活，如果能用探照灯突然地、直接地去照一照那处于通常意识下的心灵的生活，我们将会发现许多出人意料地美好的东西和更多丑恶得不像样的东西；……我的《彼得堡》实质上是人们瞬间下意识生活的记录……"可见别雷是在自觉地、有目的地探索着人的意识流程的。

小说还运用了大量选自古希腊、罗马神话及基督教传说和古俄罗斯文化的典故，大量的隐喻，双关语和生僻词语等。这些艺术手法的运用自然增添了小说意义的含量，丰富了小说的文体性，但也使小说变得晦涩难懂。别雷的小说创作无疑要使人们对 20 世纪初期的俄国文学另眼相看了。

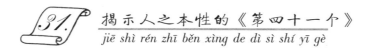

31. 揭示人之本性的《第四十一个》
jiē shì rén zhī běn xìng de dì sì shí yī gè

苏联著名作家鲍里斯·拉夫列尼约夫（1891—1959）的最负盛名的小说——《第四十一个》（1924）前面一部分故事的内容。拉夫列尼约夫是为许多国家读者所熟悉的作家，他毕业于莫斯科大学法律系。他体验也思索着战争与人性的关系，探索着人类伟大情感中自然与社会属性的和谐与冲突。拉夫列尼约夫早年从事诗歌创作，深受未来派的影响。但主要文学成就在小说和剧本上。

在叶甫秀可夫率领的红军队伍中，玛琉特卡是一个特殊的人物。这个伏尔加河口三角洲上渔家的孤女，七岁时就用刀子剖开过大鱼。革命年代，她参加了红军，她幻想，她写诗，字里行间都是她的真情实感。

诗句淳朴充满了感情，但显然缺少艺术性。秘书读着笑得喘不过气来。写诗虽然不成功，但她的枪法却是相当出众，她几乎是百发百中的神枪手。每打死一个白匪，她就记下一个，嘴里说着：第三十九个，遭鱼瘟的，第四十个，遭鱼瘟的！在一群男性伙伴中，她是一个冷美人，没有人敢跟她调情逗笑。

在伏击驼队的战斗中，玛琉特卡意外地失手了。于是，一个眼睛蓝得像浮在雪白的肥皂泡上的一滴法国头等颜料一样的白军军官成了他们的俘虏，看押俘虏的任务也落在了玛琉特卡的身上。叶甫秀可夫派给她两个战士，让她负责把俘虏送到红军司令部，四个人上了船，微风吹着一片孤帆，船舵吱吱作响，浪花在船舷旁欢跳。阿拉尔海的海水碧蓝碧蓝，像天鹅绒，像碧玉。然而，小船突遇风暴，两名战士被海水吞噬了。这样，一名红军女战士，一名白军男军官，被命运抛到了一个没有人烟的孤岛上，于是，男女之间那熟悉而又陌生的故事开始了。

失去了两个战友的玛琉特卡万分悲痛，她背着三支沉重的步枪，押着蓝眼睛的白军军官踉跄地上了岸。这是一个荒无人烟的孤岛，吉尔吉斯人叫它绝命岛。这儿的鱼多，渔民们夏天上岛捕鱼，秋天回到风平浪静的村里，带不走的鱼就堆在岛上的木仓里。玛琉特卡和军官找到了这样一个仓库，用干鱼燃起了火堆，他们烘烤衣服，取着暖。在这纯自然的环境里，一个红军女战士，一个白军男军官，只能以一个男人和一个女人的方式存在着。

军官病了，浑身烧得像火一样，嘴里说着胡话。她的心酸了，泪水涌了出来，她精心地照料他，温存地称他为我的蓝眼睛的小傻瓜！一个星期之后，军官醒了过来，看到一张清瘦的面孔，几绺卷发垂在额前，一双亲切的黄眼睛。他用纤细、美丽却有点脏的手指轻轻抚摸着她，称她亲爱的，说她救一名白军军官、一个敌人是不值得的。玛琉特卡沉默了一会儿，咯咯笑着说，哪里说得上是敌人？胳膊都抬不起来了，还算什么敌人？我也是命中注定要和你在一起。我一下子没瞄准，放了空枪。那是生来第一次。咳，因为这个就只好服侍你一辈子喽。

军官在玛琉特卡的照料下很快恢复了精神，他给她讲起鲁宾孙的故事，称她为星期五。玛琉特卡温存地依偎在他的身边，抚摸着他的头发，心中的感情火焰燃烧起来，终于情不自禁地低下头来，把她那干裂的嘴唇，压在他那没有剃的硬胡楂上。

时光在他们绵绵的情意中流逝着。他仍在讲着故事，谈着自己的身世、理想和抱负。他们有争论，也有观点上的相异带来的不快。有时他们要吵得三天不说话。然而，在那个四处是海的荒岛上，在那乍暖还寒的初春里，他们又能独自缄默多久呢。

终于，有一天的正午，遥远的地平线上闪烁出了一只小白点，它越来越大，变成了一只帆船。一只巡逻艇，一只白卫军的巡逻艇。军官兴奋得扑过去。突然，他听到身后传来一声震耳欲聋的轰响，他还没来得及弄清原因就栽倒在海水中，鲜红的血浆从被打碎的脑壳中溢出来。玛琉特卡哀哭着扑过去，一颗从眼眶中被打出来的眼球，连着一丝粉红色的神经，在水里晃着。它像海水一样碧蓝，以一种困惑而哀婉的神情看着玛琉特卡。在军官将要回到他们所属的那个阶级的时候，她完成了一个红军战士应尽的责任。

这就是《第四十一个》的故事，它美丽又残酷，它表现了人性中的自然情感，也显示着社会中人的各自所属。在那个流血与厮杀的年代里，在两个对垒的阵营中，纯粹的本能之爱是脆弱的，人性显示出其更深邃的内涵。

玛琉特卡是那个时代和环境创造出的英雄，她嫉恶如仇，赤胆忠心，屡立战功。她也是纤柔窈窕，情感丰富的少女。她同样具有女性的善良和天真，也同样具有对男性感情的向往和需求。阶级的属性具有时代和历史的特征，而不同阶级属性的人却都有同属于人类的共性。在杳无人烟的荒岛上，他们需要相依为命地生存，环境改变了他们之间的敌对关系，而人性却是他们生命中的重要维系。正因为如此，我们在《第四十一个》中看到了革命，看到了阶级斗争，看到了流血的政治，也看到了爱情和人性。

这样一部小说自然要引起人们的争议。小说发表后，有人赞誉、欢呼，也有人指责、批判。有人说它否定了阶级斗争，宣扬阶级调和论，也有人说它描写了人性，揭示了美的真谛。不管人们怎样说，却有相当多的读者真正喜欢它，或许这就够了。

拉夫列尼约夫的小说具有情节紧张，冲突尖锐，扣人心弦的特点。同时，在人物形象的刻画上，多方面表现人物的心理活动和精神特征，与时

代和环境紧紧相连，具有探究真理的涵义。

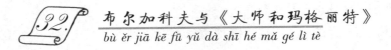

32. 布尔加科夫与《大师和玛格丽特》
bù ěr jiā kē fū yǔ dà shī hé mǎ gé lì tè

　　米哈伊尔·布尔加科夫（1891—1940）出生于一个僧侣家庭，外祖父是有名的卡拉切夫市的大司祭，教堂堂长，祖父是乡村神甫，他的父亲在基辅神学院毕生讲授西方神学史。这样的神学文化氛围对布尔加科夫的影响是深远的，它使布尔加科夫在那个多变的历史大动荡的年代里，能保持较清醒的头脑，能以一种奇特的思维敏感地去寻找人生的真谛。

布尔加科夫

　　布尔加科夫的文学生涯始于 1920 年。1919 年，布尔加科夫作为医生被彼得留拉分子征召，但当夜便得以逃脱。当年 10 月又被白军拉入队中。1920 年 2 月白军溃败，医院解散，布尔加科夫才又重获自由。为了不再卷入战争的旋涡，为了摆脱身不由己的处境，布尔加科夫放弃了所学专业，弃医从文，开始了文学创作事业。先后出版了中篇小说《不祥的蛋》、长篇小说《白卫军》、小说集《恶魔》和一些小品文及短篇小说。大概是因为作家自身的文化传统所致，布尔加科夫的小说创作总表现出一种与现实政治和文化氛围的不协调，所以遭到了拉普作家们的严厉批判，致使作家的小说创作从此与出版无缘，因而不得不转而从事剧本创作。先后有《屠尔宾一家的日子》（根据《白卫军》改编）、《卓依卡的住宅》、《火红的岛》等剧本被搬上了舞台。但是，1929 年 2 月 2 日，斯大林在一封信中提到布尔加科夫的剧本《逃亡》时说：它是企图为白卫军分子的活动作辩护和半辩护的反苏维埃的现象。这样一来作家的处境就可想而知了。走投无路的布尔加科夫于 1930 年 3 月 28 日，非常虔诚而真挚地给斯大林写了一封信，在信中作家直言坦告自己不是政治家而是文学家，如果自己已无益于祖国，希望政府准其离开去国外。看到布尔加科夫的信，4 月 18 日斯大林给他打了电话挽留他，并给他安排了工作。自此，布尔加科夫便在莫斯科艺术剧院担任助理导演，其间仍辛勤创作，写了大量的小说和剧本。但除了《伪君子的契约》曾于 1936 年上演外，其他作品均未能问世。1940 年 3 月 10 日，饱尝了孤独与精神苦痛的布尔加科夫病逝在莫斯科的公寓里。

虽然布尔加科夫是俄罗斯土生土长的作家，而且师从果戈理和谢德林。但他的文学创作却是在传统文学园地中开放出的一枝现代主义文学之花。更有意思的是，布尔加科夫的文学创作具有明显的魔幻现实主义的艺术特征，这引起了比较文学研究者们的特殊兴趣。

布尔加科夫的《大师和玛格丽特》与拉美的魔幻现实主义小说在形成的时间上极为接近，写作手法也颇为相似。但它毕竟是在俄罗斯文化母体上孕育产生的，因此具有独特的个性。其中重要一点是《大师和玛格丽特》运用奇特的想象、魔幻的手法给我们展示了三个叙述层面，使现实、历史及神话相辉相映，共塑着一个立体的故事空间。

小说的现实层面以 20 世纪 20 年代的莫斯科为背景，把叙述的关注重点确定在莫斯科的文化界，在这个现实的世界中，以莫斯科最大

玛格丽特

的文学协会主席柏辽兹为首的一群文化人，在文学界吆三喝四，飞扬跋

扈，凡不与他们为伍或不符合他们文化规则的文化人，都要遭到他们的围攻迫害。小说的主人公大师只因写了关于罗马总督彼拉多审判并处死了基督耶稣的长篇小说，便被他谗言陷害、大加围攻，进而被关进了疯人院。美丽善良的玛格丽特虽对大师一往情深，但伟大的爱并不能扭转大师的厄运。伴随着大师与玛格丽特两个人凄凉哀婉、楚楚动人的爱情故事的发展，小说还展示了那些见利忘义、贪赃枉法的一般市民的种种丑态，具有较强的讽刺精神。虽然这一层面的叙述，是以现实社会为基准的，但小说的手法却也充满了超自然的因素和象征。大师偶然一次中得到十万卢布彩票，于是他辞了博物馆工作，一头扎在小说创作中，有如身临其境一般，在极短的时间里便写成了关于彼拉多的小说。

第二个叙述层面充满了魔幻的神话色彩。它与上一个现实层面交相辉映，相得益彰。这一叙述层主要以恶魔沃兰德和他的弟子们为主要叙述对象。讲述他们如何尽情捉弄戏耍莫斯科城的市侩们，如何对受难的大师及玛格丽特进行帮助。沃兰德是个神通广大的颇富历史意味的恶魔，他目睹了彼拉多对基督的迫害，他能与康德共进早餐，听李斯特弹奏钢琴，同时又能与20世纪20年代的莫斯科人相周旋。他可以突然出现在柏辽兹和伊凡面前，同他们讨论基督，并让柏辽兹死于非命；他也能与助手们大耍游戏场，让利欲熏心的市民们洋相百出；他能使玛格丽特具有腾飞的本领，去为大师报仇；他也能按照玛格丽特的愿望恢复了被大师毁掉的小说手稿，使她重新获得爱的滋养。沃兰德这种上天下地、超越时空的本领使小说的内容具有了巨大的容量。

在历史的叙述层面上，以沃兰德的讲述和大师的小说来显示遥远的过去。使历史上发生的悲剧，与现实中正在发生的悲剧相对应，表现出一种历史的循环性。

杰出的女诗人：茨维塔耶娃
jié chū de nǚ shī rén：cí wéi tǎ yē wá

　　玛丽娜·茨维塔耶娃（1892—1941）是一个几乎被人们遗忘的、苏联白银时代的杰出女诗人。她出生在一个充满文化气息的学者家庭里。她父亲是莫斯科大学著名教授，普希金博物馆的奠基人，母亲是颇有才气的音乐家。茨维塔耶娃在这样的家庭环境里，受到了严格的教育，获得了超常的艺术熏陶。她十八岁就出版了第一本诗集《黄昏纪念册》（1910），此后相继出版了《魔灯》（1912）《摘自两本诗集》（1913）、《里程记》（1921）等，在苏联诗坛受到了广泛关注。然而，茨维塔耶娃那优越的生活环境和受教育的条件随父母的相继故世而变换了。自从茨维塔耶娃与出身革命世家、还是高中生的谢尔盖·埃夫伦结婚后，她就踏上了坎坷的人生之路。婚后不久，她丈夫就上大学，随后是参军，最终沦为白军军官，十月革命后被迫流亡国外。而此时，茨维塔耶娃已是两个女儿的母亲，她只身带着两个女儿艰难度日。在那艰难的生活岁月里，小女儿因饥饿而死。1921在苏联著名作家爱伦堡的帮助下，茨维塔耶娃终于打听到了丈夫的消息，第二年便带着女儿出国与丈夫团聚。自此便与丈夫在德国、法国、捷克漂泊了十七年。在国外她出版了《山之诗》（1924）、《离开俄罗斯后》（1922—1925）、《给捷克人民的诗》（1938—1939）等。在国外漂泊的日子里，茨维塔耶娃从没有放弃诗人的笔，她虽然发表了许多优美的诗作，但失去了祖国的读者。这一点使她这个对祖国朝思暮想的爱国诗人十分难过。1939年，茨维塔耶娃与丈夫怀着莫大的希望回到了俄罗斯。没想到的是这个漂泊国外的家庭，在自己祖国的怀抱里遭受到了莫大的冷遇和灾难。茨维塔耶娃的女儿和丈夫相继被捕入狱。在苏德战争爆发的岁月里，她带着儿子疏散到后方，但是在失去亲人，时局动荡的艰难处境中，她的孤傲的性格使她感到在任何环境中，她都是一个流亡的异己分子。痛苦的生活磨难，摆脱不掉的精神压力最终使她于1941年，撇下十六岁的儿子绝望地自缢身亡。

茨维塔耶娃的全部作品的问世得力她的女儿阿里阿德娜·埃夫伦（1912—1975）的辛勤努力。阿里阿德娜是茨维塔耶娃一家人中唯一的幸存者，也是母亲文学创作与生活经历的唯一最亲近的见证人。除了母亲死亡前的最后两年，她始终与母亲生活在一起，对母亲的生活磨难和精神历程有着深刻的理解。她自己的生活同样险象环生。阿里阿德娜于 1939 年 8 月 27 日被捕，以"特嫌"罪被判处八年徒刑。1947 年 8 月 27 日刑满释放。一年半以后，从前曾被关押的"犯人们"再度被捕，阿里阿德娜也于 1949 年 2 月 22 日被判终身流放到东西伯利亚，1955 年 3 月 3 日"因缺乏犯罪要素"而被恢复名誉，于同年 7 月回到了莫斯科。她觉得她有责任和义务让世界了解她的母亲，她必须让母亲的文学遗产得到公正的评价。虽然在长期艰苦生活的摧残下，她的身心已极度衰弱，但她还是多方奔走求助，与母亲的生前好友和研究者取得联系，搜集有关资料和遗物，整理、注释、出版母亲的遗作，撰写关于母亲的回忆录，建立纪念馆等。正是在阿里阿德娜的努力下，我们才得以看到真正的茨维塔耶娃。只可惜阿里阿德娜关于母亲的回忆录只写到 1925 年，由于家庭和个人生活的终身不幸，阿里阿德娜心力交瘁，于 1975 年 7 月 26 日离开了人世。

在阿里阿德娜对母亲的回忆录中，可以清晰地看到茨维塔耶娃对勃洛克的崇拜之情。在茨维塔耶娃的心目中，勃洛克是唯一不可称之为同行诗友的人。他作为伟大的诗神而被她顶礼膜拜。这种崇拜之至的感情她对当代苏联诗坛的任何一个诗人都不曾有过。在茨维塔耶娃的心目中，勃洛克的诗歌创作达到了高不可及的云端。她从不奢望有一天自己的诗歌创作也能达到这样的高度，只是虔诚地崇拜他。

《山之诗》是茨维塔耶娃为康·罗泽维奇（1895—1988）而作的一组诗。1923 年，诗人侨居捷克时与当时在布拉格查理大学法律系就读的罗泽维奇相识，并与之建立了深厚的友谊。

茨维塔耶娃一生酷爱高山而不大喜欢大海。无论在生活中还是在诗歌艺术中，她常常把山与海相对立，她曾说，"有些事物我对它们永远保持着排斥的状态，大海，爱情。海洋像帝王一样，像金刚石一样只听得见那歌颂它的人。而山则表示感激（神圣的）"。诗中的"山"指的是布拉格贝特欣山冈，因为它地处斯米霍夫区，诗人便称它为斯米霍夫山冈。诗人以一种浪漫的想象，把山视为爱情的同义语和象征。并把它同感情的崇高和人的本身的伟大联系起来加以赞颂。在茨维塔耶娃的诗中，山有着极丰富的人格特征，就好像诗人在写给帕斯捷尔纳克的信所说的那样："当我们将来会见的时候，这是真的，是山与山的相逢。"

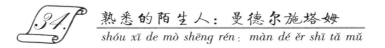

34. 熟悉的陌生人：曼德尔施塔姆
shóu xī de mò shēng rén：màn dé ěr shī tǎ mǔ

曼德尔施塔姆出生在华沙的一个犹太人家庭里，母亲来自俄国的一个知识分子之家。这样，曼德尔施塔姆便有幸受到了俄罗斯文化的滋养和熏陶。他的童年时代生活在高贵典雅、却又充斥着时代的躁动的文化名城彼得堡。这座俄罗斯帝国的都城给了他诗人的智慧，也赋予他以诗人的磨难和体验。十六岁时，曼德尔施塔姆按照父母的意愿到了柏林的一所犹太宗教学校学习犹太经书，不久便又到了彼得堡，在捷尼舍夫商业学校求学。在语文教师弗·吉比乌斯的启蒙和影响下，与文学结下不解之缘。1907年，曼德尔施塔姆到了法国，在巴黎大学学习法国文学。一年后，他回到俄国，进入彼得堡大学历史语文系罗曼语－日耳曼语专业学习。在法、德两国求学期间，曼德尔施塔姆努力钻研了文学和哲学，又学习了拉丁文和希腊文。这为他的艺术观的形成和确立起到了重要作用。1910年，十九岁的曼德尔施塔姆就与尼·古米廖夫、安·阿赫马托娃一起成为当时俄国诗坛颇具影响力和超前精神的阿克梅派诗歌的代表人物，被阿赫玛托娃称为阿克梅派的首席小提琴，发表了具有阿克梅派诗歌纲领性质的作品《阿克梅主义的早晨》。

曼德尔施塔姆的创作主要在诗歌领域，自1913年出版了第一部诗集《石头》后，又连续出版了《忧伤集》（1922），《第二本书》（1923）、《诗集》（1928）、组诗《亚美尼亚》（1931）以及散文作品《时代的喧嚣》（1925）、《埃及邮票》（1928）。而诗人30年代于沃罗涅日流放时期的作品直到1966年才在苏联发表。

对于我们来说，曼德尔施塔姆是一个既熟悉又陌生的人，由于政治的原因，在相当长的时期里，他和他的作品在他的祖国都是被打入冷宫的，直到几十年后，学者们才又小心翼翼地把它们发掘出来。

曼德尔施塔姆的文学才能是伟大的，而曼德尔施塔姆的生活命运却是充满荆棘和劫难的。但他仍旧存有诗人的气质，依然不改诗人的傲骨。

俄国诗人伊万诺夫在回忆录《彼得堡之冬》中清晰地记述了曼德尔施塔姆1918年遭遇的勃柳姆金事件。曼德尔施塔姆在一次聚会上遇见了一个契卡的密探勃柳姆金。当时喝得醉醺醺的勃柳姆金正用一枝铅笔随便勾勒一张名单，被勾勒的人将要被当做罪人遭受逮捕、枪毙的厄运。看到醉态之下的勃柳姆金如此草菅人命的做法，曼德尔施塔姆由吃惊而愤怒，终于控制不住冲过去把勃柳姆金的名单撕碎了。为了逃避勃柳姆金的报复，曼德尔施塔姆只好离开莫斯科前往高加索。

1928年正值创作高峰期的曼德尔施塔姆又因一场偶然的剽窃风波而搞得身心疲惫。事情由比利时作家科斯特的小说《欧伦施皮格尔的传说》而引起。曼德尔施塔姆曾应土地和工厂出版社的邀请，对霍因费尔德等人翻译的小说《欧伦施皮格尔的传说》进行加工。小说在出版时因出版社的疏忽，把小说译者的名字错写成了曼德尔施塔姆的名字。于是，霍因费尔德等人便在报上发表文章谴责曼德尔施塔姆的剽窃行为，一时间弄得满城风雨。虽然曼德尔施塔姆当即在《莫斯科晚报》和《文学报》的信中对此事做了澄清和说明，虽然费定、帕斯捷尔纳克、列昂诺夫、法捷耶夫等知名作家们纷纷出面为曼德尔施塔姆进行辩护，但曼德尔施塔姆的精神和名誉都受到了很大的影响。

曼德尔施塔姆非常珍爱对妻子娜佳的感情，他爱她超过了一般的情爱，然而1934年，一个叫谢尔盖·博罗金的作家在曼德尔斯塔姆的家中欺负了他的妻子娜佳。曼德尔施塔姆把这个无理之人告到了作家协会。但是当时作家协会的领导人阿·托尔斯泰却表现出对博罗金的有意偏袒，致使同志审判会做出了曼德尔施塔姆夫妇有错的裁决。曼德尔施塔姆对此事愤愤不平。这年的春天，曼德尔施塔姆在列宁格勒的作家出版社里偶遇阿·托尔斯泰，愤恨之极便冲上去当着众多作家和编辑的面，抽了托尔斯泰一个耳光，并说我要惩罚这个准许殴打我妻子的刽子手。这件事情发生后许多人都对曼德尔施塔姆有了看法，使他的作家地位变得相当孤立。也是在这一年，曼德尔斯塔姆被捕了。从此，他便开始了流放生活，先是在切尔登小镇，后又到了沃罗涅日。1937 年 5 月，曼德尔施塔姆结束了三年的流放生活回到了莫斯科，仅一年之后便又第二次被捕被押往苏联的远东地区，当年就死在了那里的集中营。

曼德尔施塔姆一生命运多舛受尽了磨难，他一生贫穷、居无定所，却又性格敏感孤傲。他常与人发生冲突，也多次企图自杀。内战期间他被红、白双方军队所关押，30 年代又两次被捕而客死他乡。他的一生既像一幕悲剧震撼着人们，也像一首诗一般让人品味难忘。

曼德尔施塔姆的确是在时代的喧嚣之中过早地走完了他的人生之路的。令人遗憾的是，作为一部自传作品《时代的喧嚣》似乎是问世早了点。这部发表于 1925 年的作品没有机会展现诗人的全部人生旅程，尤其是诗人那饱经沧桑劫难的后十几年的生活和创作。如果说缺陷也是一种美，那么《时代的喧嚣》也会因其不完整而备受关注吧！

曼德尔施塔姆的创作是独特而又生动的。有人评价他说：他的诗来自梦境，一些非常独特的、只会存在于艺术领域之中的梦境。

我们说，是时代造就了曼德尔施塔姆，而曼德尔施塔姆也创造了一个时代！

35. 渴望惊异的国木田独步

wěi dà de wú chǎn jiē jí zuò jiā gāo ěr jī

被列宁赞誉为无产阶级艺术的最杰出的代表的高尔基，不但是苏联文

高尔基

学的奠基者，而且也是世界无产阶级文学的创始人之一。法国20世纪著名现实主义作家罗曼·罗兰把他视为世界文学家中第一个最崇高的人，称他把自己的全部精力，光荣的威望和丰富的人生经验都献给了无产阶级革命事业。高尔基辉煌的文学成就为世界人民所称颂，高尔基艰苦卓绝的人生历程同样为人们所赞誉。

马克西姆·高尔基（1868—1936）原名叫阿列克塞·马克西莫维奇·彼什科夫，他出生在俄国下诺夫戈罗德（现为高尔基市）的一个细木匠家里，幼年丧父，被母亲寄养在开染坊的外祖父家中。在这里他深切体会到了寄人篱下的辛酸和艰苦。彼什科夫八岁上小学，学习成绩优异并获得过奖状。但是小彼什科夫才读了两年书，外祖父家就破产了，更不幸的是母亲又病逝，彼什克夫的学业不得不中断了。外祖父家是个非常典型的小市民家庭，为了一点小利，舅舅们就红眼争斗，甚至大打出手。他们相互仇视，而且总是把弱小的彼什科夫当成发泄愤怒的对象。在这个见利忘义的小市民家中，唯有外祖母心地善良，保护关爱着小彼什科夫。她不但关心着彼什科夫的生活，而且还以大量优美的俄罗斯民间传说和歌谣滋养、陶冶着他的精神世界。从此，彼什科夫便与俄罗斯的民间文学结下了不解之缘。

为了生活，十一岁的彼什科夫便不得不到社会上闯荡，他到店铺当小工，在轮船上做洗碗工，当过圣像作坊的学徒、戏院里跑龙套的，也做过装卸工、烤面包工等等。艰苦的生活环境，多变的生活经历磨炼了他作为一个作家的坚强意志，也丰富了他的人生经验。这期间，轮船厨师斯穆雷依对彼什科夫的文化知识积累和精神成长起到了重要作用。斯穆雷依体格强壮，虽性情粗暴，但为人正直、富有正义感。尤其是他虽不识几个字却爱好藏书，他出门总要随身携带一个书箱，其中有大量的文学作品。厨师在闲暇之时总是要求彼什科夫为他朗读书籍，这些书为彼什科夫打开了一个鲜活的世界，并引导他选择正确的人生之路。从这一点来看，斯穆雷依成了彼什科夫成为一名作家的第一位启蒙老师。

1884 年，十六岁的彼什科夫怀着上大学深造的美好理想来到喀山，虽然他最终没能在这里实现求学的愿望，但他却有机会接触到了马克思主义。1891 年，彼什科夫在第比利斯结识了民意党革命者卡柳日内，卡柳日内被彼什科夫那深切的人生体验和娓娓动听的民间故事所打动，就鼓励他从事文学创作。正是在卡柳日内的支持下，1892 年彼什科夫以马克西姆·高尔基的笔名，在《高加索日报》上发表了第一篇文学作品——短篇小说《马卡尔·楚德拉》。这样卡柳日内成了他的第二位启蒙老师。

1889—1892 年间，高尔基曾断断续续当过拉宁律师事务所的办事员。在抄送诉讼书的过程中，他进一步认识了社会，增长了阅历，所以高尔基又把拉宁称作自己的第三位启蒙老师。高尔基在文学创作中水平的提高、技巧运用的成功方面，得力于当时俄国的著名作家柯罗连科的帮助。那时，高尔基常常带着自己的习作去向柯罗连科求教，柯罗连科也直言不讳地对他在思想上和艺术上的不足进行指正。这样，柯罗连科自然就是高尔基文学之路的第四位启蒙老师了。

有了几位启蒙老师的启迪和初步的文学创作实践，高尔基便开始了文学事业上孜孜不倦的奋斗。虽然他的创作始于 19 世纪最后的几年之中，但却始终表现出一个新时代即将到来时的豪迈和欣喜。所以，高尔基是以一个浪漫主义作家的身姿跻身俄国文坛的。他的一些著名的浪漫主义作品至今脍炙人口，给人以振奋和激励。《伊则吉尔老婆子》、《鹰之歌》、《海燕》等可谓家喻户晓；与此同时，扎根于俄国现实环境中的大量现实主义作品也不断涌现，像《切尔卡什》、《福马·高尔杰耶夫》等。20 世纪初期，随着俄国工人运动的蓬勃发展，高尔基一方面以他的笔针砭时弊，另一方面身先士卒地投入到火热的文化运动之中。高尔基被选为俄国科学院

高尔基与托尔斯泰

名誉院士，沙皇却宣布选举无效。当时已被选为名誉院士的作家柯罗连科和契诃夫对此极为愤慨，于是发表声明表示也拒绝接受名誉院士的称号，以此表达对沙皇专制行为的抗议。

高尔基一生的艰辛在其自传性三部曲《童年》、《在人间》、《我的大学》中得到了充分的揭示。三部曲一方面运用大量传记材料真实描绘了阿廖沙·彼什科夫的成长经历，另一方面又以文学的艺术虚构对人物性格的形成以及时代的环境进行了高度概括，表现出了作家高超的艺术水准。

1906年高尔基发表了长篇小说《母亲》，这部小说真实地表达了来自于底层的作家对当时俄国如火如荼的工人革命的热情讴歌和礼赞。《母亲》发表的第二年，在伦敦召开的党的第五次代表大会上，列宁亲切地接见了高尔基，并且称赞说，《母亲》是一本及时的书，很多工人不自觉地参加了革命运动，现在他们读一读《母亲》，对自己会有很大的益处。在高尔基的文学创作中，《母亲》不仅被认为是他创作的新阶段的开端，也是文学史上社会主义现实主义文学的奠基之作，它开辟了无产阶级文学的新纪元。《母亲》不但真实地揭示了俄国工人运动从自发到自觉的发展过程，而且塑造了世界文学史上第一批自觉的无产阶级革命者的英雄形象，浓缩着鲜明的时代气息。

二三十年代，高尔基从总结历史经验的角度出发，写出了一系列揭示资产者和资产阶级知识分子的作品：长篇小说《阿尔达莫诺夫家的事业》、史诗性长篇巨著《克里姆·萨姆金的一生》以及剧本《耶戈尔·布雷乔夫和别的人》等。这些创作表现出了高尔基思想认识上的新历程。

在所有高尔基的文学作品中，《克里姆·萨姆金的一生》显得格外奇特和耀眼。自这部作品问世以来，总有人指责这部书的晦涩难懂。在这部作品中，高尔基一反从前那种对塑造现实中充满革命性的英雄人物的偏爱，把描写的中心确定在了一个既不属于革命者，亦非一个彻底的反革命者，非红非黑的灰色人物萨姆金身上。而且要用这个在红色和黑色之间来回摇摆的人物，表现俄国一段几十年间的历史和社会风貌，这不能不引起人们的诧异。

《克里姆·萨姆金的一生》中没有爱情纠葛、并不精雕细刻的情节围绕着唯一的主人公展开，他的个性和命运在不多的事件和平直的情节发展中得以显现。生活在时间和空间中自然流动，好像摈弃了作者的虚构和对事件的戏剧性的浓缩，所以有人称它是编年史小说。而高尔基在小说的正标题下也恰恰标上了四十年间的副标题的字样。在编年史的背景下，高尔基让这个总想游离于时代之外的灰色人物，以其特有的律师身份既同库图索夫、斯皮瓦克等布尔什维克深入接触，也与大资产者左托娃、别尔德尼科夫等人关系密切。正是在这种繁杂的人际关系网中，萨姆金一次又一次被历史的大潮所吞没，使他无法游离其外，从而通过他的命运展示着时代的潮汐。

应该说，在二三十年代的苏联现实中，重笔刻画一个灰色的小说主人公，是一种大胆的冒险。在当时，几乎所有表现这一段俄国历史的作品都努力刻画坚强的布尔什维克，高尔基的《克里姆·萨姆金的一生》堪称是一次极具意义的突破。有人说这表明高尔基并不是一个唯上媚俗的作家，也正因为这样，高尔基的作品才能经得起时间的考验。1936年5月27日，高尔基从苏联南方克里米亚的泰斯里回到莫斯科，第二天准备去郊区哥尔克村别墅。在去别墅的途中，他到新处女公墓看望了儿子马克西姆的墓。

这时天气已晚，寒气侵人。到哥尔克后，高尔基就感到不适。6月1日，他开始发烧，病情迅速恶化。医生认为高尔基已濒临死亡。

1936年6月18日，无产阶级文学的创始人马克西姆·高尔基在莫斯科郊区哥尔克村离开了人世。半个世纪以来，关于这位文豪的死因，一直众说纷纭。《大英百科全书》在"高尔基"条目中写到："高尔基的死因是一个谜。1936年他在医疗中突然死去，他是否是自然死亡现在还不得而知。在1938年对布哈林和其他人的审讯中把这个问题提了出来。在审讯中，他们承认了高尔基是右翼分子和托洛茨基分子集团反苏阴谋的牺牲品。在被告人中有前警察首脑亚戈达，他供认指使暗杀了高尔基。一些西方作家猜测高尔基是死于斯大林的指令，因为他后来已被约瑟夫·斯大林所厌恶。但是除了指出惯于指控别人干了他自己的阴谋以此来陷害他人是斯大林的擅长外，没有提出任何证据。"

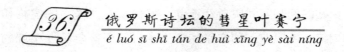

36. 俄罗斯诗坛的彗星叶赛宁
é luó sī shī tán de huì xīng yè sài níng

1925年12月28日凌晨，如一颗耀眼的明星正闪烁于俄罗斯诗坛的、年仅三十岁的杰出诗人谢尔盖·叶赛宁（1895—1925），突然在列宁格勒的一所旅馆里，用绳子结束了自己的生命。听到年轻诗人以绳自缢的噩耗，人们惊异不已。人们无法理解，一个正处在才华横溢之时的年轻诗人，为什么如此轻视自己的生命。

叶赛宁出生于俄国梁赞州康斯坦丁诺沃村（现名叶赛宁诺村）的一个农民之家。毕业于教会师范学校，从事过店员和印刷厂校对员的工作。如果说叶赛宁的诗歌才华和他短暂的一生充满了传奇色彩，那么他的闪电般的婚恋史同样不乏传奇性。

叶赛宁和他的第一个妻子吉娜伊达·拉伊赫是在一次偶然之中相遇的。一天，《人民事业报》的编辑部邀请诗人去商谈诗稿之事，叶赛宁到了编辑部就被女秘书那窈窕身材、洋溢着古典美的高雅华贵的气质所吸引。两个人一见倾心、山盟海誓，三个月后闪电般地结婚了。

叶赛宁

然而婚后的生活并不总是充满诗意，战争、困苦、工作、激烈的内在矛盾冲突使他们的婚姻很快出现了裂痕。闪电式的结婚之后是闪电式的分居。几年后拉伊赫与别人重组家庭，使叶赛宁懊悔难当。那段日子里，他常常悲郁、痛苦地在拉伊赫的门外徘徊，甚至有时还贸然闯入，想看一眼他的恋人和孩子。这种永远失去所爱的伤感，叶赛宁只有通过诗歌来表达。《致一位女子的信》、《夜晚皱起了浓眉》、《鲜花对我说别了》等，都是为拉伊赫而写。

1921 年秋，叶赛宁又与应邀来俄罗斯访问的美国舞蹈家阿赛朵拉·邓肯一见钟情。他们顶着语言不通、年龄相差悬殊的压力，仍然快速结婚，并一同出国。然而第二次婚姻所遇到的困难更大，更难以解决，所以两人只好分手。叶赛宁回国后与加丽雅·别尼斯拉夫斯卡娅住在了一起。加丽雅是诗人的挚友，并一直爱慕着他。不但如此，她还具有相当高的文学修养和独特的艺术见解，把全部精力用在了为诗人整理、编辑、出版诗作的工作中。加丽雅的关爱和帮助使叶赛宁的心灵得到了极大慰藉，也使诗人的创作进入最佳时期。在组诗《波斯抒情》中，诗人以北方姑娘为名表达了对加丽雅的感情。

叶赛宁与加丽雅的感情相依并没有坚持多久，在一次舞会上叶赛宁又结识了俄国 19 世纪大作家托尔斯泰的孙女索菲娅·托尔斯塔雅，并再次坠入情网。索菲娅气质高贵，秉性聪慧，而且相貌超群、楚楚动人。1925 年春夏之季，叶赛宁搬进了索菲娅那古色古香的豪门大宅之内。但是豪华舒适的住宅没有给诗人以灵魂的启迪和情感的激励，相反，诗人在这里感受到的是压抑和束缚。他曾在给朋友的信中表露了他这时的心情：我所期待和希望的一切都幻灭了。叶赛宁来自于古朴的田园风光的环境，他脱胎于乡村泥土的芳香。家乡附近葱郁的森林，清澈的奥卡河、丰美的黑土地和青青碧草都滋润着诗人心中的诗情画意。

高尔基曾说：谢尔盖·叶赛宁与其说是人，还不如说是一个器官，是大自然专门为了写诗，为表达出不绝的田野的哀愁，为了表达出对世界上一切生物的爱以及人们所应得到的仁慈而创造的。这话说得的确在理。在叶赛宁的诗歌创作中，无论是充满激情的政治抒情诗，还是抒发恋曲的缠绵悱恻的爱情诗，大自然的影子总是依稀可辨。

叶赛宁的诗要力求表现出人与自然的和谐统一，因此他的诗便总是体现着情景交融、物我融汇、浑然一体的整体感。在他的笔下，大自然不仅是与人相对立的客观实体，而且是与人相依相生的生命存在。感情也不是无所依托的抽象之物，而是为大自然而讴歌的自然风景。由于叶赛宁的诗充满了对自然风光，田园美景的眷恋和固守，在他的一些诗中，也表现出了现代城市的工业文明与传统古朴的农村田园景色相对立的感情因素。诗人忧郁地注视着机器王国对乡村风光的侵蚀，这种哀婉的愁绪弥漫在诗歌的字里行间。

虽然叶赛宁作为乡村最后一个诗人，成为热情讴歌苏维埃俄罗斯的民族诗人和时代歌手，但在艺术上，他则是一个博取众家之长，又颇有创造性的诗人。他的诗歌艺术中融入了浪漫主义、象征主义、意象主义等多种流派的特征，并且博采众长自成一家，形成了叶赛宁意象体系的独特风格，对苏联诗歌，特别是抒情诗的发展产生了重要影响。有人把他与勃洛克和马雅可夫斯基并列赞誉为苏联初期诗坛的三大诗人。也有人认为叶赛宁的诗歌创作与马雅可夫斯基一起构成了苏联诗歌开创时期两种最有代表性的传统和倾向：马雅可夫斯基的诗主要为革命伴奏，叶赛宁诗弦上跳动的主要音符是家乡、祖国、人性和爱情；马雅可夫斯基以叙事诗和讽刺诗著称，叶赛宁以即景诗和爱情诗见长；马雅可夫斯基风格的基调是雄浑、激越、响亮；叶赛宁风格的主旋律是清新沉郁、轻柔。的确，读叶赛宁的诗像春风拂面一般给人一种清新、飘柔的感觉。

1914年，叶赛宁发表于《小天地》一月号的处女诗作《白桦》，便将象征与比喻同自然的意象很好地融合在一起，洋溢出一股难以遏制的青春朝气。叶赛宁的诗歌创作受勃洛克的影响很大。1915年，叶赛宁从莫斯科专程到彼得格勒拜见勃洛克。通过勃洛克他认识了阿克梅派诗人戈罗杰茨基，通过戈罗杰茨基他又结识了缅怀宗法制并迷恋民歌的克留耶夫，三个人都对叶赛宁的诗作产生过不同程度的影响。但叶赛宁不尾随任何人，他就是他自己。他的诗歌创作一个较突出的艺术特征是将自然意象同象征融为一处。在诗人的笔下，彩霞落日，明月白雪，林莽清流，原野山冈，芳草鲜花都被赋予了浓烈的感情色彩。而象征手法的运用则加强了对主题意蕴的挖掘。

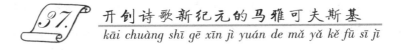

37. 开创诗歌新纪元的马雅可夫斯基
kāi chuàng shī gē xīn jì yuán de mǎ yǎ kě fū sī jī

马雅可夫斯基（1893—1930），在苏联文学史上曾被视为苏联优秀的无产阶级诗人，热情的革命歌手，布尔什维克党的宣传鼓动家。然而，这位伟大诗人文学的创作和精神历程却也是充满荆棘的。

马雅可夫斯基1893年7月19日出生在高加索格鲁吉亚的库塔伊斯省巴格达季村。父亲是个职务低下的小林务官，于1906年病逝。马雅可夫斯基很早就开始接触革命，还是小学生时，他看到诗体传单，便向往着革命的风暴。1905年，十二岁的马雅可夫斯基便被俄国第一次民主革命的浪潮所陶醉，他兴奋异常地出入各种集会，参加游行示威，阅读革命传单和小册子。后来他便开始阅读马克思、恩格斯和列宁的著作，并为无产阶级革命做了大量的工作。1908—1910年间，马雅可夫斯基曾三次被捕，但因年龄幼小，审讯材料不全而被释放。

1911年马雅可夫斯基进入莫斯科绘画、雕刻、建筑学校学习，得以结识了未来派诗人和理论家大卫·布尔柳克，从此接受了未来派的影响。
1912 年马雅可夫斯基开始写诗，并与赫列勃尼柯夫、布尔柳克等人一起编
辑出版了未来派诗集《给社会趣味一记耳光》，诗集刊登了他的处女诗作
《夜》和《早晨》。马雅可夫斯基虽然是在未来主义旗帜下登上文坛的，但
他的诗作仍然表现着强烈的民主主义倾向和透视现实的艺术风格，他并没
有停止对革命风云的企盼。在《法官颂》、《学者颂》、《吃喝颂》、《贪污
颂》等一组颂歌的诗篇中，诗人尖锐地嘲讽了资产阶级的种种丑行。而系
列长诗《穿裤子的云》则可视为马雅可夫斯基革命前的纲领性作品，清晰
地表现出关于革命的主题。十月革命的前夕，马雅可夫斯基用诗宣告着资
产阶级的末日：

　　你吃吃凤梨，你嚼嚼松鸡，你的末日到了，资产阶级。

　　当年，革命的水兵们正是唱着这支歌，在阿芙乐尔号巡洋舰炮声的伴
奏下，发起了对资产阶级大本营冬宫的进攻。十月革命后，马雅可夫斯基
的创作激情得到了进一步的释放，创作了《革命颂》、《向左进行曲》等一
系列讴歌无产阶级革命壮丽诗篇。20 年代初期，马雅可夫斯基在继续创作
欢呼革命的抒情诗之外，也创作了一些敏锐地反映新制度下的不良作风的
诗歌，如政治讽刺诗《败类》、《开会迷》、《马雅可夫斯基画廊》等。

　　《开会迷》辛辣地讽刺了苏维埃国家机关工作中，那种脱离群众，脱
离实际，沉湎于会议、文牍之中的官僚主义作风。诗人以夸张和幻想的艺
术手法塑造出将身子掰成上下两半的开会迷的怪诞形象，收到了良好的艺
术效果。诗歌发表的第二天，列宁便在全俄五金工人代表大会共产党党团
会议上给予了充分的肯定。列宁说：从政治和行政的观点来看，我很久没
有感到这样愉快了。当然，在马雅可夫斯基的诗歌创作中，成就最高的还
属长诗《列宁》和《好!》。这两首诗不仅被看做是诗人诗作中两颗光彩夺
目的明珠，而且也被认为是苏联诗歌史上的两座丰碑。

　　尽管马雅可夫斯基的诗歌创作始终充盈着革命的激情，始终为新时代
的成就高唱赞歌，然而，在诗人的周围仍然有一群对其持否定态度的作

家。在苏联20至30年代的文学界，最具影响力的文学团体是俄罗斯无产阶级作家协会，简称拉普。拉普在如何建设无产阶级文学的问题上堪称开拓者，在文艺与政治、文学与现实关系等一些重大理论问题的讨论中产生过一定的积极的影响。但拉普的上层人物在思想上妄自尊大，作风上简单粗暴，对非本团体的作家总是乱打棍子，严重伤害了一些作家。马雅可夫斯基就是其中之一。

拉普人士对马雅可夫斯基的创作都抱有怀疑态度，不相信他对革命的真诚。M·贝克尔针对诗人的长诗《好！》发表了《〈好！〉是好吗？》的文章，对长诗加以否定，并称马雅可夫斯基离理解十月革命的内容和本质还差很远。拉普人士为了推行心理现实主义，便对马雅可夫斯基的诗歌风格加以否定。法捷耶夫也曾撰文指责诗人，说马雅可夫斯基无法在长诗《好！》中描写农民中间相互矛盾的倾向之间的斗争，因为诗人没有观察农民的心理。像《好！》这样充满革命激情的作品都被拉普排斥在外，那么那些具有强烈社会讽刺性的作品就更可想而知了。马雅可夫斯基的讽刺剧《臭虫》和《澡堂》在拉普仕的眼中几乎就是对苏维埃现实的诬蔑，无论在艺术上还是在舞台上都没得到过承认。在1930年3月26日的拉普扩大会上，《澡堂》被说成不是表现同官僚主义的斗争，而是表现同无产阶级国家的斗争。

不管怎样，马雅可夫斯基始终认为自己是无产阶级一员，是社会主义艺术的建设者。面对拉普人士的责难和排斥，诗人始终坦诚相待，积极向拉普靠拢，并发表声明，为了实现一切无产阶级文学力量的大团结，申请加入拉普。1930年2月6日，拉普代表会议审查了马雅可夫斯基的申请，一致同意接纳诗人加入拉普。尽管如此，拉普的领导者们依然没有把诗人看做真正的无产阶级诗人。他们没有使诗人感受到组织的温暖和关爱，反而感受到了不理解和敌意的痛苦。这些不但影响了诗人的艺术创作，而且使诗人的精神受到了极大伤害。拉普人士不会理解，马雅可夫斯基的诗歌创作在苏维埃政权的年代里就已经达到了世界文学的高度，奠定了社会主义现实主义的诗歌基础。

　　马雅可夫斯基的诗歌创作无论在内容还是在形式上，都开创了新时代的诗歌风格，在内容上，他不但将时代的脉搏，历史的走向，导师的形象纳入诗歌之中，而且对社会现实中的敏感问题也深入剖析，使平凡的生活题材中融入了高昂的政治热情，使诗歌同真话紧紧相关。1924 年列宁逝世，马雅可夫斯基以其高度的政治责任和饱满的激情创作了长诗《列宁》，以史诗的形式歌颂了列宁高尚的人格和伟大的情操，以及为无产阶级事业奉献毕生的丰功伟绩。1927 年，为纪念十月革命十周年，马雅可夫斯基创作了另一部长诗《好！》，生动记录了苏联社会主义革命和社会主义建设的光辉历程。马雅可夫斯基曾多次当众朗诵这首长诗，深受人们的喜爱。一次，当诗人刚刚朗诵完长诗第十章的后两句诗句"列宁在我们脑中，枪在我们手中"时，一名红军战士便情不自禁地大声说："还有您的诗在我们心中，马雅可夫斯基同志！"红军战士的一句话表达出了马雅可夫斯基诗歌创作的影响力和战斗力。

　　马雅可夫斯基还改变了诗句的排列形式，创造性地运用了阶梯式诗句形式，不但使诗的形式面目一新，也增强了诗句的节奏感和凝聚力。如在《列宁》中，当听到列宁逝世的消息的时候：

　　　　我的眼睛

　　　　　　　　只是挂着眼泪的冰柱

　　　　　　　　　　　　冻结在

　　　　　　　　　　　　　　面颊上。

　　　　我……

　　　　　　　　情愿交出

　　　　　　　　　　自己的生命，

　　　　　　　　　　　　来换取

　　　　　　　　　　　　　　他的

　　　　　　　　　　　　　　　　轻轻的一息。

　　这种断续的阶梯式的语句，把热爱列宁的人们听到噩耗传来时那种悲痛欲绝的感情，那种哽咽的倾诉场面形象地再现出来。

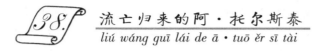

38. 流亡归来的阿·托尔斯泰
liú wáng guī lái de ā · tuō ěr sī tài

阿历克塞·尼古拉耶维奇·托尔斯泰（1883—1945），1883年1月10日出生在萨马拉省尼古拉耶夫斯克市（今为布加乔夫市）。父亲尼古拉·托尔斯泰是位伯爵，母亲也出身于名门望族，原姓屠格涅娃，是个美丽娴雅个性倔犟的女子。她热爱文学，追求自由。因与丈夫性情不和，不顾怀有身孕，毅然改嫁巴斯特罗姆。

阿·托尔斯泰的童年生活，在继父巴斯特罗姆的田庄索斯诺夫卡度过。这里虽然偏僻又相对贫困，但却拥有大自然的美丽风光。那里有开满五颜六色鲜花的花园，有四周长有柳树、芦苇丛生的池塘，还有一条被绿色簇拥着的小河。举目远眺，一望无际的草原碧波荡漾，孕育出无限的童年之梦。在继父的无神论思想和母亲那丰厚的文学素养的滋养哺育中，在美丽自然风光的启迪下，阿·托尔斯泰那具有丰富想象力的文学家才能，一天天成长着。少年时代的阿·托尔斯泰就写过不少抒情诗、长诗和小故事。虽然那时他只把这些当做是消遣好玩的游戏，写过后就丢在一旁忘记了。但是他却非常喜欢去写，他一而再，再而三地被吸引到那还未形成起来的创作过程里去了。这种不经意的练笔，使他的文学感受在不知不觉中丰富起来。

1905年俄国大革命为阿·托尔斯泰的生活带来了重要的影响。当时他正求学于彼得堡工业学院，他被火热时代的革命激情所熏染，参加了大学生的罢课和示威游行活动。

1906年，阿·托尔斯泰涉足俄国文坛，与当时俄国文坛的象征主义者的来往过密。在象征主义者的影响下，1907年，阿·托尔斯泰结集出版了他的第一部诗集《抒情诗》。诗集中充满着忧郁、消沉、悲观和神秘的情调，表现着诗人对那动荡时代的愁思。

后来，阿·托尔斯泰清醒地发觉，自己的文学才能不在诗歌方面，他坦诚地说自己缺乏诗人的气质。1908 年，阿·托尔斯泰创作了他的第一个短篇小说《古钟楼》。小说的素材源于他在乌拉尔实习时听到的传说。涅甫扬基冶金工厂有一座古老神秘的塔楼，它有着一种人力所不及的能力。每当塔楼顶端的巨钟鸣响之时，就会发生某种不祥的灾祸。工程师特鲁巴对这种痴人妄说式迷信不屑一顾，他不顾人们的劝阻，要拆除大钟。不可思议的是，在他动手拆钟时，他却神秘地惨死在塔楼之内。小说着力渲染了古钟的阴森恐怖，使它的神秘力量具有了某种象征性。

此后，阿·托尔斯泰便把主要精力投入在小说创作中，并取得了一定的成绩。1910 年出版了短篇小说集《伏尔加河左岸》，1911 年发表了长篇小说《怪人》，1912 年又发表了长篇小说《跛老爷》。艺术上完成了象征主义到现实主义的过渡。

出身贵族世家的阿·托尔斯泰一度并未能真正理解十月革命。随着十月革命的决定性胜利，阿·托尔斯泰关于俄国未来和命运的固有观念被彻底粉碎了。他在日记中写道："极度苦闷，俄国在莫斯科的废墟中死去了，这种感觉紧扼着喉咙，压迫着太阳穴。"1918 年，他终于携带家眷从敖德萨离开祖国，先到巴黎，后到柏林，开始了流亡生活。

流亡生活使阿·托尔斯泰感到了无限的孤独与惆怅，虽然这期间他也创作出了一些优秀作品，但是他仍然感受到自己的文学才思正一天天衰竭，而对祖国的思念之情却一天强于一天。从国内来到柏林的作家，托尔斯泰都一一和他们相见，表达自己对祖国的真切情感。有一次，他愁怨地对爱伦堡说："你瞧着吧，侨民生活是不会产生任何文学的。任何一个作家在这个圈子里生活二三年也要给毁掉的。"阿·托尔斯泰清楚意识到，他是要回家的。1922 年春，高尔基来到柏林，与托尔斯泰建立起了亲密的友谊，这也坚定了托尔斯泰回归祖国的决心。

1923 年，阿·托尔斯泰怀着一颗游子的赤诚之心回归祖国。临行前，他在《前夜报》发表了《行前寄语》：

我携家回国，永远回祖国去了。

我是回去享福吗？哦，不！俄罗斯正面临着艰难的年月。

在20年代那个特殊的历史时期，相当长一段时间里阿·托尔斯泰被那些文学界的极端人物视为陌路人而加以排斥。有人嘲笑他是骑着他的作品的白马回国来的，也有人提醒读者，他不过是无阶级文学力量中的曾经侨居国外的昔日的伯爵。他的作品经常受到批评和指责。但这并没有影响作家对文学艺术的执著追求。

《蝮蛇》（1925）是一部引起读者强烈反响的作品。商人女儿奥莉加，十七岁便惨遭厄运，因反抗流氓非礼，双亲惨遭杀害，房子被烧毁，自己也差点死于非命。一个红军连长救了她，从此她加入了红军。她爱恋着那位连长，可连长在枪林弹雨中无暇顾及自己的爱情。在一次冲锋前连长吻了奥莉加，但却没能再回到奥莉加的身边。战争结束了，但战争塑造了她严厉的性格，这使她同那些俗气十足的小市民难以为伍。无聊的人开始窥视奥莉加的生活，打听她的过去，编造出种种恶毒的谣言，说她是骑兵连的妓女，患有梅毒。只有二十二岁的奥莉加终于复苏了女人的天性，并且爱上了一位烟草公司的经理。早已被流言蜚语充满了耳朵的经理却已经和自己的秘书结了婚，而且嘲笑奥莉加不光彩的过去。羞恨交加的奥莉加回到房中，拿起手枪想要自杀。结了婚的女秘书却带着一伙人突然闯入，对奥莉加百般羞辱。于是，奥莉加的胸中燃起了疯狂的怒火，用来自杀的子弹射向了女秘书。

小说中人物奥莉加的命运激起了人们的强烈反响，读者几乎把她当做生活中的真人真事来对待。一时间全国各地纷纷举行研讨会，而且有的地方，还由读者和真正的法官、检察官组成了公开法庭，审理起奥莉加的案件来。大多数读者考虑到奥莉加在战斗中的功绩，对她的命运深表同情，为她的杀人行为进行辩护，这充分显示出了小说的现实意义。

《苦难历程》三部曲是阿·托尔斯泰最重要的作品，它由《两姐妹》、《一九一八年》、《阴暗的早晨》三部作品组成。它以第一次世界大战、二月革命、十月革命和国内战争等重大历史事件为基础，展现了俄国历史上从 1914 年到 1919 年间波澜壮阔的斗争图景。小说荣获斯大林文艺奖金一等奖。

《两姐妹》完成于作家流亡期间，于 1921 年出版。故事从第一次世界大战前夕说起。1914 年的彼得堡，是一个风雨飘摇、思想混杂的城市。在这个庞大帝国的首府中，既有传统封建贵族的愚昧和落后，又有西方资本主义生活的奢靡和疯狂。那不眠的夜晚中，美酒、金钱、情爱、舞曲、歌女都以各自的方式麻木着人们精神，损伤着人们的灵魂。就是在这个大的背景中，小说的主人公相继登场了。

卡嘉与达莎，一对亲姐妹，她们出身于外省的一个医生之家。1914 年秋，十九岁的达莎从家乡萨马拉来到彼得堡学法律，住在了姐姐的家中。姐夫尼古拉是位名望很高的律师，他们的寓所高大、宽敞，生活也相当阔绰。姐姐卡嘉生得妩媚动人，举止文雅大方，追逐那些时髦的风雅，寻求感情的刺激。因而被骗失身，只得离开丈夫远走巴黎。贵族腐化堕落的生活，也使达莎的精神世界处在极危险的状态中，幸亏这时她遇见了捷列金。

捷列金是彼得堡机器厂的工程师，他高高的个子，宽宽的肩膀，强健的体格。这副外表总可以叫姑娘们动心的，尤其是他还性格开朗，心地善良。达莎每次见到他都感到他是一个可以信赖的人，同他在一起，什么事都放心。达莎考完试回萨马拉度假时，在船上又邂逅了捷列金，捷列金一直把她送到家乡。

第一次世界大战爆发了，它像奔泻的洪水，把许多人都卷了进去。捷列金被征入伍，来向达莎告别，时间的紧迫，使他们仅仅来得及互相说出了心里话。

战争像一把巨大的汤勺，把俄国这锅浑浊的浓汤使劲搅动着，一切浮上来又沉下去，变得更加浑浊。人们并不知道为什么打仗，却饱尝着失去父亲、丈夫、弟兄、儿子的痛苦。卡嘉从国外回来了，空虚无聊的生活使她无法忍受，终于和妹妹一起到一家医院当了护士。这时，贵族军官罗欣又走近了卡嘉的生活。

战争的残酷，后方的供应吃紧，激化了国内矛盾。终于迫使工人阶级罢工，爆发了二月革命，沙皇垮台了。

《两姐妹》开始写于 1919 年 7 月，那时阿·托尔斯泰刚到达巴黎。小说的创作清晰地表现出作家对那个动荡年代的特殊关注和思考。这一思考是真挚的，也是深刻的。《两姐妹》不但让我们看到了那个时代的风云变幻、血雨腥风；同时它也向人们揭示了社会各阶层对那场战争的不同态度；统治者拼命要煽起人民大众的沙文主义狂热，资产阶级知识分子看到的是战争包含净化灵魂的因素。人民大众则也逐渐明白，他们只是供人利用，充当杀手和被杀的牺牲品。

《两姐妹》不但是对历史的书写，也是阿·托尔斯泰自我反省、自我心灵轨迹的见证，它展现了作家思想认识的深刻变化。

《一九一八年》是《两姐妹》的继续。《两姐妹》的结尾展示的是十月革命前夕的彼得堡，《一九一八年》的开场则是十月革命后的彼得堡。风卷残云过后，是一个动荡不安、伤痕累累的城市，是一个阴森恐怖、不可思议、废除了一切的城市，一个被饥饿所袭击、被乡村所扫劫、被北风穿透的城市，一个没有煤、没有面包，工厂的烟囱不再冒烟的城市。

在时代的漩涡中，每个人都要重新选择。捷列金参加了红军，当上了红军连长。而罗欣却指挥起反动军队同革命群众作战。作为贵族军官，他反对布尔什维克，抛下卡嘉投靠了白军。在白军的队伍里，罗欣的日子并不好过。虽然他同红军作战，自视做得很对，可是他那逐渐清醒的心总在划着问号。他看不惯乱杀百姓和俘虏的行为，他常常找理由躲开对平民百姓的鞭笞和枪杀，在军官们借着酒劲吹嘘自己的杀人业绩时，他却在一旁沉默不语，他也尽量不去参加军官的庆功宴。这一切又使他和那些为非作歹的亡命徒有着天壤之别，军官们怀疑他是红军间谍，战场上有人向他打黑枪。正义在哪里？怀着种种的思索和苦闷，罗欣想到了卡嘉，卡嘉信赖他，他却把她孤零零一人扔下了。

善良天真的达莎也没能逃避岁月的煎熬，在失望、忧愁、困苦的生活里，她被反动组织所利用，差点酿成大错。她想念着捷列金，信任捷列金为之战斗的布尔什维克党。终于，在捷列金路过捷克军团控制的萨马拉时，来到她父亲的家中找她，而父亲却把捷列金出卖了。达莎勇敢地帮助了捷列金，并痛斥父亲的可耻行为，宣布不再认他这个父亲。

《一九一八年》写得严肃而又残酷。作家不愿意把它装扮成一部缀满慷慨激情字句的颂歌式的作品，而是把那个错综复杂、严酷险恶的时代如实表现出来。所以当小说的前两章寄到《新世界》编辑部时，编辑波隆斯基大为反感。他怀疑阿·托尔斯泰对事件描写的真实性，认为作家描写的革命的光明面和阴暗面的比重处理不当，说小说的第一句话"一切都过去了"会引起读者的误解。后来，小说转到了主编斯克伏尔卓夫-斯捷邦诺夫手里，主编读了之后却对其大加赞扬。称小说的字里行间都显示出精湛的技巧，这使阿·托尔斯泰大受鼓舞。

《阴暗的早晨》的情节是这样的：

达莎帮助捷列金从萨马拉的家中逃了出去，她认清了父亲卑劣的嘴脸，也割舍了对旧世界的最后一点依恋，毅然弃家出走，加入了红军队伍，同捷列金一起为一个新的目标而奋斗。她参加战斗、抢救伤员、组织剧团。在充满艰险的战斗生活中，她和捷列金一同酿造着爱情的美酒。卡嘉更是在历经磨难之中，转变了生命的价值观念。她拒绝投靠白匪，逃避匪徒的迫害。她到达基辅后，先当小学教师，参加扫盲夜校的社会工作，又到工厂做关于艺术的巡回演讲。她惊奇地感到，她已成为一个有益社会、有益他人的重要人物了。

罗欣也终于发生了思想上的彻底转变，成了一名红军军官，从而也有机会同捷列金并肩作战。在莫斯科，捷列金和达莎、罗欣和卡嘉团聚在一起了。他们坐在莫斯科大剧院，全神贯注地听列宁关于俄罗斯电气化的报告。

《阴暗的早晨》不但刻画了宏大气势的时代特征，也以细腻之笔描绘了历史进程中各阶层人物的精神面貌和心理特征。人物更具典型，事件也更具说服力。

阿·托尔斯泰善于以史诗性的鸿篇巨著描述重大的历史进程和人的时代感受。除《苦难历程》三部曲外，《彼得大帝》也取得了极高的成就。这部小说创作于 1929 至于 1945 年，作家原计划写三部，并于 1930 年和 1934 年分别完成了前两部。1934 年起作家开始创作第三部，遗憾的是直到 1945 年作家病逝，也没有创作完成。《彼得大帝》场景恢弘，人物众多，表现了阿·托尔斯泰高超的艺术才能。高尔基赞誉说《彼得大帝》是苏联文学中第一部真正的历史小说。

阿·托尔斯泰的创作领域非常广泛，不但有诗歌、散文、政论文、小说、而且戏剧创作的成就也相当高。卫国战争期间，作家积极投入到反法西斯的战斗之中，以他那满怀激情的笔鼓舞前线浴血奋战的将士。只可惜，阿·托尔斯泰于 1945 年 2 月 23 日病逝，没能看到卫国战争的最后胜利。

39. 不朽名著：钢铁是怎样炼成的

bù xiǔ míng zhù : gāng tiě shì zěn yàng liàn chéng de

"生命属于人们只有一次。人的一生应当这样度过：当他回首往事时他不至于因虚度年华而悔恨，也不因碌碌无为而羞耻。这样在临死的时候他就能够说：我已经把自己的整个生命和全部精力献给了世界上最壮丽的事业——为全人类的解放而斗争。"这是小说《钢铁是怎样炼成的》中主人公在烈士墓前的心灵独白，既表现了保尔·柯察金一生的奋斗历程，也是作家尼古拉·奥斯特洛夫斯基（1904—1936）的生活准则。

1904 年，奥斯特洛夫斯基在乌克兰的一个普通工人之家诞生了。在这个贫寒的家庭里，这位将要以他那不平凡的经历、伟大的理想和坚忍不拔的意志成为一名伟大作家的贫民之子，只有幸在学校学习了三年时光。十岁时起他就不得不到车站的食堂里做工人，踏上了自食其力的谋生之路。他热烈欢呼十月革命的到来，并积极投身于十月革命之中。他加入共青团，参加红军上前线，成为一名出色的侦察兵。在战场上他以无畏的气概和对革命的无比忠诚，同白匪军进行了生死搏斗。1920 年，他在战场负伤，不得已转到地方工作。他便又带领青年志愿队冒严寒修建铁路，为保护公有资产同洪水搏斗。艰苦的环境、忘我的工作终使他因疾病而全身瘫痪。失去了强健的肌体并没有剥夺去他生命的意志，在病床上，这个只有三年小学文化的病人又拿起了笔，开始了另一种人生的奋斗。1928 年，他先以自己参加红军的亲身经历为素材，写成了一部中篇小说，展现了红军与白匪军之间斗争的故事。只可惜稿子在邮寄时丢失了。就在这一年，他的健康状况进一步恶化，进而连双眼也失明了。人们很难想象一个人从光明灿烂的世界中，一下跌入一个没有色彩的黑暗世界里时的悲痛与绝望。然而，就是在这种全身瘫痪、脊椎硬化、双目失明的灾难中，奥斯特洛夫斯基创作了他的第一部长篇小说《钢铁是怎样炼成的》。作家短暂一生的奋斗，就是对小说篇名的最好阐释和回答。

奥斯特洛夫斯基还创作了另一部长篇小说《暴风雨所诞生的》，以及一些论文、讲演稿和书信。应该说，他的创作生涯及意义，早已超越了文学本身。

《钢铁是怎样炼成的》出版于 1934 年，在小说的扉页上作家庄重地写了一笔："献给本书的编辑，我的战友和兄弟般的朋友马克·科洛索夫。"奥斯特洛夫斯基与科洛索夫的友情，建立在 1932 年。

1932 年 2 月里的寒风凛冽、阴云密布的一天，一位陌生的老人来到了《青年近卫军》杂志社的编辑部。正在编辑部办公的马克·科洛索夫急忙迎上去。老人腿脚不太好，拄着一根拐杖，激动地把一部书稿交到科洛索夫手里。科洛索夫看到，书稿的第一页上工整地写着书名《钢铁是怎样炼成的》，作者是尼·奥斯特洛夫斯基。当科洛索夫从老人的嘴里得知，书稿的作者在保卫苏维埃政权的斗争中失去了健康，在卧床不起、双目失明的情况下完成了这部长篇小说的时候，他被震动了，决定认真读一读这部小说。

当天晚上，科洛索夫便伏案阅读，随着一页页稿纸的翻过，科洛索夫被小说的人物和故事深深吸引了。

　　小说的主人公名叫保尔·柯察金，是一个普通工人的儿子。他自幼丧父，与母亲一起过着贫穷困苦的生活。由于贫穷，就连在学校求知的日子也灾难重重，保尔常常受到富人子弟的欺辱，而自卫反抗时，他却总是遭受惩罚的对象。保尔是一个勤于思考的孩子，而这也成了他受侮辱的原因。一次，在圣经课上他问神父，为什么高年级的老师说地球已经存在好几百万年，而不是圣经上说的五千年。恼羞成怒的神父不等保尔说完就跳起来，揪住他的耳朵往墙上撞。这样保尔在十二岁时便不得不离开学校，到社会上做工了。社会比学校还要黑暗，而遭受不幸的也往往是那些弱小者。但是生活的艰辛和社会的不公并没有摧毁保尔自我的尊严，不满和反抗的情绪培养了他顽强的斗志、誓不认输的品性。这种可贵的品质几乎使他赢得了出身高贵的女孩冬妮亚的芳心。

　　带着对旧社会的深仇大恨与对新时代的热切期盼，保尔参加了红军，成为一名英勇无畏的革命战士，在同国内外反对苏维埃政权的敌人的浴血奋战中，他多次负伤，在革命的战火中他逐渐成长着。国内战争结束后，保尔又拖着伤痕累累的病弱身体，投入到恢复国民经济的建设中。在修建铁路的工作中，保尔和他的同志们克服了缺衣少食、工作条件恶劣的重重困难，一次次打败了敌人的攻击和破坏，用他们的血肉之躯，架设着国家的铁路。保尔一次次病倒、一次次从死亡的边缘爬回来，一次次重新扑在工作上，对祖国和人民表现出赤胆忠心。然而，由于战争中的多次负伤，劳动中的劳累过度，保尔终于失去了工作能力，先是双目失明，接着是全身瘫痪。在精神和肉体的痛苦中，保尔却以乐观的态度面对一切，他坚强地拿起笔，写下了《钢铁是怎样炼成的》。

　　看完这部似乎是由滴滴鲜血写成的作品，科洛索夫激动不已。虽然这部手稿在语法和修辞方面还略显粗糙，但却是一部不可多得的小说。

　　几天后，科洛索夫便亲自来到奥斯特洛夫斯基家登门拜访了。奥斯特洛夫斯基激动地把科洛索夫拉到自己的身边坐下，紧紧握住他的手，急切地询问科洛索夫对自己作品的看法。奥斯特洛夫斯基从科洛索夫那真切的话语和颤抖的手中，感受到了他的真诚，这种真诚最终使两个人成为莫逆之交。在科洛索夫的具体指导下，奥斯特洛夫斯基对小说进行了修改，终于使它与读者见面了。

奥斯特洛夫斯基的另一部长篇小说是《暴风雨所诞生的》，它以1918年乌克兰西部地区为背景，展现了工人阶级和劳动群众在布尔什维克党的领导下，反抗波兰贵族和德国占领军，争取自由解放的斗争故事。虽然作品只完成了一卷，但也展示了那场斗争的壮阔图景。小说发表后同样引起了读者的强烈反响，绥拉菲摩维奇、法捷耶夫等著名作家都对小说给予了高度的赞扬和充分的肯定。

不可否认，《钢铁是怎样炼成的》是一部时代感很强的作品，它在描绘时代形象、塑造时代英雄方面取得了可喜的成就，但或许正是因为这一点，它也引起了一些人的争议。

在20世纪90年代的苏联文学界，一些人对这部作品的艺术性和教育作用提出了异议，有人认为《钢铁是怎样炼成的》不过是一部当代神话，是斯大林主义的产物。有人认为保尔·柯察金式的英雄已不为当代社会所需。正因为这样，《钢铁是怎样炼成的》一书在当今一些俄罗斯文学史著作中消失了，也被某些编者从学校的俄罗斯文学教科书中删掉了。

但是即便作为一个时代、一段历史的产物，《钢铁是怎样炼成的》或许会被人们所淡忘，但是它为我们塑造出了保尔·柯察金，这一形象所体现的巨大的震撼力量将会是永存的。

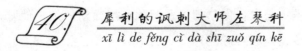

40. 犀利的讽刺大师左琴科
xī lì de fěng cì dà shī zuǒ qín kē

在20世纪上半期的苏联文学界，米哈伊尔·左琴科（1895—1958）的文学创作是一个独特的现象。这位匠心独运的作家，把他敏锐的眼光投射在当代现实生活中的某些特有现象上，用他那光芒四射的笔，开创了苏联文学讽刺幽默文学的先河。这的确十分难得，因为同时代的作家大都把笔端确定在反映时代的风貌、讴歌革命历史进程、表现时代英雄的重大题材上，而左琴科却把文学精力大部分用在了别人不屑一顾的小玩意儿上。

左琴科出生于乌克兰波尔塔瓦一个画家之家，曾求学于彼德堡大学法律系。第一次世界大战期间自愿入伍，在前线因中毒气而受伤。左琴科于1921年步入文坛，参加了谢拉皮翁兄弟的文学团体。在那个风风火火的年代中，苏联文学界似乎并不缺少一位从事高级文学的作家，那里已经拥挤了不少才华横溢的作家了。于是，左琴科另辟蹊径，搞起了通俗易懂，人们喜闻乐见的幽默讽刺故事。

左琴科的许多作品在滑稽幽默的风格中浸透着对民族文化、大众心理、时代精神等多层次的思考。这种思考往往发源于作家在生活中的体验和感悟。1918年秋，左琴科应姐姐叶琳娜之邀，来到了德聂伯尔河畔一个新农场当养禽员。在这里，他真正接触并了解了几辈子和土地打交道的农民。他常常遇到一些穿着树皮鞋、衣衫褴褛不堪的农民，他们见到左琴科衣着穿戴像个旧式的老爷，就毕恭毕敬地停住脚，脱下帽，向他弯腰鞠躬。有一次，一个家庭向他行礼，女孩慢了一点，便受到了母亲的巴掌，老头见左琴科不太高兴，就拉起他的手亲吻。而这时工农政权成立快一年了。农民的驯服与无知，来自于地主政权的可怕统治。他始终忘不了那些低垂着头、虔诚却又贫困的农民。

二三十年代，左琴科的幽默作品风靡一时，不但苏联各出版社竞相出版他的作品，许多作品还被翻译介绍到国外，这使左琴科享有很高的声誉。1939年，他荣获苏联红旗勋章。

左琴科幽默讽刺小说所以受世人青睐，是因为它和人们的生活非常接近。小说的故事就发生在你我身边，小说中的人物也就生活在你我中间，或者说简直就是你我的影子。

《贵妇人》在左琴科早期小说中占有重要的地位。一天，水暖工格利戈里·伊万诺维奇遇见了一位贵妇人，她穿着长统袜，镶着颗金牙。他被她迷住了，常去她的住处找她。他们遛马路，进戏院。一次看戏的中场休息，贵妇人来到食品柜前吃起了蛋糕。而水暖工的衣兜里并没多少钱，他看见她狼吞虎咽地吃，心却怦怦跳起来。她吃第二块，他说空肚子吃多了会恶心。她抓起了第四块，他终于忍无可忍了，大喊一声，叫她放下。结果可想而知，水暖工的窘况招来了许多人的围观和嘲弄。一件生活中的小琐事，被作家冷静地描绘成了一对小市民短暂的罗曼史，揭示了当时市民生活的庸俗与可笑。

在《可怕的一夜》中，敲三角铁的音乐家伊万诺维奇·柯托菲耶夫生性随和也不乏软弱。初恋失败后，很快与一个女房东成了亲。婚后虽夫妻间小摩擦不断，却也没有太大的波折。一天，伊万诺维奇·柯托菲耶夫在路上遇到了一个叫花子，这个叫花子曾经是个贵族，也曾把银子拿来大把地周济穷人。可现在，他却要求助于别人的施舍。生活中的一切都会变，这使伊万诺维奇感慨万千。

他的邻居、一个习字课教员丢了工作。他邀请教员来到家中，问起失业的缘由。教员告诉他，科学发展了，习字课不需要了。一切都将发生变化，今天是习字课，明天就可能是图画课。而且搞艺术的也不例外，有一天发明了电动乐器，三角铁自然就不用敲了。于是，电动乐器、失业、乞丐，这一连串的问题使伊万诺维奇无法平静，似乎沦为乞丐的时日就在眼前。终于在一个美妙、宁静的八月夜晚，在古怪不安的念头驱使下，伊万诺维奇冲着过路人用沙哑的声音说：公民……行行好吧……我也许马上要饿死啦……。救救一个不幸人的命吧……不论多少，好歹请赏几个子儿吧！他真的把自己视作乞丐，讨起饭来了。

这是一个安于现状、不思进取、墨守成规的小人物，不断变动的社会生活，天天出现的新鲜事物使他精神高度紧张而不能自己。活泼的笔触、调侃式的语言，使这个灰色人物显得十分可笑。

《丁香花开》更像是一段爱情的历险。主人公沃洛金虽天性聪明，有一点小手艺，但没有体面的职业，也没有足够的财产，所以爱情上就只好打些折扣了。沃洛金很实际，他计算了种种利弊，终于娶了一个对他有用的女人，从一个四面透风、起居不便的房间搬进了一间陈设着各种格柜、枕头和小塑像的令人着迷的卧室。生活的安逸、饭食的可口，沃洛金日益丰满起来，对爱情的幻想也活跃起来。他喜欢的是另一种风味的姑娘，她们嘴唇上边生着些深色髭毛，隐约动人；她们会跳舞，会游泳，行动敏捷，活泼豪爽。按照这种理想，他便爱上了一位姑娘，一个富有诗意的姑娘。

爱情的回报有时也并不总是甘汁果露，它也充满了惊险和磨难。在他的家里，对他美丽的爱情的回答是疯狂的吼叫，号啕大哭，破口大骂。妻子一家人，包括妹夫，一个声名狼藉的男看护在内，把无数恶毒的语言投在他的身上。等男看护离家上班，沃洛金毅然离开了家。可这并不算完，他们对他大打出手，甚至要用硫酸泼在他的脸上。好险，多亏装硫酸的小药瓶颈子细，距离又远，只有几滴落到他的衣服上。

他为爱情付出了代价，他也就有理由去考验一下爱情的真假。他向他的情人说，他没有钱，是一个失业者，没有能力用自己的工作和收入来负担一个家庭。然而姑娘并不上他的当，而是用怀有身孕把他牢牢拴住。虽然他也看出了姑娘那有违于纯真爱情的庸俗一面，但是却只能作罢了。因为，要是没有私心，任何人、任何时候都将一事无成。

小说对现实中那种渴求一种并不真实的理想生活，却又无法摆脱自身浅薄的生活态度的人，进行了嘲笑和讽刺。

不难看出，左琴科的幽默讽刺小说深深扎根于现实生活的土壤中，不但讽刺着生活中某些不合理因素，也对人物身上的某种精神痼疾进行揭示。正因为这样，左琴科的小说在二三十年代里一直存有争议。1946 年，左琴科在《星》杂志上发表了揭露苏联现实阴暗面的小说《猴子奇遇记》，一下陷入了灭顶的灾难之中。日丹诺夫对他进行了严厉的批判，他指责左琴科是惯于嘲弄苏联生活、苏维埃制度、苏联人民，用空洞娱乐和无聊幽默的假面具掩盖这种嘲弄。他说左琴科这个市侩和下流家伙给自己所选择的经常性主题，便是发掘生活最卑劣的、琐碎的各方面……这是一切下流市侩作家包括左琴科在内所特有的东西。这样左琴科在文学创作上便被判了死刑。同年 9 月，左琴科被作家协会开除，由此他便放弃创作，转事翻译。

左琴科创作的体裁形式多样，幽默讽刺短篇、杂文、中篇小说、传记小说，剧作和儿童故事等不一而足，尤以短篇见长。从艺术上看，左琴科的幽默讽刺艺术继承了果戈理、列斯科夫以及契诃夫早期作品的传统，又揉进了民间口头文学的丰富营养。

左琴科笔下的人物具有鲜明的时代特征，而且大多数属于市民阶层，形成了整整一画廊的所谓左琴科式人物。他们有血有肉、使读者如见其人，如闻其声。在语言上，左琴科追求那种突破旧形式的短句，它们富有浓郁的生活气息，而且雅俗共赏，既平易风趣、机智俏皮，又绘声绘色、活灵活现。高尔基对这一点给予了高度的评价，他在给左琴科的信中说："您具有讽刺作家的天资，讽刺感十分强烈，而又伴之以抒情笔调，极具匠心。在我看来，文学史上还没有任何人像您这样成功地熔讽刺与抒情于一炉。"

50 年代，苏联开始恢复出版了左琴科的各种故事，以及曾被禁止发表的作品。1958 年左琴科病逝于列宁格勒。

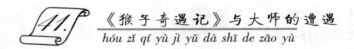

41.《猴子奇遇记》与大师的遭遇
hóu zǐ qí yù jì yǔ dà shī de zāo yù

左琴科是苏联卓有成就的讽刺小说家、幽默大师。1922 年，左琴科显示自己风格的成名作《西涅勃留霍夫先生，纳扎尔·伊里奇故事集》刚刚出版，高尔基便亲自举荐，将其中的《维克托丽雅·卡济米罗夫娜》译成法文在比利时发表——这是译成西欧文字的第一篇苏联散文。到了 20 年代后期，左琴科这个名字在苏联可谓"如雷贯耳"。仅 1926 年一年，他出版的选集就多达十七种。在 1926 至 1927 年，左琴科的书就出版了四百九十五万册。电车上，啤酒馆里，卧铺车厢的铺上，开往郊区的列车上，远离大城市的偏僻小屋里，城市剧院与农村俱乐部的舞台上……不分场合，不分老少，人们都在读左琴科，各出版社争相出版他的作品，报刊上在登，广播中在播，艺术家在朗读，甚至于信封上都印着左琴科的头像……

就在左琴科的事业如日中天之际，命运的阴影渐渐袭来。1942 年 8 月开始，他动手写一部散文体科学文艺小说《日出之前》。为了写好这部作品，他曾用十年时间收集材料，写了重达八公斤的笔记。1943年初，他将所写的章节寄给《十月》杂志，杂志社编辑部请著名作家吉洪诺夫、批评家什克洛夫斯基和生物学权威斯彼兰斯基院士审阅此稿，三人都肯定了这部作品，并祝贺他取得"辉煌的成功"。同年4月，左琴科应《鳄鱼》杂志社之聘去莫斯科任该刊助理编辑，其间联共（布）中央宣传部约见他，对这部小说已写就的章节表示肯定，并敦促他尽早完成此书。1943年夏，《十月》杂志六七期合刊和八九期合刊连载了《日出之前》的前六章。

不料到了1943年12月4日，风云骤变，苏联《文学和艺术报》发表了署名德米特里耶夫的文章：《论左琴科之新作》，抨击《日出之前》的作者是个"以亮出自己见不得人的隐私为荣的猥琐的市侩"，左琴科所引用的巴甫洛夫的原理统统是"冒牌货"，小说是"下流的"，"没有道德的"。这篇文章发表后两天，全苏作协主席团举行会议，法捷耶夫、马尔夏克以及什克洛夫斯基等谴责左琴科的这部作品是"反艺术的，与人民利益背道而驰的"。会议作出决定，停止连载这部小说。苏联作家出版社本来打算出版小说的单行本，也随即把手稿退还给作者。此后，各种各样的辱骂如暴雨般从天而降：左琴科是"下流胚"、"无赖"、"无耻之徒"，"写了一部投合我们祖国的敌人所好的胡言乱语的书"……

面对这突如其来的攻讦，左琴科不得不上书斯大林，请求斯大林"亲自看一遍我的小说，或者指示有关部门仔细审阅这部小说，……至少把全书审阅一遍再下结论"。然而这份请求并没有结果。左琴科失去了工作、口粮、住所、经济来源，他在莫斯科再也无法待下去了，几经周折，总算获准回到列宁格勒。在失业将近一年半后，外界盛传左琴科已被枪毙，列宁格勒市委为辟谣起见，于1946年6月批准他到《星》杂志编辑部工作，同时一些报刊重新刊载他的作品。

然而左琴科的厄运并没有结束。1946年6月的一天，左琴科到《星》编辑部上班，主编萨雅诺夫突然通知左琴科去领《猴子奇遇记》的稿费。这把左琴科简直气坏了：真不像话——不经本人同意就刊登作品……不过左琴科最终还是把这看作是萨雅诺夫的没经验和希望交朋友，塞给他一笔

从天而降的稿费。

但仅隔一个月，8月10日，新创刊的《文化与生活报》刊出了两篇给作者"以毁灭性打击"的书评，而且所下的结论竟与数日后联共（布）政治局委员兼宣传部长日丹诺夫对左琴科的抨击无一字之差。同月14日，联共（布）中央作出了《关于〈星〉和〈列宁格勒〉两杂志》的决议。这一决议对"左琴科、阿赫玛托娃和类似他们这样的人"大张挞伐，横加指责，单独指名道姓批判左琴科的内容就占了决议相当大的部分。决议说："《星》编辑部知道，左琴科早就专事写作空虚无聊的、没有内容的和下流的东西，专事鼓吹腐朽的无思想性、卑鄙下流与非政治性，企图把我国青年引入歧途并毒害他们的意识。发表的左琴科短篇小说的最新一篇《猴子奇遇记》，对苏维埃日常生活和苏维埃人民进行了下流的诽谤。左琴科用丑陋畸形的漫画式的手法，描绘苏维埃制度与苏维埃人民，诬蔑性地把苏维埃人民写得粗俗落后，缺乏文化，愚昧无知，带有小市民的趣味和习性。左琴科对我们先是凶狠的地痞流氓式的描写，还伴随着反苏攻击。"1946年8月至9月，全国报刊和广播电台对左琴科和同时受到批判的女诗人阿赫马托娃进行了轮番批判。9月左琴科被开除作协，吊销食品购买证。断绝经济来源的左琴科只得靠变卖家里的东西和朋友的接济度日。1958年左琴科这位给人民带来了无尽欢笑和启示的作家，在贫病之中走完了他受尽屈辱的凄苦的人生道路，在他狭小的书房里溘然长逝，终年六十二岁。

这篇影响左琴科后半生命运的《猴子奇遇记》到底写的是什么呢？它讲的是一只从动物园里跑出来的小猴子与它在城中漫游时所遇到的各色人物之间发生的故事。小猴子先是被司机发现想送给朋友，可它溜了；在城中见到它的人都想抓住它，于是它便"大闹合作社"，同时也筋疲力尽，感到"真不该离开动物园，在笼子里平静多了，有可能一定回去"。后来，好心的小男孩阿辽沙收留了它。可它趁他上学时，又偷偷跑出来，被人发现后又遭到围捕，差点儿被人带到市场卖掉。最后它终于又回到了真心爱护它的小男孩身边，并且"变得非常听话"，而小男孩"像对人那样教育它，现在所有儿童甚至有些成年人都可以向它学习"。可以说这是一部再普通不过的儿童作品。

事实上，真正的原因不在作品本身，这后面还有更重要的"秘闻"。

1946 年 8 月 9 日，在联共（布）中央组织局曾召开过一次重要的会议。参加会议的有从列宁格勒被急速召来的《星》的主编萨雅诺夫，该刊编辑部主任卡皮察，《列宁格勒》杂志的编辑部主任里哈列夫，该杂志副主编列沃涅夫斯基、尼基京，列宁格勒市委第一书记普洛科菲耶夫，市委另两个书记波普科夫和什罗科夫，作家协会的领导人法捷耶夫、维什涅夫斯基、吉洪诺夫等。马林科夫、日丹诺夫等几名联共（布）中央政治局委员及中央宣传剧的干部也参加了会议。

会上斯大林不止一次怒气冲冲地点名批判左琴科。关于《猴子奇遇记》，斯大林说："它既不能增添人的智慧，也不能充实人的心灵。《星》是一家好刊物。为什么现在给江湖骗子提供阵地呢？"又说："这个人看不见战争。看不见战争的硝烟烈焰。对这一话题他不置一词。左琴科写鲍里索夫市，写猴子历险的那些短篇小说能提高杂志的声望？不能。"随后斯大林又一次把话题转向左琴科："不是社会按左琴科的愿望改造，而是他应该改造，若不改造，就让他见鬼去。"当时《星》的主编萨雅诺夫曾试图澄清问题，说："刊登《猴子奇遇记》错不在左琴科，而是事出偶然，因为编辑同仁想给杂志加个少儿栏。"

这时斯大林气愤地问："难道你们的杂志是儿童刊物？无论主编，还是书记，起码的要求都没有。空虚无聊的短篇小说。对智慧心灵无补。给平庸粗俗的东西提供阵地。只有诽谤者才会造出这样的作品。左琴科对苏维埃人有怨气……你们的左琴科是个流氓！粗俗写作匠！！""看到了吗？猴子在笼子中比自由自在还要好。禁锢中比在苏维埃人中间还要舒心。"

斯大林还有一段较长的话："我们的刊物不可能是非政治性的。一些人想，政治——党中央和政府的事。作品写得漂亮——就万事大吉。稿子中是可以有坏的和有害的地方的。在这里我们与身担刊物职务的作家们存在着分歧。我们要求我们作家培养有思想的青年。为什么我不喜欢左琴科这样的人？他们是无思想性的鼓吹者。我们想在笑声中休息。他抓住这一点。但他的笑——催吐剂。结果是这样：左琴科在写，而其他人忙，顾不上。于是，就由左琴科们教育青年。对此我们不能继续忍受了。你们编辑部里存在的不是政治关系，而是哥儿们义气……哪个高些：哥儿们义气，还是思想？"

正是斯大林的这番讲话，决定了左琴科不可能有好的结果了。

左琴科自己揣测，这是由于他与斯大林的个人恩怨。有一次，他与好友纳吉宾私下交谈时，纳吉宾问：《猴子奇遇记》，一部挺可爱的儿童文学作品，怎么会招致斯大林的怨恨时，左琴科说："不是'猴子'，也许会是《林中出了棵小云杉》，利斧从战前就悬在我的头上了，当时发表了我的短篇小说《哨兵与列宁》。但战争使斯大林无暇兼顾，而当他稍微腾出手来时，就来抓我了"。这里左琴科说错了，不是《哨兵与列宁》，而是《列宁与哨兵》。里面有个小胡子，当哨兵挡住未带通行证的列宁不让进门时，小胡子曾"向哨兵嚷嚷"。左琴科写小说时心中出现的是捷尔任斯基，但不好如实写，就写了个"小胡子"，不料"小胡子"后来"成了斯大林难以磨去的特征"。于是头上便悬起了这把"利斧"。

然而曾是苏联作协主席团成员的西蒙诺夫认为，左琴科的揣测并不可靠：因为当时中央《决议》中，除了左琴科与阿赫玛托娃外，被点名批判的还另有人在。而且"小胡子"死了，厄运依然如故。在西蒙诺夫看来，真正原因在于，斯大林怀疑列宁格勒"图谋建立精神核心"，因而要严惩左琴科与阿赫玛托娃来挫败这个图谋。从中央集中选择列宁格勒市委主管的两个杂志作为批判对象以及把该市市委第一书记、书记叫到莫斯科，与两杂志领导一起，当面听斯大林的训斥——"你们的左琴科是个流氓"来看，不是没有这种可能的。而列宁格勒通常又被视为政治局委员日丹诺夫的后院，所以人们又揣测这中间还夹杂着马林科夫与日丹诺夫之间的明争暗斗。

其实，最根本的原因还是与当时的"无冲突论"思潮相关。1940年以后，苏联刊物上一再宣称"社会主义条件下不存在对抗性和非对抗性的矛盾"；"矛盾和冲突的可能性被排除了"；"社会主义社会不存在前进中的矛盾"等等。正是在这一思潮影响下，一些人便带起玫瑰色眼镜来观察和描写生活，出现了一大批如《光明普照大地》、《曙光照耀着的莫斯科》、《幸福的生活》等粉饰生活的作品。在这种气氛下，作家要对生活的阴暗面，它的缺点、矛盾和困难进行描写，是绝对不行的。不仅新的冲突不能写，而且像马雅可夫斯基的《澡堂》、伊里夫和彼得洛夫的《十二把椅子》这样的讽刺作品，也从上演剧目中消失了。在这样的大环境下，主要写讽刺性作品的左琴科很自然成为一个靶子。

之所以选择左琴科，首先是因为当时马雅可夫斯基、别德内依都已去世了，"一个看出苏联社会现实负面现象的主要艺术家的声望，属于二十多年中积极发表作品而且依然健在的最伟大的苏联讽刺家左琴科。"日丹诺夫大骂左琴科时，也抱怨"左琴科在列宁格勒几乎成了文坛泰斗"，"他被捧上了帕尔纳斯山"（诗神所在之山——笔者注）。而与左琴科同时被整的人，也在于吹捧左琴科与阿赫马托娃的"权威性"。与此同时，左琴科作品在西方大量出版，受到大量的、甚至过分的赞扬，也无疑成为导致他不幸的一个因素。

42. 以《毁灭》而扬名的法捷耶夫
yǐ huǐ miè ér yáng míng de fǎ jié yē fū

《毁灭》是苏联著名作家亚历山大·法捷耶夫（1901 — 1956）的一部重要小说。它出版于1927年，那时法捷耶夫刚刚二十五岁。在那个繁杂动荡的20年代的苏联文坛上，很少有像法捷耶夫的《毁灭》那样，能够在那么广泛的群体中赢得众口同声的好评。当时的苏维埃党和整个中央的报纸，各个流派的杂志，所有文学团体、联合会的批评家和评论家都对这部小说给予了极高的赞誉，使年轻的作家名声大噪。

这是一个悲壮的故事，1919年夏秋之季，苏联远东地区一支游击队，为了保存革命的实力，进行了战略性的转移。游击队的人员来自于四面八方，他们出身也各不相同。他们是革命的火种，战场上的英雄，也是正常的凡人，怀有七情六欲。战争是残酷的。生死关头需要的是勇气和智慧，狭路相逢勇者胜。面对死亡，谁也不是天生的英雄。

为了部队的安全，巴克拉诺夫和密契克前往侦察，在一个村子里，突然四名荷枪实弹的日本兵突然闯了出来。经验丰富的巴克拉诺夫迅速拔出手枪，打死了两个日本兵，手枪却出了毛病，在一个日本兵逃跑，一个日本兵拉下了步枪的紧要关头，密契克为一股新的、比恐惧更能控制他的力量所支配，对着那日本人连开了几枪。第一次开枪杀人的密契克并没有因狭路的勇敢而兴奋，却陷入了一种空虚与害怕之中。

对一个人来说，生命虽是最为珍贵的，但在战争之中，人们便不得不为更多的生命去牺牲，战场上的牺牲是伟大的，战场以外的牺牲就更显得惨烈与悲壮。游击队在密林深处同敌人周旋，连强壮的人都生死未卜的时候，伤病之人就成了负担。规则是那么简洁明了：或者一起去死，或者让强者去寻求生路。哪个是真正的道义？

当弗罗洛夫面对战友送来的溴剂时，他没有感到恐惧、激动和伤心，一切都是那么简单容易。战争的惨烈，有时并不表现在战场上的厮杀，而是如何赋予生命更深邃的意义。

莫罗兹卡以一个有着浓厚农民意识的矿工出身参加了革命，他的身上表现出许多缺点：偷东西、酗酒、不守纪律。就是这个人，在面对敌人生死攸关的时刻，向其他同志报了警。

怀着浪漫幻想参加了游击队的密契克，却在生命的危急时刻退缩下来，当了逃兵。虽然他有过忏悔，痛苦地喊过"我做出了什么事啊，我怎么能做出这种事来"，但终于找到了借口，继续活下去。

莱奋生，凭着他在游击队里的核心作用、钢铁般的意志和出色的组织能力，终于带领着十九名游击队员，突破了日寇和白匪的追击，走出山林，跨过了沼泽地，保存了革命的火种。

《毁灭》受到了广泛赞誉具有相当大的现实意义。它的成功表明了1928年苏联文学界所有文学流派在思想上的提高和接近，也表明了在苏维埃，评论家们对评价艺术现象开始出现了共同的标准，共同的审美观。

《毁灭》有如此魅力和作用，对于一个年轻作家来说的确难得，而这样一部富有意义的作品，却是作家在病床上构思而成。

1921 年，苏联国内的斗争形势即复杂又激烈。苏共第十届代表大会前夕，白卫军在喀琅施塔要塞发动了叛乱，判军分子占领了要塞和军舰。为了尽快镇压叛乱，有近三分之一的十大代表，在伏罗希洛夫的率领下，与红军大部队一道开始了向叛军的进攻，其中就有远东游击队的代表法捷耶夫。在 3 月 18 日的战斗中，法捷耶夫腿部中弹，在医院住了半年。

养病期间，法捷耶夫的脑海中总是浮现着远东游击队同日本侵略军之间殊死搏斗的情景。他想着那段艰苦惨烈的战争岁月，想着被日军杀害的战友，想着沿海边区革命军事委员会主席谢尔盖·拉佐怎样被凶残的日本军俘虏，又在点着的火仓中壮烈牺牲，想着自己身上一处处伤疤。一幕幕悲壮的情景，被法捷耶夫用札记和草稿的方式记录下来，并在此基础上，孕育出了描写远东游击队战斗生活的长篇小说《毁灭》。

1901 年 12 月 24 日，法捷耶夫出生在特威尔省的基姆雷城。这是一个革命之家，他的父亲是一位乡村教师，因参加革命而遭沙皇政府的逮捕、流放、直至杀害。他的母亲和继父也都是布尔什维克党的地下工作者。1912 年，法捷耶夫在海参崴商业学校就读期间，寄宿在希比尔采娃姨母家。姨母家是当时布尔什维克党的地下活动点，两位表兄也都参加革命，是苏联国内战争年代的英雄。法捷耶夫便在这种充满革命思想的家庭和环境中成长起来。

十月革命期间，年仅十六岁的法捷耶夫便激情满怀地投入到了宣传活动中。1918 年，日本侵略军武装干涉苏俄远东地区，法捷耶夫便参加了反击日寇和白匪军的游击队，同年 9 月加入了布尔什维克党。他曾颇自豪地说：整个我的自觉的生命是在党的行列里度过的。我实际只是在最初的十六年里，是非党的人。所有我做得最好的，都是党感召我的。我以作为我们伟大的共产党的成员而自豪，并且认为这是我最大的光荣……

法捷耶夫的文学创作开始于 1921 年。1923 年他创作完成了中篇小说《泛滥》和短篇小说《逆流》，两篇小说都描写了十月革命后初年远东地区人民的斗争生活。他的重要长篇小说，除了 1927 年出版的《毁灭》之外，还有未完成的《最后一个乌兑格人》（未完成）和 1945 年发表的《青年近卫军》。

《最后一个乌兑格人》是一部史诗性的长篇巨著，作家计划写成六部，卫国战争之前完成了前四部，后两部却没能完成。这部小说仍以远东地区的生活为背景，小说的基本思想可用作家的话来概括：革命把这些部落的代表拉上了斗争的轨道，使他们跨过社会发展的好几个阶段，把他们变成社会主义的自觉建设者。

长篇小说《青年近卫军》，以苏联卫国战争为题材。1942 年 7 月 28 日，德国法西斯占领了顿巴斯的克拉斯诺顿城。9 月，以奥列格柯歇伏依和伊凡杜尔根尼奇为首的一批青年成立了地下组织青年近卫军。他们散发传单，营救被俘人员，消灭德国军警，打击了德国法西斯的嚣张气焰。1943 年 1 月，在离苏军解放克拉斯诺顿不到一个月的最后时刻，德军发现了青年近卫军组织，组织的绝大多数成员惨遭杀害，只有八名成员幸免。法捷耶夫以这一真实事件为基础，创作了歌颂卫国战争中民族英雄的小说《青年近卫军》。

法捷耶夫是个颇有才气的作家。但因为成名之后事务性工作的增加，尤其是自 1934 年进入作协领导之后，苏联文学界众多的政治事件，使这位名噪一时的大作家染上了许多悲剧色彩。在法捷耶夫主持苏联作协工作近二十年间，许多知名作家遭受了不公的待遇和迫害，特别是以 1937—1938 年为高潮的大镇压大清洗运动，使数以千计的作家被捕、流放、劳改甚至处死。痛定思痛之时，人们自然有理由对那时作协的高层领导发难。1954 年苏联第二次作家代表大会上，法捷耶夫便受到了指责，1956 年苏共二十大上，肖洛霍夫等知名作家又对其进行了激烈抨击。因病住院的法捷耶夫在苏共二十大后的两个月开枪自杀。

然而历史的真理绝非直觉所能把握，法捷耶夫不应该也没有能力对那一特别时期的所有事件负责。俄罗斯《共青团真理报》副主编、资深德高的伊凡茹科夫经过多方调查，翻阅了大量有关文件后写了一本书：《命运之手，肖洛霍夫与法捷耶夫：真相与谎言》，让我们看到了幕纱后面，法捷耶夫怎样为保护、帮助一些作家所做的工作和担当的风险。我们还可以从作家那封死后被封存了三十四年之久的绝命书中，窥视到一个时代造就的英雄的真情感悟和肺腑之言。

43. 魂系顿河的肖洛霍夫
hún jì dùn hé de xiāo luò huò fū

1928 年，苏联著名作家亚·绥拉菲摩维奇在读了肖洛霍夫的《静静的顿河》以后写出了下面一段文字：

> 一望无际的草原在酷暑中颤动，沉浸在无边无际的蓝灰色烟雾之中。
>
> 土岗上一只雏鹰闪着黑色的光，黑亮亮的一只年轻的小鹰。它不很大，眼睛张望着，转动着它的头和它的乳黄色的鹰喙。
>
> 尘土飞扬的道路，弯弯曲曲地伸到土岗近前，绕着圆圈爬上土岗。
>
> 那时，鹰的翅膀忽然展开，——我惊叹了一声——雏鹰展开了巨大的翅膀。它轻柔地从地上腾起，缓缓地摆动着，滑翔在草原之上。

这一年，肖洛霍夫二十三岁。

肖洛霍夫说：诗人的诞生各自不同，比如我，是从国内战争中诞生的。国内战争期间，我在顿河地区。从 1920 年起，我在顿河的土地上服务和奔波。我干了很久的粮食征集员的工作。我追击盘踞在顿河一带的匪帮一直到 1922 年，匪帮也追击我们。一切都像预料那样结束了。我们常落入各种困境。的确如此，肖洛霍夫一出世就陷入了一种尴尬难堪的境地。

肖洛霍夫（1905—1984）出生在顿河维申斯克镇的克鲁日林村。父亲亚历山大·米哈伊维奇·肖洛霍夫是个有学识有地位的商人之子，当过牲

肖洛霍夫

口贩子、农民，也做过店员和磨坊经理。虽只念过小学却喜好读书，这给未来的作家以最初的影响。肖洛霍夫的母亲是乌克兰人，名叫阿娜斯塔西亚·达尼洛夫娜·切尔尼科娃，本是波波夫地主庄园中的一个侍女。以肖洛霍夫父亲的身份和地位，他是不应该娶一个侍女为妻的，所以自然受到了长辈的坚决反对。父母借助哥萨克长官阿塔曼的权力，强迫阿娜斯塔西亚·达尼洛夫娜嫁给了一个退役的老哥萨克库兹涅佐夫。亚历山大·米哈伊洛维奇坚持反抗，不惜和父母闹翻。

而阿娜斯塔西亚·达尼洛夫娜也鼓足勇气，顶着舆论和道德的压力，回到亚历山大·米哈伊洛维奇的身边，从而成了有两个丈夫的女人。

1905 年，米沙·肖洛霍夫出生了。名义上他是库兹涅佐夫的儿子，实际上是米哈伊洛维奇的儿子。童年时代的肖洛霍夫背着两个父亲的痛苦长到了八岁。1931 年，库兹涅佐夫去世后，肖洛霍夫的父母才得以在教堂举行婚礼。然而双重身份的生活给作家幼小的心灵带来了无法磨灭的创伤。

儿童时代这种难以言表的灵魂之痛也从另一个侧面起到了激人奋进的作用。肖洛霍夫十五岁就走出家门，投身到苏维埃的建设之中了。1920 年秋，肖洛霍夫所在的征粮队在康科夫村附近同马赫诺匪帮进行了一场战斗，肖洛霍夫被俘虏了。在他下定决心准备一死的时候，匪徒所住房屋的房主，一个大胆的哥萨克妇女勇敢地保护了当时身材瘦小的肖洛霍夫。她指责马赫诺说：难道你连一个小孩子也要杀害吗？他是有母亲的……，马赫诺动了恻隐之心，一个伟大作家的生命才得以继续。

肖洛霍夫 1922 年来到莫斯科，1923 年开始了文学创作，1924 年发表了第一篇短篇小说《胎记》，同年加入拉普（俄罗斯无产阶级作家联合会），1926年出版了第一部短篇小说集《顿河的故事》，同年返回故乡从事专业创作。《顿河的故事》中，收集着肖洛霍夫1923年到1925年间创作的短篇小说。这些小说主要描写国内战争时期，顿河地区苏维埃政权在建立和巩固过程中所经历的复杂激烈的斗争，多数小说把这种斗争放置于哥萨克的家庭背景之下，我们看到了在家庭内部，在亲族之间，在父子、兄弟、夫妻中，因政治信仰不同而导致的敌视与流血，它是那么激情震荡，又那么残酷血腥。如《漩涡》（1924）描写了一位贫苦农民为了保卫红色政权，带领两个儿子参加了红军，可小儿子却去当了白匪军官，后者把自己的父兄俘获后，竟亲手将他们杀害。在《看瓜的人》（1925）中，一家四口人分成了敌对两方。当了白匪军的父亲活活将自己的妻子打死，还要将自己的长子——一个被俘的红军战士杀死。结果次子——一个看瓜的人实在忍无可忍，又亲手砍死了白匪军父亲。《胎记》中，一个白匪首领洗劫一座村庄时，一刀砍死了一个红军骑兵，他剥下死者的皮鞋，看到左脚上的一颗胎记，才知道自己杀死的是亲生儿子。《顿河故事》虽在描绘人物性格上，略显生硬；在事件的展示中还过于追求戏剧性和惊奇效果，但仍闪现出作家特有的艺术才华。

在创作史诗性巨著《静静的顿河》期间，肖洛霍夫于1932年还发表了《被开垦的处女地》第一部。由于作品描写了集体化运动中"左"的错误行为，所以《新世界》不同意发表这部作品，在斯大林的干预下，1932年的《新世界》十四期上刊载了这部小说。这部小说创作之后，现实中的肖洛霍夫卷进了约维申斯克案件。

1932年到1933年间，素有俄国粮仓之称的顿河地区，由于边疆区领导工作中的错误，导致了大批农民和牲畜饿死。区领导不从自身找原因，却把责任全推到下面，结果两千名农户、三千名庄员被从集体农庄中开除，顿河右岸所有党支部书记被关进监狱，包括肖洛霍夫在内的许多人被控告为对粮食采取纵容态度，而使牲口死亡，都罪大恶极。1933年4月，肖洛霍夫勇敢地站出来上书斯大林，揭露边区领导的错误，申诉农民的苦难。

肖洛霍夫故居

　　很快，上边派来了调查组，大批被关押甚至等待枪决的人被释放，被恢复了名誉。然而，肖洛霍夫此举却大大地得罪了地方领导，他们虽对整治作家本人怀有顾虑，却把手伸向了他周围的人。一时与作家共事过、要好的朋友都被捕了，他们都被逼迫说肖洛霍夫是人民的敌人。这使作家陷入了危险境地，他不但不能从事创作，甚至连1937年7月在西班牙举行的国际作家反法西斯大会也未能参加。1937年6月19日，肖洛霍夫写信给斯大林，请求接见。又是在斯大林的督促下，维约申斯克案件才宣告结束。

　　卫国战争期间和战后，肖洛霍夫写了不少军事题材和反映战争期间生活的作品——短篇小说《学会仇恨》、长篇小说《他们为祖国而战》、短篇小说《一个人的遭遇》等，其中《一个人的遭遇》最负盛名。

　　索克洛夫是一个极为普通的苏联公民，卫国战争期间，他告别了妻子儿女，上了前线，一年的仗没打满便成了德军的俘虏。在俘虏营中他坚守着自己的信念和祖国的荣誉。他像掐一只虫子一样掐死了叛变分子，在给死去的战俘挖墓坑时，他一夜跑了四十公里，却又被抓回。在给德国军官开车时，他砸死德寇，逃回了祖国。他的家乡遭到了德国飞机的轰炸，妻子和两个女儿被德寇的炮弹夺去了生命。

索科洛夫是一个普通人，也是一个刚强的硬汉。法西斯的入侵使他蒙受了悲惨命运的苦难和精神心灵痛苦的煎熬。他虽没有惊天动地的伟业，却表现出对祖国的忠诚和面对死亡时的无畏气概。他追求着，他努力着。正是这种对希望的执著，闪现出了人性的光辉，表现出了生命的意义。小说从另一个视角写了战争的残酷和人性的刚强，成为苏联军事题材文学中的别开生面之作，受到了广泛的称赞。

肖洛霍夫是一位魂系顿河的作家，他曾说："我在顿河出生，在这里成长和学习，在这里成人和出息成一个作家，成为我们伟大共产党的一员和强大祖国的爱国主义者，我可以骄傲地说，我挚爱我亲爱的顿河大地。"肖洛霍夫是一个坦率真诚的作家，因为他的坦率和真诚使他的作品很难顺利出版。60 年代，勃列日涅夫还曾为作家的《他们为祖国而战》确定应删去什么，保留什么，这使已近晚年的肖洛霍夫的心灵再一次遭到创伤。《一个人的命运》中索克洛夫曾发出了："唉，生活，生活你究竟为什么要那样折磨我？为什么要那样惩罚我？不论黑夜，不论白天，我都得不到答案……"这样的感叹，但这又何尝不是作家自我的心灵之声呢！1984 年 2 月 21 日，肖洛霍夫离开了他热爱的祖国，他魂系的顿河大地。

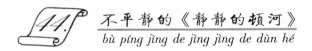

44. 不平静的《静静的顿河》
bù píng jìng de jìng jìng de dùn hé

1926 年起，肖洛霍夫开始了长篇小说《静静的顿河》的写作，整部作品历经十四年，于 1940 年完成最后一部。在苏联文学史上，《静静的顿河》被文学家们确定为社会主义现实主义文学的经典之作，然而，这部伟大的作品从第一部问世起就历经磨难。

1927 年 9 月，肖洛霍夫完成了《静静的顿河》的第一部，并把手稿寄给了《十月》杂志。编委们看后认为作品有美化哥萨克日常生活之嫌，且篇幅冗长。后来他们把书稿寄给了杂志责任编辑绥拉菲摩维奇。老作家非常了解顿河的哥萨克人民，他看完手稿后立即打电话给杂志社要求不做任何删改发表。1928 年十四期和十八期的《十月》杂志分别刊出了小说的第一、第二部。

小说主人公葛利高里长得酷像父亲，但个头高出许多，他爱恋着邻居司契潘的妻子阿克西妮亚。阿克西妮亚的婚姻并不幸福，司契潘除了打她就是在外面酗酒搞女人。她对葛利高里的感情也在自然之中产生。然而父亲却强迫葛利高里娶了米伦·珂尔叔诺夫家的长女娜塔莉亚，这场婚姻注定也是悲剧式的。葛利高里怀念阿克西妮亚的狂热感情，终于离开家，带着阿克西妮亚出走了。一气之下，娜塔莉亚用镰刀自杀，结果没死成脖子却歪了。

《静静的顿河》海报

在收割庄稼的季节里，传来了第一次世界大战爆发的消息。葛利高里应征入伍，在那场不知为何而打的战争中，无数本不想杀人的人都成了刽子手。人们互相肉搏，糊里糊涂地刺杀别人，去建立伟大的功勋。葛利高里被内心的痛苦折磨着，他与残杀俘虏的"锅圈儿"发生冲突。这次战争，葛利高里负伤回家，为村子带回了第一个乔治十字勋章。

阿克西妮亚因女儿患猩红热而死悲痛欲绝。这时李斯特尼次基中尉回家养伤，他乘虚而入，占有了她。葛利高里大失所望。

战争进行了三年，鞑靼村一片破败、丑陋的景象。战争也把葛利高里压倒了，吸尽了他脸上的光，涂上了一层黄疸，他盼望战争早点结束。随后十月革命爆发，国内战争爆发，葛利高里参加了红军。然而一次事件，为葛利高里的悲剧命运奠定了基础。在一次战斗中，红军俘虏了四十余名白军军官，却被彼得捷尔珂夫下令全部处死了。葛利高里看到此景眼中充满了泪水，要不是被司令部的参谋拦住缴了枪，真不知他会干出什么事来。由于战争中受伤，他回到家中，妻子为他生下了一儿一女双胞胎，做父亲的幸福使他激动不已。身为哥萨克中的一员，葛利高里虽不情愿，却也无可奈何地过起了分居生活。在红军队伍中时，葛利高里看不惯枪杀白军俘虏，而当白军对红军俘虏执行死刑时他的心更为悲哀，他无法面对那些无力之人的尸体。

《静静的顿河》一、二部发表之后引起了社会上的巨大反响，读者的来信如雪片般飞向编辑部。高尔基、卢那察尔斯都给予了高度评价。4月19日《真理报》刊登了老作家绥拉菲摩维奇对肖洛霍夫热情称赞的文字，把年轻的作家比作是一只突然展翅高飞的黄喙小鹰。但是对作家大加挞伐的也大有人在。有人指责作家在作品中表现出了客观主义、自然主义、超党性、抽象人道主义等倾向，说作家是动摇的农民作家，是富农意识的传播者，无产阶级文学中的异己分子。也有人说《静静的顿河》的手稿是作家从一个被打死的白军军官那里剽窃的。1929年3月，气愤已极的作家把自己的手稿送到了《真理报》编辑部常务书记、列宁的妹妹玛里娅·乌里扬诺娃手里。1929年3月19日的《真理报》上发表了拉普五位领导人的公开信，为作家进行辩护。

1930年秋季，肖洛霍夫又完成了《静静的顿河》第三部，以1919年春顿河上游的哥萨克暴动为主要内容。《十月》编辑部阅后认为作者是在为哥萨克的暴动作辩护，因此要求删去十个地方，这样一来作品的四分之三部分就没了。作家当然不能同意，他便请法捷耶夫把第三部书稿的打印稿转给高尔基审阅。高尔基于1931年6月3日给法捷耶夫写信说："《静静的顿河》第三部是一部具有很高价值的作品，我看它比第二部更有意义，比第二部写得好。"但同时也指出：作者有时不能将自己的立场同书中主人公葛利高里分开。1931年6月6日肖洛霍夫给高尔基写信，谈了哥萨克暴动的原因。1931年夏天，高尔基把斯大林请到了家中，并把肖洛霍

《静静的顿河》插图

夫也请来了。斯大林向肖洛霍夫详细询问了顿河的事情，最后说我们发表《静静的顿河》第三部。1935年起，肖洛霍夫又进入了《静静的顿河》的第四部的创作，直至1940年完成。

《静静的顿河》第三、四部主要是以十月革命后国内战争为背景，描写了战争的残酷、哥萨克人的灾难以及主人公葛利高里的悲剧性命运。在白军之中，葛利高里凭着自己的勇猛升至师长，但他始终难以把自己完全融入白军之中，又拒绝调遣，结果官位连降。1920年，葛利高里又参加了红军，指挥了一个骑兵连。在红军队伍中，他的样子变了，精神愉悦起来，他坚信他会用自己的行动把过去的罪过都赎回来，战斗中他英勇无畏，受到了上级的嘉奖，而且当上了红军的副团长。

这一年葛利高里因伤复员了。他回到家乡，但是村革命军事委员会主席、葛利高里的妹夫珂晒伏依却不相信他，要送他到军事法庭接受审判。他对珂晒伏依说：如果苏维埃政权不来压迫我，我是不会反对苏维埃政权的……可以把我送到红军去当兵……为了暴动的事坐监狱也可以，可是如果为了这种事把我枪毙，这未免太过分了。在恐怖与不理解的痛苦之中葛利高里又投靠了佛明匪帮。但是到处流窜的土匪生活使葛利高里产生了难以遏止的思念之情。他离开队伍偷偷回家把孩子交给了妹妹，带着阿克西妮亚要去南方开始新的生活，途中遇到了征粮队的哨兵，阿克西妮亚中弹身亡。丧失了一切他认为最宝贵的东西之后，1922 年春他回到了家乡。他生活中所残留的全部东西是他的儿子沙特加，他抱住儿子百感交集。《静静的顿河》中描写了数百个人物的命运，作家把这众多的人物投入到历史的漩涡之中，揭示着时代、社会乃至人性之间的作用和冲突。可以说，小说的艺术魅力正是由于人的魅力而表现出来的。肖洛霍夫曾说："对于作家来说，他本身首先需要的是把人的心灵的运动表现出来。我在葛利高里、麦列霍夫的身上就想表现出这种人的魅力。"的确，我们在葛利高里的身上看到的正是这种人格魅力。

葛利高里身上最突出的特点在于他的性格的多面性、丰富性和完整性。他善良、正直、勇敢、粗犷、豪放却又凶狠、虚荣、暴烈、刚愎、任性；他热爱家乡却又背离家乡；他向往正义、酷爱自由却又左右摇摆陷入迷途；他大胆追求爱情幸福、忠于情感，却又显得放荡和对妻子冷漠无情；他两次自愿参加红军，战场上英勇威武、身先士卒，他也三次卷入白匪的叛军之中，残害红军心狠手辣毫不留情。如此众多的相互矛盾、相互对立的人性品质，这种美与丑、善与恶间的灵魂的争斗，都在葛利高里的身上实实在在地体现着。他既不是一个完美无瑕的天使，也不是一个天生凶残的恶魔。

《静静的顿河》正是把葛利高里的悲惨命运同重大的历史事件相融合，展现着苏联历史上从 1912 年到 1922 年间的风云变幻和人世的沧桑，这期间历经了第一次世界大战、二月革命、十月革命、国内战争等血红的战争场面。所不同的是，肖洛霍夫的创作没有像其他以 20 年代国内战争和革命为题材的作品那样，着力描写无产阶级英雄人物，以坚强的革命者为主人公，而是反其道而行之，选择了一个十分灰色的人物为主角，从另一个角度切入战争和革命的历史事件，它引起的是更多的深刻思考，而不是盲目称颂。小说在展示人物性格的悲剧的同时也表现出了时代和历史在人的悲剧性命运面前的巨大威力。也正是这无与伦比的人性魅力，使作家成为苏联文学史上第三个诺贝尔文学奖的获得者。

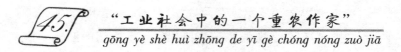

45. "工业社会中的一个重农作家"
gōng yè shè huì zhōng de yī gè chóng nóng zuò jiā

　　1904 年，任教于匹兹堡中学的威拉·凯瑟（1876—1947）出版了自己的第一部短篇小说集《旋转花园》，收入其中的作品大多描写艺术家在现代社会中的矛盾，文笔雅致、长于心理探微，反映了詹姆斯和华顿的影响。但作品问世后反响平平，这实在出乎作者的预料，也多少减弱了她因一年前出版诗集《四月黄昏》而初显诗才所带来的创作热情。但很快，一个意外的收获降临在她的头上。当时出版界巨头麦克吕尔注意到这个崭露头角的文才，旋风般地访问了匹兹堡。经过几次商谈，凯瑟于 1906 年 5 月结束任教生涯，前往纽约，担任"麦克吕尔"杂志编辑。

　　但在这之后几年的文学成果不能令人满意。1908 年，凯瑟为修改和充实一份重要稿件被派往波士顿，经马克·吐温著作出版商的寡居夫人弗尔德斯介绍，与女作家朱维特相识。后者年近六旬，重病缠身，但十分赏识凯瑟的艺术才华，决心帮助她成才。通过交谈和通信，朱维特劝告她要从繁忙的新闻工作中解放出来，集中精力和时间从事文学创作。

　　凯瑟生于弗吉尼亚一个律师之家。祖辈为具有反蓄奴制倾向的爱尔兰移民，南北战争后定居中西部的内布拉斯加州。凯瑟七岁时，随双亲迁居该州红云镇。后因父母典卖宅居，她曾与祖父母共同生活过一段时间，受到他们的思想影响。由于父母忙于操持农事和家务，无暇管束孩子，凯瑟因此获得充分的行动自由，经常骑马奔驰在草原上，黎明而出，日落而归，访问散布在草原上的波希米亚移民家庭，倾听了人们吐述乡愁，摆谈各种故事。麦田和草原的气息，熏陶培养了她后来成为一个以描绘中西部拓荒生活著称的小说家的气质。她与土地息息相通，学会了塑造开拓型妇女时赋予她们以生机勃勃的秉性。随着年龄的增长，她逐渐产生了择业意识，最初想成为一个外科医生，为此，曾一度痴迷于动物解剖。后来，她在高中毕业典礼上以"调查研究与迷信"为题谈了自己的实验和感受，惊呆了在场的城里绅士。

1890年，凯瑟考入内布拉斯加州大学。学校规模不大，却拥有一批治学严谨的年轻学者和古典文学造诣很深的教师。她的见解往往与众不同，并以出色的运用知识的综合能力，明确的志向和处事镇静自如给人们留下很深的印象。读书期间，她的多篇短篇小说在校刊发表。论文《莎士比亚和哈姆雷特》则使她在当地报纸谋得戏剧评论员和专栏作者的职务。毕业后，即成为匹兹堡《家庭月刊》杂志的助理编辑。这一系列的创作活动和最初的成功，完全改变了她的择业初衷。从此文学成为她献身的事业。

在匹兹堡期间，凯瑟的文学艺术活动主要是在戏剧与音乐方面。当时邻近的芝加哥随着工业和城市经济的发展，文化生活也日益活跃，并影响到匹兹堡。许多享誉世界的演员和音乐家纷纷到此作短期访问，凯瑟有幸观赏他们的演出，与他们会见和交谈，开阔了自己的艺术视野，提高了审美品位。后来，她离开杂志社到匹兹堡中学任拉丁文教师，仍保持与客访的文学艺术家的交流。

为凯瑟赢得最初的文坛声誉的，是1913年发表的《哦，拓荒者们！》(1913)。标题取自惠特曼的诗句，"所有的快乐、所有的忧伤、所有的生命、所有的死亡、拓荒者！哦，拓荒者！"作品的主旨和格调，也与惠特曼的诗具有内在一致性。小说主人公亚历山德拉是一个瑞典移民的女儿。她的父亲柏格森聪明、坚韧，在内布拉斯加的蛮荒草原与贫穷和命运搏斗了十年。他坚信自己会成功，但中年早逝，无法实现夙愿。亚历山德拉继承了父亲的品格和气质，在极困苦的情况下担起家庭担子，照顾年迈的母亲，抚养三个弟弟，经营微薄的家业。不久，又蒙受灾荒的打击，周围邻居纷纷典卖家产，流落他乡，两个弟弟也执意要迁居异地。但亚历山德拉说服了家人，坚持留下，并劝说尚未离去的人们，廉价购进邻近土地，扩大经营。她依靠艰辛的劳作，终于使家业有所起色，帮助两个大弟弟成了家，并把心爱的小弟弟艾米送出去求学，却不料艾米死于情杀，成了家的弟弟为夺家产几乎与她反目。面临一连串的打击，她镇静自若，充满信心地稳步走在自己的人生道路上。亚历山德拉是作者笔下具有坚毅、刚强性格的女性形象。她最鲜明感人的品格和言行，都与土地联系在一起，拓荒者所必须具备的坚韧和吃苦耐劳，成为她人格和体魄的基本造型。广袤无垠的草原，培养了她宽广的心胸、豁达的人生态度、能够对付各种厄运与逆境；对土地怀有"如醉如痴"的感情，充实和丰富她的精神世界，衍化出她对人们的同情和关怀；农民对土地的希望，培养了她的责任意识和价值观。毫无疑问，在她的身上，融汇了作者对故乡拓荒人生活和精神世界的认识和感受。她在谈到创作感受时说："我这是头一次用自己的脚走路——过去，什么是半真实、半模仿，即模仿我所崇拜的作家。这部小说里，我写了家乡的牧场，发现自己原来是扬斯·索格逊（当地著名的瑞典移民——译著者），而不是亨利·詹姆斯。"这表明对于凯瑟来说，对故乡生活的专注和描写，不仅是创作题材选择问题，更重要的是对自身的精神和文化品性的深层剖析及确认。在美国文学史上，凯瑟历来被看成"工业社会中一个重农作家"，她自觉的文化取向，大体正源于此。

《我的安东妮亚》（1918）被公认为凯瑟小说创作的最高成就。其题材与《哦，拓荒者们！》一样，植根于内布拉斯加州的移民生活，但对人的情感世界和土地的深刻描绘与开拓，都达到酣畅淋漓。小说以赞美的笔调描写波希米亚女性安东妮亚坎坷而感人的人生。故事从回忆展开，叙述人吉姆·伯顿是安东妮亚青少年时的朋友。当他第一次出现在作品中时，已是一个事业有成的律师，但婚姻不幸福，只好借旅行消愁。一次在火车上与一位现已成为作家的幼时同乡好友相遇，两人结伴同行。一路上回顾旧事，记忆犹新。尤其是谈到吉姆最好的朋友安东妮亚的经历时，更是激动不已，于是，便有了绵绵不绝的故事。二十多年前，十岁的吉姆作为孤儿被祖父收养，从弗吉尼亚来到黑鹰镇，安东妮亚一家六口也移居此地。吉姆祖父家底殷实，农场前景看好。安东妮亚一家却生活无着落，衣不遮体，食不果腹。父亲原是布拉格一名小提琴手，现身有残疾，不善农事，不久，便死于"怀乡病"。弥留之际，渴望自己"能找到回乡之路"。父亲去世之后，家境更加困窘。安东妮亚毅然担起了生活重担，像大男人似的，到处帮工，捆麦束、打场、装车、赶牲口，无所不干。吉姆迁居城里后，安东妮亚也到镇里当女佣，受到雇主的白眼、虐待、甚至污辱。但无论身处何种逆境，她始终保持着生活的勇气，以辛勤劳作同命运抗争。后来吉姆上了大学，安东妮亚许身于一个铁路列车员，却又被抛弃。她强忍悲愤，带着孩子回到农场顽强地生活下去。岁月流转，已人到中年的吉姆再也没见过安东妮亚。几次路过故乡，都却步而止，他不愿看见她的老态和贫困的惨景。当他最终回乡探亲时，出现在他面前的安东妮亚却并非自己想象的那样。她虽到中年，面容有些憔悴，但神色仍那样刚毅、坚定。"她一直保持着爽朗的笑声和拓荒者完整的内心世界。""难怪她的儿子们站在那里高高大大，腰杆笔挺。她是生命的一个丰富的矿藏，宛如那古老民族的奠基人一般。"

　　凯瑟一生的创代表明，西部拓荒者生活及由此形成的精神和道德传统，是她文学活动和价值取向的真正立足之地。无论是抒写理想，寄情怀旧还是寻觅于宗教，她创作所经历的深化过程，都源于这个基本点。由此，生发出凯瑟小说艺术上的一些重要特色：清新、明丽的环境描绘和气氛渲染，蕴含深厚的情感和心理因素；精练传神的人物刻画既富于生活的本色，又作为作者的特殊气质和道德理想的图腾。她的小说既有现实主义的写生，又有浪漫主义的抒情，同时兼有象征主义的寓意和印象主义的意境。鲜明的个性特征使她在美国文学史上占有独特的地位。近些年来，她的作品在西方声誉越来越高，许多评论家把她与亨利·詹姆斯、海明威、福克纳并列，称她为"美国建国以来一位最伟大的女作家"。

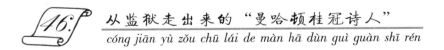

46. 从监狱走出来的"曼哈顿桂冠诗人"
cóng jiān yù zǒu chū lái de màn hā dùn guì guàn shī rén

　　1900 年，新世纪的到来给威廉·西德尼·波特的事业带来了好运，他结束了在俄亥俄州联邦监狱三年的囚徒生活，走出森然的高墙，自由地呼吸着、眺望着，心里默默地念着一个崭新的名字，"欧·亨利"。后来成为美国现代短篇小说之王的欧·亨利（1862—1910）就是从此刻起正式踏上

文学创作生涯的。

欧·亨利生于小镇医生家庭，故乡北卡罗莱纳州葛林斯堡罗镇与马克·吐温描写的汉里堡尔极为相似。五岁时母亲去世，父亲迷恋于各种不成功的发明，很少关心孩子的生活与学习。缺乏温暖的生活使欧·亨利从小产生强烈的爱的渴求，这对他日后的创作产生了重要影响。欧·亨利十五岁前的学习生活主要是在一个亲戚开办的私人学校度过的。在那里，他涉猎了不少古典文学名著，奠定了英语文字基础，同时兼做药店的学徒。1882 年，因健康原因和为了寻求生活出路，他来到得克萨斯的奥斯汀先做了两年农工，后从事过多种职业，最后当了一名银行出纳员。在此期间。他办过《滚石》周刊，为《霍新顿报》撰写一些诙谐幽默的小故事。但不久因银行亏空涉嫌，他逃往拉丁美洲避难，这段生活经历构成他后来创作的异域背景。1897 年，获悉妻子病重，他回国探望，即被捕入狱。狱中，从犯人那里听到的各种故事，成了他文学创作的重要素材。出狱后，他定居纽约，住宿于廉价客栈或公寓，出没于公园、小酒馆和贫民窟，自称为纽约"四百万小市民中的一员"。平民社会由此而成为作家生活的基本环境，也成为他创作的总体氛围，而他的小说，也主要是为平民而创作的。欧·亨利以鲜明的平民倾向迈入美国文坛。

波特以"欧·亨利"为笔名写作短篇小说始于监狱期间。当他走出监狱大门时，已有十二篇作品被刊用的可喜成果。从这时起，有三年的时间，他的小说每周都有一篇在《纽约世界》报周日版上发表。他一生中共写下约三百篇短篇，唯一的一部长篇小说《白莱与皇帝》（1904），实际上也是由若干短篇小说组成。它的题材来源于作家浪迹拉丁美洲时的见闻和感受。作品以讽刺笔触表现了美国对拉美各国的宗主关系，小说中那个虚构的安楚里亚共和国，成了依附美国的拉美各国的概括性象征。

欧·亨利的短篇小说分别结集为《四百万》（1906）、《西部之心》（1907）、《剪亮的灯盏》（1907）、《斯文的骗子》（1908）、《城市之声》（1908）、《选择》（1909）《命运之路》（1909）、《陀螺》（1910）等，他去世后，仍有《滚石》（1913）、《流浪儿》（1917）等集子问世。这些作品背景各异，但主要是纽约和得克萨斯城。一系列描写纽约曼哈顿区社会生活的小说，代表了他文学创作的主要成就，作家因此有"曼哈顿的桂冠诗人"之称。他曾在《四百万》的序言中谈到，不久前，有人做出这样的估计，纽约市真正值得关注的只有"四百人"，但一个聪明人经过调查，做出的充分估计要更符合大多数人的利益。在这里，作者十分明确地表达了自己的主旨：在他所描绘的艺术世界里，就是要以"四百万小市民"作为主要表现对象。于是，诸如小店员、办事员、穷画家、流浪汉等人物形象，从他笔下源源而出。他们朝不保夕，捉襟见肘的凄惨处境以及在危难中显示的美好人性和纯洁心灵，令人百感交织，扼腕叹息。

《麦琪的礼物》是欧·亨利小说中脍炙人口的名篇。一对贫困的年轻夫妇在圣诞来临之时互赠礼物，妻子迪拉卖掉自己美丽的长发为丈夫买了一条表链，丈夫吉姆卖去祖传三代的金表，为妻子换回一把装饰精美的发梳。当他们打算给对方一个惊喜，拿出礼物互赠时，才发现双方的礼物都已经失去作用，不禁哑然失笑。欧·亨利用艺术的笔触，细微地展示了饱含柔情和心酸的戏剧性场面，激发读者对年轻夫妇的赞扬和同情。在作品的结尾部分，他又赋予这"一对傻孩子平淡的生活史"一个颇含寓意的象征。他提醒读者，麦琪是给耶稣降生赠送礼物，因而首创圣诞节互赠礼物的智者。而迪拉和吉姆在那些赠送和接受礼物的人中，他们是最聪明的，"他们就是麦琪"！欧·亨利对患难中的真挚感情的赞美，在此油然而显。

《麦琪的礼物》所表现的主题，在《最后一片藤叶》中得以延伸。青年女画家贫病交加，对生活悲观失望。连秋风落叶也引来无限的感伤。她拒绝接受医生的治疗，躺在幽暗、阴冷的公寓里，数着窗外残存的藤叶，心里想着"只等最后一片掉落下来，我也得去了"。但经过风吹雨打，仍有一片藤叶奇迹般地贴在墙上，这激起女画家生的热望。她开始接受治疗，身体日渐转好。但与她居住同一公寓的老画家贝尔门却病情加重，默默死去。原来，这个失意、爱唠叨的艺术家，有着一颗金子般的心。他知道女青年将自己垂危的生命维系在藤叶是否凋零之后，便在夜里顶风冒雨爬上墙头，画了一片藤叶。女画家因此得救，他却着凉染病而去。贝尔门

一生穷困潦倒，未创作出具有轰动效应的作品，却用自己的生命绘制了"毕生的杰作"。"最后一片藤叶"象征着尚存于民间的真情。它是作者在利己主义横行的精神沙漠开辟的一片利他主义绿洲。

欧·亨利着意发掘下层人物美好品性，以含泪的诙谐述说他们的窘困，也写了不少嘲笑小市民的势利、虚荣和庸俗的篇什。但当他勾画起高利贷者、矿山主、绅士、官吏、贵妇人的嘴脸来时，幽默和风趣再也掩藏不住刻薄和尖利。他以娓娓叙来的口吻写出来的故事，使人在一笑之中觉察到令人震惊的丑恶和颠倒。《警察和赞美诗》也描写了一个衣食无着的流浪汉，在寒冬临近之时急于寻找庇身之地。他视监狱为最好的去处，于是干了种种坏事，以创造条件打开通向监狱之门。但他的行为却没有引起警察的任何反应。一天，他路过教堂，听到里面传出吟诵赞美诗的声音，心灵为之一动，决心改邪从善，却不料在此时，警察逮捕了他，将其送进监狱。恶行不受惩处，从善却遭厄运，这样的社会还有什么是非可言。那么造成这种现实的原因何在，欧·亨利试图通过其他短篇回答这个问题。《嘹亮的呼声》中那个警察局探员，明里是法律的执行者，暗里却是杀人犯的老搭档，他还与其他罪犯有经济上的勾结，对罪犯是抓还是放，一概以自己能捞到油水为准。如此警匪一家，怎能不黑白混淆，是非颠倒。与这篇小说有异曲同工之妙的是《我们选择的道路》，小说采用叙述现实与追忆往事的并行结构，再现一个人物的两种身份：昔日杀人劫货的盗匪，今日华尔街股票市场的新贵。相比较而言，股票比枪口更残酷，新贵比匪盗更可怖。

在欧·亨利的笔下，骗术是上流社会最常用的伎俩，最无耻的把戏，最具毒害的腐蚀。《黄雀在后》写一个骗子、一个强盗和一个金融家聚在一起，声称是在开"全国贪心汉大会"。他们相互夸耀自己做骗子的经历，比赛谁的骗术更高明，结果一个胜过一个，独占鳌头的还是银行家。但要和慈善家相比，银行家的骗术就逊色得多了。在《慈善事业数学讲座中》，高喊"文明和进步"的慈善家们办起免费学校，赢得人们接二连三的赞誉，报刊大肆宣传他们的善行，他们的像破天荒地与林肯像印在一起。但实际上，他们利用学校聚众赌博，受聘而来的"数学教授"原来是个精于赌术的赌场老手。小说中一个骗子一言道破天机，"如果经营得法，慈善事业是招摇撞骗中最有出息的一种"。读到此，人们不能不叹服于作家极富暴露性的讽刺描写。

欧·亨利的创作始终立足于他的资产阶级民主自由思想。他专注于表现下层人们的贫苦生活和精神苦闷，顾怜他们的不幸，不满富有者的贪婪和恶行，但又常常沉醉于小市民的幻想，这些都极大地影响他的创作风格的形成，使其兼有批判现实主义、"柔情的现实主义"和尚未销声匿迹的新浪漫主义等各种特征。他的作品篇幅省俭，但情节跌宕多姿，构思巧妙、精细，善于运用悬念，尤其以出人意料、突然转折的结尾耐人寻味，后人誉之为"欧·亨利笔法"。他的语言幽默风趣，字里行间深藏着感伤的人道主义，加上常用双关语、讹音谐音、联想引申等，具有强烈的艺术感染力，很容易赢得读者。但有时牵强附会地给人物的悲剧性命运添上大团圆结局，用廉价的安抚冲淡了作品的社会批判意义。

诚然，欧·亨利的小说大多供通俗报纸发表，读者圈主要是小市民，这在相当程度上影响了创作的格调。他的小说，思想比较浅薄的作品是有的，艺术上也有雷同之处。但这些都取代不了这样一个事实：作为一个以短篇小说著称的作家，他在题材和技巧等方面开创了美国短篇小说创作的新路子。从 19 世纪以来的美国短篇小说，或沿袭"高雅"文学传统，忌讳反映下层社会，或着力表现地方色彩，缺乏对最能反映时代特征的城市生活的关注。后来的马克·吐温、杰克·伦敦在短篇小说方面均有实绩，但他们的主要文学成就在长篇小说方面，所写的短篇或以虚构的场景表达寓意，针砭时弊；或写大海旷野，渲染气氛，寄寓情怀。真正将短篇小说的创作推向现代社会，引入实际生活的则是欧·亨利。

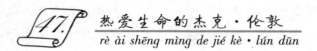

热爱生命的杰克·伦敦
rè ài shēng mìng de jié kè · lún dūn

提起杰克·伦敦（1876—1916），人们不会忘记历史曾出现过的一幕：1916 年 11 月下旬，战事犹酣的欧洲。奥地利皇帝弗拉兹·约瑟死后不几天，当地的一些报刊却以更多的版面载文悼念刚刚辞世的美国作家杰克·伦敦。一个不具有任何世俗的权势，仅以笔耕为业的人竟享有如此哀荣，这一短短的镜头足以显示出杰克·伦敦在 20 世纪前 20 年欧美文坛上的重要影响。

由于经历及创作倾向的某些相似，崛起于 19、20 世纪之交的杰克·伦敦素有"美国的高尔基"之称。他的作品在列宁、斯大林时期的苏联发行多达一千七百多万册，其代表性作品大多也有了中译本；而在 20 世纪二三十年代的美国，纳粹政权统治时期的德国，他的作品同样获得赞誉，这种罕见的现象，也足以说明杰克·伦敦的思想及创作极为复杂。

作为一个勤奋、多产的作家，杰克·伦敦在不到二十年的创作生涯中写了包括长、中、短篇小说、剧本、报告文学、传记、随笔等各种体裁的作品和论文达五十卷。其中，一百五十多篇短篇小说占有十分重要的地位，成为他为"现代美国短篇小说开了一个新纪元"的佐证。

杰克·伦敦的短篇小说大体分为"北方故事"、"太平洋短篇"和"社会问题小说"。充满异域情调和浪漫气息的"北方故事"，主要以作者亲身经历的阿拉斯加北方生活为题材，再现当年克朗代克淘金热的情景。当时，历经十六个月艰辛毫金未获的杰克·伦敦染疾而归，他拖着腰以下部位几乎瘫痪的身躯遍迹北美，并用笔记下这一段亲身感受，日后写成了在严酷的自然环境里人生搏斗的悲壮篇章，也记叙了在迷人的黄金的诱惑下，发生在旷野、山谷和窝棚里的一桩桩剧烈的欲望冲突，以及由此引发的惨剧和传奇。

《热爱生命》是"北方故事"中极富于艺术感染力的篇什。它描写一个弹尽粮绝、孤独无援的淘金者七天七夜的求生经历。小说一开始就以毫无雕饰的冷峻笔调，把读者带进北极圈内的荒野峡谷这样一个特定的自然环境。置身于其中的主人公，面对严酷的现实，不得不击碎空幻的黄金梦，而以自己作为劳动者的素质、潜能和意志，去对付自然界的暴虐，竭尽全力改变自己危在旦夕的命运。在走出极地的漫漫跋涉中，连续五天的饥饿和疲劳，使他几乎失去思考能力，不知道什么时候露宿，什么时候启程，一到垂危的生命闪烁起火花，他就慢慢地向前匍匐着，滚动着，一只过路的熊向他发出了试探性的咆哮，他也用生死攸关时刻激发出的勇力支撑自己站起来，对着黑熊发出渴望生命的喊叫，竟然吓跑了这只庞然大物。三三两两的狼从面前溜过，也避开这个虽然力已殆尽，却仍然显示生命存在的"奇怪动物"。在他身后爬行过的地方，留下了斑斑点点的鲜血。就在临近北冰洋的时候，他发现一只饥饿的病狼用它那黯淡无光的眼睛死盯着他，一路舔着他留在地上的血渍。他一路爬行，病狼一路跛行，两个奄奄一息的生灵在荒原展开了一场生死格斗。每当病狼向他贴近，急促的喘息声便使他惊醒，病狼立刻被吓得一跛一跛地跳开，这场可怕的拉锯战一直持续了很长时间。终于，狼的牙扣在了他的手上，他顺势扼住狼的牙床，用另一只手把狼抓住，经过一番挣扎搏斗，他把全身重量都压在狼的身上，但两只手已无力把它掐死，就用牙紧紧咬住狼的咽喉。半个小时后，一股暖和的液体流进他的喉咙，他翻过身来，又陷入昏迷之中。三个星期后，他躺在捕鲸船上，向人们不连贯地谈到自己所经历的一切。

近三十篇以太平洋为背景的短篇小说，是作者两次乘"斯拿克号"航游时所作。在这些短篇中，人与自然搏斗从北部的阿拉斯加转移到靠近赤道的太平洋海面上，出色的写景融汇在浩渺无垠的狂涛巨澜中。尤为突出的是，作者以严酷的写实，再现了白人殖民主义者对当地土著居民的掠夺和迫害，描述了太平洋悠悠史册上充满血与泪的一页。

杰克·伦敦的"社会问题"优秀短篇，则通过塑造性格迥然各异的人物形象，表达作者对资本主义制度和劳动人民的生活状况等一系列社会问题的看法，体现进步的思想倾向。当然，和作者的其他作品一样，他的短

篇小说也是瑕瑜互见，精芜并存，但其中的优秀篇章都洋溢着美国短篇小说前所未有的清新气息。

杰克·伦敦一共写有十九部长篇小说，重要的有《野性的呼喊》（1902）、《海狼》（1904）、《白牙》（1906）、《铁蹄》（1908）和《马丁·伊登》（1909）等。《野性的呼喊》和后来的《白牙》（1906），描写有人性的动物之间的斗争，它们相互撕咬，或奔入莽林，恢复野性，由狗变成狼；或克服野性，由狼变成狗。但无一例外地都以凶猛、强悍战胜对手，遂得生存。作品借动物之间的争斗，影射现实社会中人与人之间的尔虞我诈，但又不由自主地流露出"生存竞争，适者生存"的思想。

《海狼》是一部引起广泛争议的作品，评论界对它的褒贬曾大起大落。作者将19世纪流行的进化论、生物学和科学唯物主义都引进创作，在富于戏剧性的情节发展中展开讨论。小说以主人公第一人称自述的形式写成。美国绅士亨甫莱在航海中船沉落水，被"魔鬼号"海豹猎船救起。船长海狼拉森有一副高大魁梧的身躯，原始野蛮人似的气力，蛰伏着的威力时而发作。在他的威逼下，亨甫莱被迫在"魔鬼号"上当了一名厨子，目睹了由海狼造成的种种惨剧。后来他发现凶狠残忍的海狼同时是一个出身寒微、智力超群，靠自学博览群书的智者。一个偶然的机会，"魔鬼号"救起海上落难的女作家布鲁斯特。她的出现，引起了海狼的欲望。当他对布鲁斯特强行无礼时，亨甫莱奋起保护弱者，带她逃离到一个人迹罕至的荒岛。不久，被属下抛弃的海狼也同破损的船一起被风浪卷到荒岛。他已经弱不自支地逐渐走向末日。就在亨甫莱驾着修复的"魔鬼号"驶出海湾的那天，海狼终于孑然死于岛上。

1906年6月，杰克·伦敦对他的朋友说："我在考虑一部社会主义小说的开端，我要唤它作《铁蹄》。"这一语出惊人的创作宣言，并非是一时突发的灵感。1907年，这部标志他创作思想高峰的作品问世。小说分二十五章，前言部分为一种幻想的表现形式。作者假设在公元27世纪，一个名叫安东尼·梅莱狄斯的学者，在加利福尼亚的松诺玛山谷的一栋小平房里，发现了一部"安眠了七个漫长世纪"的回忆录手稿。手稿的笔者是女社会革命家爱薇丝·埃弗哈德。她对自己的丈夫安纳斯特·埃弗哈德终生革命活动的回忆，构成了小说的主要内容和基本情节。作品的标题"铁蹄"，是作者用来称呼美国金融寡头政权的专用名词。它表明杰克·伦敦所要反映的是资本主义制度的血腥罪恶和无产阶级"来一个大扫除"的重大主题。

《铁蹄》作为美国第一部具有无产阶级性质的文学作品，在文学史上占有独特地位。

在杰克·伦敦的整个创作中，长篇报告文学《深渊中的人们》（1903）同他的优秀小说一样引起人们重视。它的资料来源于作者在伦敦东区近三个月的实地考察。在那里，到处都呈现出贫穷、饥饿、肮脏和疾病的惨景；破碎的砖瓦堆放在各条横街小巷；熙来攘往的人们衣衫褴褛，面容憔悴；妇女为三两个便士，甚至一块发霉的面包出卖自己的肉体；孩子们不是"在大恐怖中哭泣着"，就是"像苍蝇一样死去"；生活在地狱的人们希望着早死，许多人被逼自杀，可法庭却判决他们是患神经错乱症。作者还写到，在英王爱德华七世的加冕日里，特拉法国广场呈现出中世纪的富丽堂皇的排场，他却看到粘滑的人行道上，几个年老体衰的车夫慌乱地从地上拾起豆粒大的面包渣塞进嘴里，他从观察到的种种情景得出结论，"伦敦的深渊是一个巨大的屠场，没有比这里更可怕的景象了。"

《深渊中的人们》饱含着杰克·伦敦的爱憎感情，也融入了他个人苦难经历的切身体会。作为破产农民的养子，他因家境极为贫困，十二岁便独立谋生，做过报童、牧童、水手，在令人咋舌的传奇般经历中饱尝了人间的辛酸与不平。当他用笔来表现这个社会时，自然将目光投向生活在深渊中的人们。美国进步舆论界认为，作为一部社会文献，这部书是无与伦比的。

《马丁·伊登》是杰克·伦敦规模最大的一部长篇小说，代表了他文学创作的最高成就。作者写了一个水手的悲剧，而当时他自己正乘着游艇，颠簸在太平洋上。顶踵相接的海浪推拥着他的创作激情，也将他与大海的不解之缘引向记忆的深处。在深感做一个劳动牲畜的痛苦之际，杰克

·伦敦曾走过一条在冒险中求生的道路。他希望成为一个生活中的强者，这样的强者能闯荡生活的险滩，能立身于命运的激流，有海一样的性格，海一样的力量。因此，在寻找生活出路的时候，他自然把目光投向大海。从这里引出他一生中最富于传奇色彩的"马背上的水手"经历：年仅十六岁就能在最恶劣的天气爬上帆桁，在狂风骤雨中收帆，或独驾一叶小舟，在西南风刮得十分猛烈的时候横渡海湾，风卷狂潮拍打在他的脸上，他得意地唱起了"水手之歌"。成年的水手闻之色变，因为连他们也不曾有过这样的冒险。当然，冒险的代价也是沉重的，几度濒于死亡的边缘，造成他浓重的悲剧意识。

作品前半部带有自传性，部分取材于作家早年的经历，但其主要故事情节则是虚构的。它以青年水手马丁·伊登与资产阶级小姐罗丝的爱情经历为中心线索，描写了他的奋斗、成名、幻灭的一生。二十一岁的穷水手马丁偶然解救了富有律师摩斯家的阔少，因而被引进摩斯家豪华的客厅。他精力充沛，动作笨拙却富有粗犷的男性美，引起律师家小姐罗丝的爱慕。马丁也因罗丝的美丽和举止的高雅而将她理想化，视她为自己追求的完美女性，并决心当一名作家。他过着斯巴达式的生活，除了抽空去看罗斯，什么消遣也没有。每天伏案写作十多个小时，还要打短工挣钱谋生，有时穷得吃不上饭，但稿子屡屡被退回，他陷入了困窘。罗丝一向以为饿着肚子的恋人是富有浪漫色彩的，一旦定睛望着贫困生活的惨景，她惊呆了，决定顺从父母的旨意，断绝同马丁的来往。马丁忍着巨大的痛苦，经过奋发努力终于成名，受到鄙视过他的人的奉承和吹捧，这股"宠爱"马丁的浪潮，把罗丝也卷了进去。她抽泣着，脸色惨白地来找马丁，可怜他，伸出双手拥抱他。可是马丁觉得这拥抱是冰冷的，只是接触，没有抚爱。他意识到自己患了重病，病的不是身子，而是心灵和头脑。跻身上流社会后的马丁终于发现自己所得到的一切都是空虚、欺骗的化身，他的精神濒于崩溃，最后以自杀了结一生。

杰克·伦敦的创作盛期来得快，可持续时间不长。1909 年发表的《马丁·伊登》为他赢得了极高的声誉，但也标志着作者创作盛期的结束。据

绿岛之莺：呼唤新世界

lü dao zhi yu hu huan xin shi jie

说，他成了当时世界上稿费收入最多的作家之一。1916 年 3 月，他正式声明退出美国社会党。八个月后，他因服下过量的吗啡与世长辞，应验了他在《马丁·伊登》中的预感。

综观杰克·伦敦的一生，他的思想和创作始终存在着尖锐的矛盾。出身劳动者的直觉和阶级利益，让他较早接触到马克思主义，萌发了对社会主义的向往，加上在艰难的生活环境中培养起来的抗争精神，使他能够站在一般批判现实主义作家所不及的思想高度，写出不少优秀作品。可一旦成了名，终于与平民远远离开了，他享受了高贵生活，就记不起从前的贫苦的生活了。而脱离了本阶级的生活，脱离了点燃他生命之火的社会斗争，尽管他曾被称为"一座生命大山"，也必然因为内部的空虚而倒下去。在杰克·伦敦的身后，不仅给我们留下大量精芜并存的文学作品，还留下了发人深省的启示。

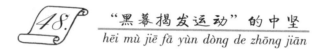

48. "黑幕揭发运动"的中坚

hēi mù jiē fā yùn dòng de zhōng jiān

厄普敦·辛克莱（1878—1968）是 20 世纪前二十年美国重要的小说家，剧作家，以鲜明的社会批判倾向为创作特色。

他生于马里兰州巴尔的摩市，祖上为当地名门望族，他的家庭却是其中经济潦倒的一系。父亲靠贩酒为业并染上嗜酒贪杯的积习。辛克莱童年时期看惯了富裕亲戚的傲慢和白眼，由此感到世间的不平。父亲的不良习惯给他的心理罩上阴影，开始认识到生活环境和人的行为、习惯的相互关系。多年后，他在《晃动的酒杯》（1956）中谈到过度饮酒对克莱、杰克·伦敦和狄兰·托马斯等人创作才能的有害影响，表述了他对这一问题的思考。

辛克莱十岁时随家迁居纽约，四年后成为市立学院学生，虽然任性，但求知欲强烈，广泛阅读各种书籍，开始接触社会主义理论，以思想激进著称。1897 年毕业，进入哥伦比亚大学继续深造，毕业后即参加社会党，

175

开始社会活动和专业作家的生涯。1906 年发表代表作《屠场》，很快以"黑幕揭发运动"的中坚称著文坛。同年，曾在新泽西州英格兰华特创办乌托邦式的"赫利孔村社"，作为一次"社会主义"的实验。村社维持不到一年，却吸引了辛克莱·刘易斯等一批青年作家，也引起哲学家约翰·杜威、威廉·詹姆斯的关注，在美国现代社会学史上写下令人回味的一页。从 1906 年到第一次世界大战前后，辛克莱一直致力于宣传"社会主义"，他在战争期间的和平主义反战态度，被列宁称为"一个有感情而没有理论修养的社会者"。30 年代，在社会党解散后，他加入了民主党，以"结束加利福尼亚州的贫困"为纲领，参加 1934 年的州长竞选，终因财力有限，竞选未成。进入 40 年代，辛克莱创作中仍出现"社会主义"的词句，但政治热情明显减退，由理想主义装饰起来的个人观点取代了社会批判与分析，由此发展下去，他后来顺适了美国"民主"制度。

辛克莱的文学创作少年早成。为了挣得完成学业所需要的费用，他十五岁就开始为通俗杂志写惊险小说，并靠此读完大学。当他在哥伦比亚大学取得硕士学位时，已经写了六部这样的小说。其中值得一提的是《马纳沙斯》（1904），主要描写一个南方青年参加南北战争，反对蓄奴制的冒险经历，充满浪漫主义的传奇色彩。杰克·伦敦认为，该作是他读过的描写南北战争最好的小说之一。

惊险小说给辛克莱带来了经济效益，也为他在刊物杂志上争得发表作品的一席之地。但他清醒地认识到，这绝非自己的最终目的。他曾说，在文学创作道路上，他受到的真正启迪来自约翰·弥尔顿、珀西·拜希·谢利等伟大作家的作品。从中，他懂得了要敢于挺身反抗社会的不公正，使自己的创作与时代生活产生密切联系。以此作为创作主旨，辛克莱写出了他一生最有价值的社会批判小说。

发表于 1906 年的《屠场》是辛克莱一系列社会批判小说的力作，其创作背景是 1904 年爆发的芝加哥屠宰工人大罢工。辛克莱应《理性之声》杂志之邀，实地考察和采写这一事件。他前往芝加哥，在工人中生活了近两个月，详细了解罢工的起因与始末，收集了大量有关资料，经过一年的创作，写出了长篇小说《屠场》。作品最初以连载形式在一家宣传"社会主义"的刊物上发表，立即引起社会的广泛注意。

《屠场》在20世纪初充满各种复杂矛盾的社会背景下，描写了芝加哥屠宰工人的生活和命运，主人公约吉斯·鲁德库斯和妻子弗拉伊尔·奥娜是来自欧洲的斯拉夫移民，他们带着寻求安定和幸福的梦想来到美国，安身立命于世纪之交崛起的新兴城市——芝加哥。但无情的现实却将他们一步一步逼向绝境。约吉斯好不容易在屠宰场找到一份工作，却不啻为将自己送去屠宰：每天在充满恶臭，堆满脏物的作业场连续干上十几个小时，被强度极大、险情环生的劳作折磨得骨瘦如柴。工头的滥施惩罚，更使他精神饱受创伤。贪婪奸诈的房主趁他们急于购房成家之机，骗取了他们的全部积蓄，于是，债务紧跟着新婚，工伤与饥饿接踵而至。不久，奥娜遭到工头的污辱，约吉斯被迫反抗，却被法律宣判有罪，被捕入狱。当他刑满出狱时，妻儿已经惨死，生活逼着他坠入黑社会，成为一个四处漂泊的乞丐和小偷。

《屠场》所触及的社会问题的尖锐性和离经叛道的政治主张，无疑是对垄断资本和官方权威的公然挑战，因而遭到官方舆论的压制，曾一度被迫中止连载，在成册出版过程中又数次受阻，但终究不能阻隔它对社会的广泛影响。仅以它对肉食的装运、制做和加工过程的极不卫生状况的披露，就引起全国轰动。迫使政府进行调查，制定、颁布了关于食品卫生的法案。对于作者来说，小说奠定了他文学创作的最重要的传统，他后来的有价值的作品，都是这种传统的延续。

1917年问世的《煤炭大王》素来被称为《屠场》的姊妹篇，其素材来自1914年间因劳动条件恶劣而引发的科罗拉多州煤矿工人罢工。所不同的是，作者在真实描写工人生活境况，揭示劳资矛盾的同时，表现了知识分子在工人运动中的锻炼与人生选择这样一个新主题。出身富有家庭的大学生哈尔·沃纳为了调查有关煤炭工业的基本情况，隐姓埋名，以工人身份来到矿山，先后干过多种工种，参加矿工为争取劳动条件改善和维护自身权利进行的斗争，得到了矿工们的友谊和信任，并获得一个心地善良的

女工的爱情。作品通过煤矿公司对科罗拉多社会和政治生活的控制，揭示了美国垄断资本主义社会的本质特征。

与《煤炭大王》的主题有联系的是《石油》（1927）。小说以哈定政府的石油丑闻，尤其是蒂波特·多米事件为基本素材，描述个体石油开采者邦尼·罗斯父子与企图吞并他们的石油垄断公司的斗争。作品引用了大量具体详细的商务活动的笔录材料，使人一眼就能识破伪装，看清议员、石油巨头与政府官员相互勾结，巧取豪夺，贪赃枉法的内幕。亲身经历使邦尼认清了现实政治的腐败，了解到工人蒙受的压迫，进而认识到大工业私有者之间的竞争和固有矛盾，必然导致国际冲突。他向社会寻求解决社会矛盾的答案。《石油》成了"黑幕揭发运动"有力的余响，发表当时便得到社会舆论的高度评价，认为辛克莱在他的早期作品《屠场》及近作《石油》中所表现出来的强烈、严峻的思想倾向，为他的创作赢得了应有的地位，这再次肯定了他作为一个小说家，以其创作构成美国当代小说发展中的一个伟大成就。

1928年发表的《波士顿》，以轰动全国的"萨科——万塞蒂"案件为背景，描写发生在司法界的政治阴谋。小说从事件的目睹者科妮莉亚·桑瓦尔的经历展开描述。年近六十的科妮莉亚在丈夫死后失去财富与地位，在普利茅茨一家缆索厂谋得一份每星期六美元收入的工作，结识了万塞蒂、萨科和其他参加过罢工的工人，亲眼看见他们身上被警察棍棒打伤的部位已经变形，感到所谓"平等"、"民主"的社会宣传是多么虚伪。随着苦难岁月的流逝，她又目睹了战争的歇斯底里，法律对工人领袖及激进人士的迫害。警方没有任何确凿证据，便以谋杀盗窃罪逮捕了萨科和万塞蒂，并不顾席卷全国的抗议浪潮，悍然将他们处死，在美国历史上写下极其黑暗的一页。在整个案件审理过程中，从陪审团到法院院长、州长、直至联邦总统，构成一个以迫害为嗜好的阴谋集团。小说的点睛之笔在于，法律的执行者认为被捕者"也许事实上并没有犯过他所被认定的罪行，但就道义来说，他仍然是有罪的，因为他是我们现存制度的敌人"。《波士顿》以其尖锐的政治批判锋芒，显示了辛克莱独有的社会洞察力和现实主义作家的勇气，在美国文学史上占有独特的地位。

辛克莱一生多产，共写了约二十五部长篇和数部短篇。他的创作未能始终一贯，思想上往往因时而异，艺术上也由于比较粗糙，缺乏特色而受到批评。但他在靠近社会主义时期创作的政治批判小说，将作为一个历史时期美国社会和政治生活的真实记录，构成美国现实主义小说的有机组成部分，并以其独有的文献价值，直接影响了六七十年代崛起的非虚构小说。

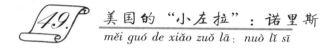

49. 美国的"小左拉"：诺里斯
měi guó de xiǎo zuǒ lā：nuò lǐ sī

在美国文学史上，弗兰克·诺里斯（1870—1902）的创作被称为"联结美国自然主义与法国自然主义"的重要纽带。曾为他作传的法兰克林·华克谈到：和诺里斯相识的大学同学都记得他常随身携带左拉的小说的法文本，并为左拉的文学主张极力辩护。左拉好激情之作，爱长篇大论，喜欢大量搜集资料，这一切正和诺里斯的情趣相投。后来他在自己的一些书信上半开玩笑地签上"小左拉"的名字。

诺里斯生于芝加哥一个富裕的商人家庭。1884年随双亲迁居旧金山，被送入加利福尼亚预校读书，一年后赴法国巴黎学习绘画，但志趣在文学创作，涉猎了不少法国自然主义文学作品，对左拉的自然主义理论尤感兴趣，并终身受其影响。回国后先进入加利福尼亚大学就读，后转入哈佛大学，专攻写作。1895年回到旧金山，成了一名记者。由于长期生活在美国西部，他自称加利福尼亚人。

在巴黎求学期间，诺里斯最初模仿中世纪骑士传奇，写了一些奇思臆想的故事。随着对左拉为代表的法国自然主义的理解逐步加深，他很快转向了自然主义小说创作，将眼光投向旧金山下层社会的生活，注意观察和反映社会的堕落，表现人们的病态和缺陷。

第一部长篇小说《麦克提格》（1899）是诺里斯的成名之作。他在就读哈佛大学期间开始撰写这部作品，曾得到指导教师凯斯的鼓励和帮助，同时予以他指导的还有另一个老师——左拉。为了给主人公牙科医生麦克提格提供最精确的行业细节。他认真翻阅了哈佛图书馆有关藏书。从《牙科临床手册》等书籍摘录了不少牙锥、补牙胶之类的资料。但成书过程几经波折，直到1899年，作品才终告出版。小说一经问世，立即引起广泛反响，褒贬纷纭，莫衷一是。但名望极高的豪威尔斯却破例地撰写长文予以赞誉，称《麦克提格》是"美国小说发展中的一个里程碑"。这无疑是对诺里斯创作地位的一种确认。

小说中的同名主人公头脑简单，身体强壮，带有从父辈继承下来的酗酒嗜好。他原是一个安于从事笨重体力劳动的矿工，但在"望子成龙"的母亲逼迫下，离开矿区，来到旧金山开设了一个诊疗所，以治牙为业。他仅从江湖医生那里学了点拔牙技术，医疗设备十分简陋，艰苦的劳作只能满足简单的生活需要，每天在附近的小馆吃些粗糙的食物，喝些廉价的啤酒（往往要喝到酣睡）。但有一天，一个名叫特里纳·希珀的女人被情人抛弃后来到他的身边，麦克提格自得其乐的生活开始发生了变化。希珀最初走进这个牙科诊所时，似乎是无意识的，但她和麦克提格成婚后却很快表现出强烈的控制欲。她利用麦克提格被刺激起来的骚动情绪，支配他、改造他，尽量唤起他的金钱意识和各种欲望冲动，加快他的"文明化"过程。希珀的野心很快有了喜出望外的满足，在一次抽彩给奖中，她获得了五千美元的巨款，变得越加贪婪与吝啬，也因此引起旧情人的忌妒，他重新去追求希珀，失败后便寻求报复，向官方告发麦克提格无证行医，致使后者被迫关门停业。失去职业的麦克提格被希珀赶出家门，饱尝风餐露宿之苦，他开始肆意酗酒，由父辈遗传下来的潜在狂态开始控制他整个人。当他陷入绝境，向希珀讨钱遭到拒绝时，盛怒之下将他杀死，自己在逃避警察的追捕时葬身于死亡谷地。

值的一提的是，诺里斯创作《麦克提格》之时，个人生活蒙受不幸——父母离异，不久，父亲再度成家，他由此而失去财产继承权。经济上的丧失自不待说，情感上的伤害使他再也不能故持冷静观察而无动于衷的态度。创作中往往注入感伤与同情，这就给笔下的人物带来不少情感的生机，一定程度上摆脱了自然主义小说人物形象停滞、呆板、缺乏灵气的局限。此外，小说情节生动，故事性强，具有相当的可读性。这也是诺里斯的创作有别于其他自然主义实验小说家的独特之处。

1901 年，诺里斯的第二部长篇小说《章鱼》伴随新世纪的到来而问世。该作是作者计划完成的"小麦史诗"三部曲中的第一部。为做好写作前的准备工作，他曾用几个月的时间深入加州圣约克山谷实地考察，了解铁路托拉斯与农场主之间尖锐冲突的始末，直到认为有关资料已"搜集如山"才返回纽约，着手撰写。小说出版后，他题赠妻子的那本署名是"诺里斯先生（小左拉）"。

作品的标题"章鱼"，是任意钳制、摆布独立农场主的太平洋与西南铁路垄断公司的象征。它的对立面是以种植小麦为生的独立农场主的自发联合组织。作品的中心主题围绕小麦的生长与收成过程展开。小说主要人物之一是马格纳斯·德里克，他在圣华基恩河流域的邦雷维尔附近办了一个大农场，成了这一带农场主的头领。他的两个儿子哈兰和莱曼，一个是父亲的助手，另一个在旧金山联合公司谋职。附近铁路公司利用财力控制了当地政府和报纸，左右土地价格和粮食运价，将其垄断势力扩展到小麦市场。为了维护农场利益，德里克联合附近农场主布罗朵逊、奥斯特和安尼克斯等人，向政府提出诉讼，抗议铁路公司的野蛮行径，要求恢复原定土地价格，反对提高粮食运价。铁路公司总代理贝尔曼依仗政府的支持，拒绝农场主的要求。诉讼失败后，农场主另择他法，千方百计让莱曼挤进铁路专员委员会，试图以此"打破铁路沿线的土地的企图"。但莱曼却暗中接受铁路公司贿赂，出卖了农场主的利益。铁路公司胜诉后以法的名义强行没收铁路沿线土地，农场主也以武力针锋相对。在激烈的冲突中，安尼克斯等人倒于血泊之中。冲突以农场主的失败而告终。德里克在失去了农场之后，被迫走进了雇工行列，一般农民的下场更是悲惨，不是饿死，便是沦为乞丐。贝尔曼夺走了德里克一万英亩的农庄后得意忘形，却不料在察看小麦装仓时，被活活埋进小麦堆里，落得个多行不义必自毙的下场。

　　小说以不多的笔触描述了一个叫普雷斯利的青年诗人。虽然他往往不引人注意，却是理解诺里斯创作态度的一个重要线索。普雷斯利受教育于文化发达的东部，为了写一部开拓西部边疆的史诗而来到邦雷维尔，暂居在德里克的农场，亲身了解到农场主与广大农民被铁路公司欺诈的真相，同情他们的遭遇，于是写了一首反映他们疾苦和斗争的诗。作品流传很广，但他发现自己的作品在巨大的冲突漩涡中影响甚微，于是决定只做一个激进事件的观察者。在普雷斯利的身上，有着诺里斯的影子。他的创作初衷是要将"小麦史诗"三部曲写成"地地道道的自然主义，成败成所不惜"。但随着创作的深入，他逐步加深了对题材的时代性与社会性的认识，抨击垄断资本给农业造成的灾难性结果，揭露政府与垄断资本的狼狈为奸，同情弱者。小说结尾时，一个农民的寡妇带着小女儿，在夜晚流浪旧金山街头，因为一文不名冻饿而死。在她倒毙之时，就在同一个城市里，铁路大亨正在大摆筵席。这寥寥几笔勾画的对照性场面，隐含着作者的爱憎感情。与此同时，诺里斯又力图用客观主义约束自己，信过"中立"，保持"冷静"，致使这样一部基本上是现实主义的作品，也带有明显的自然主义痕迹。

　　继《章鱼》成功之后，诺里斯又着手创作"小麦史诗"三部曲的第二部《陷阱》（1903）。他迁居芝加哥，流连往返于小麦市场，仔细观察小麦经营管理和销售过程，并由此受启发，选择一个小麦经营商作为主人公，让他因无视妻子的感情受到惩罚。作品的结局带有淡淡的柔情，表明在诺里斯客观、冷静的背后，始终隐含着情感的潜流。《陷阱》于1902年写成，即以连载形式在《周六晚报》上与读者见面，第二年成册出版，成了最畅销书。但多年后，人们逐渐淡忘了它，而留下较多记忆的，是作者的前作《章鱼》和《麦克提格》。

　　1902年10月，进入创作盛期的诺里斯卒于一次手术。当时，他正写作"小麦史诗"三部曲的最后一部《狼》。

　　作为一个有独创性的小说家，诺里斯有明确的创作主张。出版于1903年的《作家的责任》收集了他的有关札记和评论。他强调"小说家不能只想自己或是只为自己而想"，应该"研究人性"、"说真理"。他以真实作为艺术追求的最高境界，提倡为"写真实"而不惜牺牲金钱，对抗时尚和背离众议。他认为最优秀的小说应该具有实证性，能对包容各种自然力量、社会倾向和种族冲动的生活整体做出结论，它所涉及的不是对人的研究，而是人本身。诺里斯这些主张集中表现了他以小说为手段，反映社会问题的创作动机。美国评论界认为，他的全部创作勾画了一幅生动、逼真的加利福尼亚当代生活的肖像。

向"正统"文学挑战的德莱塞

xiàng zhèng tǒng wén xué tiāo zhàn de dé lái sāi

1900 年，西奥多·德莱塞（1871—1945）的第一部长篇小说《嘉莉妹妹》与 20 世纪同时诞生，由此奠定了他的"人间悲剧"小说的基本主题和格调，但也引起上流社会一片哗然，纷纷指责小说"没有高尚的淑女绅士"，有意向美国社会和文学的"正统"挑战。这种带有封杀之气的题材戒律迫使德莱塞停笔达十年之久。不过，当他的每二部长篇小说《珍妮姑娘》问世时，人们发现，它在题材与艺术格调上都堪称《嘉莉妹妹》的姐妹篇。在这位青年作家开辟题材领域而无禁忌的勇气面前，上流社会再也无言以对。

德莱塞生于印第安州特雷法镇一个破产的小业主家庭。父亲约翰·德莱塞是一个笃信天主教的德国移民，为了逃避兵役移居美国。小德莱塞是他的第十一个孩子。生活在这个子女众多的贫困家庭，不幸总是与德莱塞结伴而行：五个哥哥先后夭折、出走或成为酒鬼，几个姐姐被人诱骗失身后遭遗弃，或沦为妓女。惨痛的家庭生活使德莱塞自幼对生活中的悲剧方面有切身的体验，并形成了观察社会与人生的特定角度和方式。1887 年，由于无力完成中学学业，德莱塞告别屈辱的学校生活，只身来到芝加哥谋生，从事过多种职业。十八岁时，在一位女教师资助下，他进入印第安纳州大学学习，但仅读一年，便被迫离校，回到失业大军之中，艰难地谋生

德莱塞

度日，同时坚持自学，阅读了大量欧洲古典名著，练习写作。1892 年，因论文《天才的再现》在《环球民主报》发表，他被聘为该报正式记者，因此有机会活动于纽约、旧金山等大城市，观察到"金元帝国"社会的各个方面。两年后辞职前往纽约，先后担任《每月杂志》、《百老汇杂志》的编辑和自由撰稿人，但深感无法实现以报刊为阵地，揭露社会黑暗，伸张正义的宏愿，便将最大精力投入文学创作，寻求新的发展道路。

德莱塞迈入文坛之时，美国思想文化界正处于历史上一个纷繁驳杂的时期。19 世纪末以来欧洲各种哲学、社会学和文学思潮，尤其是尼采、达尔文、斯宾塞和弗洛伊德的学说，蜂拥而入地渗进美国文化土壤。当德莱塞决定以文学的方式来表现、审视、评价自己所生存的这个社会时，他不可能完全超然于各种理论和学说而单纯性依靠自己的感受。但这种外在影响，从一开始就是为了助长"从本能和观察出发，表现生活中巨大的和悲剧的方面"，而不是影响和干扰这一创作的宗旨。德莱塞对美国文学史的特殊意义，其根由首先在于此。

《嘉莉妹妹》中的女主人公内心充满年轻幼稚的幻想，从农村来到芝加哥谋生。她目睹繁华的都市生活，天真地以为靠诚实的劳动可以使自己得到幸福。可是她终日劳动，却无法摆脱贫困和失业，万般无奈，只得做别人的情妇。这却给她提供了登台演出的机会，她依靠自己的美貌，凄苦的神情，轻盈的身段，得到导演的赏识，成了名噪一时的优伶，大笔的收入，报纸的捧场，老爷阔少的追求等也纷至沓来。她有了可供夸耀的服饰、马车和任意择居旅店的权利。然而，这一切并没有给她带来幸福，除了断断续续的低吟和幻想，她感到的主要是空虚和寂寞。

《珍妮姑娘》

　　1911年发表的《珍妮姑娘》，成为德莱塞为美国现实主义文学开辟新的题材领域的佐证。与充满都市生活憧憬的嘉莉不同，珍妮饱尝生活的艰难，她步入哥伦布市，在一家旅馆当杂工，最大的愿望是以自己的劳动满足家庭的温饱。但一个偶然的机会，州议员白兰德闯入了她的生活。他在旅馆认识了珍妮，寻机诱奸了她。并作出娶她的承诺，但不久便突然死去。珍妮生下非婚子维斯塔后，失去了原来的工作，只好到克利维兰一个富有人家当女佣，认识了厂主家的儿子凯恩。经不起后者的诱惑，她成了他的情妇。凯恩的父亲恼于儿子与这个卑贱女子的关系，强迫他离开珍妮，否则将失去财产继承权。而在同居多年之后，凯恩也渐渐失去了对珍妮的兴趣。为了继承财产，他最终选择了与自己社会地位相配的杰拉尔德小姐为妻，当然也不忘给离去的珍妮一笔财产，算是这位阔少的一桩"善举"。被遗弃的珍妮带着维斯塔隐居乡村。不久，孩子又丧于时疫。她从孤儿院领回两个孩子，相依度日。类似描写贫家女子被有钱人家的老爷或少爷诱奸，后又遭遗弃的故事，在源远流长的欧洲小说中是屡见不鲜的，因此被称为"老而又老"的故事。但对于才有近百年历史的美国小说来说，这是浪漫主义、乡土文学和"斯文"传统作家不曾涉及的大胆的题材。小说在描写白兰德与凯恩面对珍妮所表现出来的情欲时，出现了"本能地、磁力地、化学地"等自然主义小说家喜欢使用的字眼，但基于全篇对贫富悬殊的社会生活及人物性格发展的现实主义描绘，读者不难认识到，富有者情爱的"本能"性，是一种以财产和地位为基础的肉体占有和精神垄断，珍妮的悲剧，主要不是她个人的原因，而是等级制度所造成的社会悲剧。这正是小说现实主义艺术力量的重要体现。

随着对美国社会悲剧因素的认识不断加深，德莱塞不满足于仅仅从下层社会开掘表现题材。早在作记者时期，他就关注和收集了不少有关工业、金融巨头的资料，研究他们的社会关系和发家史，以此作为对美国一个重要历史时期社会特征的基本把握。这种研究成果，构成他的长篇巨著《欲望三部曲》的创作基础。三部曲的首部《金融家》发表于1912年。第二部《巨人》（1914）问世后，德莱塞转向写其他题材。间隔了二十三年后，在作家辞世的前几周，第三部《斯多噶》（1947）终于与读者见面。整个三部曲以19世纪末靠巧取豪夺起家的美国富商叶科斯的发迹史作为生活原型，生动再现了走向垄断时期美国社会生活的历史画卷。

写成于1915年的长篇小说《天才》，是德莱塞自己最满意的一部作品，却被法院宣布为"诲淫之书"，长期禁止发行。其根本原因在于，作品真实描写了美国社会摧残艺术，毁灭人才的事实。自信"具有艺术家气息"和创作才能的尤金，从充满生机和自信，蜕化到精神空虚、才思枯竭，完全是奢侈淫靡的世风腐蚀的结果。他硬是让金元和声色吞噬掉自己的良知和才华，最后成为一个摇尾乞怜于垄断资本的颓废派画匠。资本主义社会的人生哲学和价值观对天才与真正的艺术的敌视，在德莱塞这部作品里得到充分的揭示。

《美国的悲剧》是德莱塞对美国社会长期观察分析的艺术总结。小说写了一个出身寒微的青年堕落成杀人犯的故事，其基本情节取材于真人真事。作者曾说："我长期沉思默想这个故事，因为在我看来，这个故事不只是涉及到我们国家生活的每一个领域——政治、社会、宗教、商业、性的问题——而是在美国每一个小镇上成长的孩子都会遇到的故事。"他详尽了解和研究了有关材料和法庭审讯记录，在此基础上，写出了被进步舆论界称为"美国最伟大的小说"。

作品分三部，故事情节按主人公堕落成罪犯的过程逐步展开。穷教士的儿子克莱特，因出身贫贱而受人歧视，幼小的心灵萌动着离开寒酸的家庭，到社会上去谋取出路的念头。自从姐姐跟一个戏子私奔后，克莱特更加感到，善良是不能拯救自己的。于是，他跃身社会，去寻找梦寐以求的舒适和快乐。不久，在当地最豪华的旅馆当了茶房。在那里，他看到了许多以前没有见过的东西——酒吧间、舞厅、金碧辉煌的装饰，人们的曼舞轻歌和媚眼调笑，这一切强烈地刺激着他。他竭力地取媚于富有的房客，千万百计地弄钱，紧张地到色肉场冒险，乐于与嫖客赌徒为伍，终于在堕落的道路上迈出了决定性的一步。一次驱车肇事后，为了怕吃官司，他扔下众人只身逃离。三年后，他在伯父的厂里当了一名领班，诱使女工洛蓓达满足自己的情欲，又受宠若惊地得到了芬棋电气公司老板的千金桑特拉的好感。他热望着成为公司的继承人，自然把怀孕的洛蓓达视为障碍。于是，有一天他划着载有洛蓓达的小船向湖中驶去，到了僻静的地方，设法让她跌入水里淹死。案件发生后，分属这个州两党的司法界人士利用它进行明争暗斗，克莱特作为美国社会和两党政治赌博的牺牲品，最终被送上电椅处以死刑。

德莱塞的后期创作是在十月革命影响下进行的。社会主义在俄国的胜利，给他带来了对人类前途的"朦胧的希望"，也促使他对旧制度的憎恨与日俱增。1920 年出版的政治和杂感集《敲起来吧，战鼓》，记录了他这一时期对资本主义社会认识的深化。1925 年发表了代表作《美国的悲剧》，在更深刻的意义上揭示了美国社会制度的腐朽，以犀利的批判性震惊美国。1927 至 1928 年间，德莱塞访问苏联，实现了思想上的重大转变。他的一些优秀作品开始具有无产阶级的性质。在 1929 年出版的短篇小说集

《妇女群像》中，他塑造了美国文学史上第一个女共产党员艾尼达的形象。翌年，他公开声明拥护美国共产党。30 年代初发表的政论集《悲剧的美国》（1931），则是德莱塞多年来和工人运动紧密结合的精神成果。他赞扬社会主义思想"为通向一种更富有创造力，更人道的平等社会秩序打开大门"。1934 年，德莱塞辞去《美国观察者》的编辑职务，从事工人运动。1945 年 7 月，他写信给美国共产党主席福斯特，8 月加入美国共产党。就在达到一生中新的思想高度之际，他却于同年 12 月病逝于洛杉矶。

51. 美国最优秀的剧作家奥尼尔
měi guó zuì yōu xiù de jù zuò jiā ào ní ěr

奥尼尔

自 1918 年以来，每一年度都要颁发的诺贝尔文学奖金，却因瑞典文学院无法达成决议而在 1935 年停颁。深感遗憾的人们自然对 1936 年的评奖格外关注。两位声名显赫的精神分析学派创始人弗洛伊德和克拉格斯先后亮相，成为那年该项奖金的当然候选人。这对潜意识领域的探险者又是许多重大见解上的敌手，鹿死谁手，人们拭目以待。然而颁奖结果却大出人们的意料：获奖的是一位美国剧作家尤金·奥尼尔（1888—1953）。一时间，人们愣住了。

这位与众不同的作家认为只有社会而不是正规学校才是自己真正受教育的地方，因为自己最需要的教育是"生活历程"。他仿效"马背上的水手"杰克·伦敦，远涉洪都拉斯淘金，在驶向阿根廷的商船上当水手，在南非等地干过各种杂活。谋生经历使他积累了丰富的海上生活经验，在日后创作的《东航卡迪夫》（1916）、《安娜·克里斯蒂》（1921）、《毛猿》

（1922）等剧作中，他写进了这一段生活的种种印象和体验。

1912 年，有了六年独立"生活历程"的奥尼尔回到家人身边，尝试着在父亲的剧团里担任一个小小的角色，第一次有了戏剧表演的切身体会。也许是受莎士比亚经历的启发，他由此而生发了戏剧创作的愿望。紧跟着的一场肺病，给他提供了在疗养院里思考今后的人生选择的机会。从最初的习作不能引起人们的兴趣，他意识到单有"生活历程"是不够的，戏剧是一种艺术，缺乏专门的训练和长期的经验积累难以有所成就，于是他前往哈佛大学，在乔治·皮尔斯·贝克教授创办的"四十七剧社"讲习班学习。

很快，从"这座熔炉"中诞生出第一批产品。1916 年，奥尼尔前往麻省普洛文斯坦城度假，与刚刚建立的非商业性剧团——普洛文斯坦剧团结成良好的合作关系。他应邀将随身携带的剧本《东航卡迪夫》交给剧团排演，翌年，《毛猿》、《琼斯皇帝》等多幕剧相继被剧团搬上舞台。1920 年《天边外》的演出成功，使奥尼尔名声大振，一跃而成为最令人瞩目的现代剧作家。

《天边外》是奥尼尔的第一部多幕剧，剧中的罗伯特·马约和安德罗·马约兄弟二人同时爱上邻女露芝。兄弟二人本来有着迥然各异的性格和追求，现由于露芝选择做弟弟罗伯特的妻子而使他们走向自己意愿的负面。哥哥安德罗只好放弃了他应该从事的农务，去经商，而罗伯特也不得不放弃到天边外生活的理想，操持他不会经营的农务，结果家境日益困难，婚后生活也很不幸。罗伯特最后死于肺病，马约一家的生活理想被无情的现实所破坏。作品以一眼看到天边的室外与看不到天边的室内这两种交替出现的场景，表现剧中人物理想与现实的距离，具有悲剧情节的一致性。

发表于 1922 年的《毛猿》被公认为奥尼尔的代表作。剧中主人公扬克是一艘远洋轮船上的司炉，以身强力壮而自信和自豪，却被资本家、太太和小姐们看成是一只"毛猿"。他不甘忍受侮辱，寻机进行抗争，反被投入监狱。经过一系列痛苦的挣扎，终于死在动物园猩猩的大力拥抱之中。扬克的处境和命运，实际上反映了工人在现代资本主义社会所处的矛盾地位，即一方面是生产工具的使用者和社会产品的制造者，另一方面又是被奴役者和被支配者。这表明了资本主义制度的极不合理性。但作者似乎不满足于仅仅表现这一点，他把扬克的处境扩展成人类的普遍生存状态，象征人类从幻想到现实的寻求"归属"的过程。

奥尼尔一生创作了四十五部戏剧，四次获普利策奖。1936 年获诺贝尔文学奖金，将他推到了荣誉的巅峰。但最值得后世怀念的是，"他把戏剧恢复到文学的领域，把舞台重新提高到艺术的境界"。

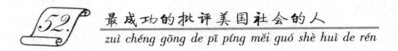

52. 最成功的批评美国社会的人
zuì chéng gōng de pī píng měi guó shè huì de rén

在美国现代文坛上，辛克莱·刘易斯〔1885—1951〕以描写中西部"乡村毒菌"，揭示小镇生活的陋习而享誉。

他生于明尼苏达州一个被称为"索克中心"的小镇。这里逐渐兴旺的乡镇经济，务实而自满自足的社会心理，守旧褊狭的精神状貌，构成他日后小说中"格佛草原"的整体生活氛围。

刘易斯出身医生之家，家庭生活还算富裕，但少年时代很少感受到慈爱与温情。五岁丧母后，一个年轻，热衷社交的知识女性走进了他的家庭。她在生活上给予刘易斯的并不多，却向他介绍了不少古典文学名家名作，成为他后来走上文学道路的启蒙。刘易斯的父亲性格严厉、持家省俭，但思想保守，对两个大孩子顺从他的安排，选择从医和经商业感到满足，却因刘易斯"不能跟别的男孩子一样"服从父亲大人而烦恼。对于家庭主要成员乃至周围人所认定的"体面"、"合理"、"传统"，刘易斯都缺乏热情，以至产生反感。小镇的学校生活也不能使他满意。他尝试写诗，试图开辟一块属于自己的精神生活天地。对正式课程则漫不经心，学习成绩一直欠佳。略带生理缺陷的长相和虚弱的身体，使他既不受长辈喜欢，又往往被同伴嘲笑，他随时提防受到各种人格伤害，由此养成孤僻自傲的性格。他唯一的兴趣是独自在乡间散步，或沉浸于家庭藏书室里的阅读，这种与周围环境不协调的少年时期生活，显示出刘易斯最初的叛逆倾向。

1902 年，刘易斯离开令人郁郁寡欢的故乡，来到芝加哥。先在奥柏林书院就读半年，后进入耶鲁大学，此间，社交甚少，生活得依旧沉闷。但他的一些诗文所显示的文学才华，得到某些教师赏识。这些作品大多模仿世纪之交的英国作家、诗人吉卜林、丁尼生和史文明之作，文风绮丽，题材富于传奇性，虽缺乏成熟的思想，却抒发了"冷而阴沉"的心绪，表达了他不能顺从于环境的忧思和叛逆冲动。他的作品在校园文学刊物频频发表，为他赢得校园作家的文名。当然，这并不能缓解他与学校生活的紧张关系。于是，叛逆的冲动发展成外向性行动，他到船上打工，随船到英国访问，甚至在毕业前夕跑到新泽西州，在厄普敦·辛克莱创立的"赫利孔村庄"领略了一个多月的"社会主义者"的生活。反叛的结果是家庭断绝向他提供经济来源。他来到纽约，先后从事过记者、出版公司杂工、杂志社编辑等多种职业，甚至有过一段流浪和冒险的经历，结识了乔治·斯特灵、杰克·伦敦等作家，接受了他们激进的社会思想的影响。更重要的是，广泛的社会活动，使他感受到美国文坛上一个新时代的到来。虽然他无法预测自己在这个时代将充当什么角色，获得何种成就，但他意识到，历史为自己提供了机遇，他决心以笔耕为业，开辟一条属于自己的文学道路。

与不少生计没有基本保障的平民作家相似，刘易斯创作生涯伊始，最直接最实际的问题就是维持生活。为了糊口养家，他于 1912 至 1919 年创作了五部通俗小说，描写的都是关于"舒舒服服的人们的舒舒服服的问题"。但通俗小说的创作，并没有冲淡刘易斯成为一个严肃作家的抱负。他所熟悉（尽管没有给他带来幸福）的"索克中心"小镇生活，将成为他真正有价值的小说的素材和背景。带着这种创作冲动，他曾两次返回故里，深入观察和了解人们的生活、思想习俗，逐渐形成了艺术构思和创作主旨。"上帝创造大地，人类创造城镇，魔鬼创造了乡村"，这种对乡镇生活的独特理解，似乎预示了他即将到来的创作高潮所出现的一种重要倾向。

1920 年发表的《大街》将刘易斯一举推到重要小说家的地位。作品描写的格佛草原小镇，显然是以作者的故乡为生活原型的。女主人公卡罗尔·米尔福德的改革计划将要在这里实施。这个热情而富于理想的大学毕业生，婚后即随丈夫威尔·肯尼考特医生来到格佛草原，亲身感受到这个仅有几千人的小镇，处处充塞着愚昧和鄙俗。赤裸裸的物质主义支配着生活的节奏和人们的思想；标榜最有道德的公民热衷探听别人的隐私，以此作为津津乐道的话题。所谓研究诗歌、小说的"读书会"、"俱乐部"，聚集的是装模作样，毫无审美情趣的庸人。连房屋的建筑样式也显示出刻板和庸俗。观察到这一切，卡罗尔深信，这里需要自己，决心以自身的努力，改变小镇的陋习。但当她组织艺术团体、改造公共设施、实行文明教化的一系列行动失败之后，她意识到自己不仅无力"改造"小镇，而且一开始就步入小镇生活设置的陷阱。人们用诽谤、讥笑、冷遇对付她，丈夫与她情感疏远，唯一支持她的中学教员维达·合温被弄得声名狼藉，被迫出嫁。深感孤独之际，她与善良的小裁缝塔里克·瓦尔博格有了正常交往，更被视为大逆不道，遭到漫天而来的攻击、中伤。终于，她带着孩子离开小镇，到华盛顿寻找独立、自由的生活。但两年后，出于对丈夫的尊重，她又随前去寻找她的肯尼考特医生返回小镇。其实，更重要的潜在原因是，她在小镇遭到失败，到了大都市也不会有成功，与其作孤独的无谓反抗，不如接受现实的安排。卡罗尔在作品结尾所作的保持信仰的表白，不过求得精神上的一点自慰。

《大街》发表后，举国轰动，首要原因在于它的描写乡镇生活方面的离经叛道。在刘易斯之前，美国小说，尤其是世纪初兴起的社会批判小说，写了那么多都市生活的淫靡和病态，鞭挞它诱人堕落，滋生罪恶，却极少表现乡镇生活的阴暗面。而在凯瑟为代表的一批描写中西部拓荒生活的作家笔下，乡镇生活则是蕴含道德理想的净土。由此而形成这样的传统观念：城市与乡镇，代表着腐败与健康、骚乱与宁静、虚伪与纯真两种对立的生活和艺术境界。人们从中找到了某种精神和道德的依附，拓荒起家的中产者可以引以自慰。但《大街》以真实，充满讽刺性的艺术画面，暴露了"乡下式吵闹和贪婪"，粉碎了乡镇生活的美好神话。主人公经过一番奋斗、挣扎，以幻灭、妥协告终，表明"乡村毒菌"不仅卑俗，而且可怕，那是一种足以摧毁任何反抗的顽固势力。正如某些评论家所说，作为"乡村的叛逆"，刘易斯让美国人第一次颤抖地瞥见一个可怕的现实，直到他写它，他们都不知道。他的创作，标志着美国在自我认识过程中的一次飞跃。当然，这种自我认识需要勇气，包含着痛苦。《大街》"在暴风雨似的辱骂与鼓掌声中"得到社会承认，从两个方面证明了它独特的价值。

1922 年发表的《巴比特》，是刘易斯的又一部重要小说。在此之前，作者曾做过详尽的社会调查，认真研究过主人公所属的工商业家的经营、生活和精神状况，先后发表了十多篇评论，传记和短篇小说，为创作这一长篇奠定了基础。

小说的背景不再是具有 19 世纪遗风的小镇，而是典型的 20 世纪中西部中等城市齐尼思，它也许是刘易斯想像中的中西部温莱麦克州的都市。它以建设规模迅速扩大和经济增长引人注目，日益增多的汽车与设备良好的浴室使市民们引以为豪，但其文化生活与审美情趣却无法让人恭维。小说以细腻的笔触描写了这个城市中产阶级各个层次的生活和精神特征。他们中的典型是标准的地产商人乔治·福兰斯彼·巴比特。他开始出现在我们面前时，已被所属的社会教养得循规蹈矩，相信家庭生活的道德标准，赞成共和党的主张，信奉中产阶级的传统。但周围的一些人和事逐渐使他厌倦和不满。总感到生活里出了问题。妻子陷于日常琐事，忽视他的精神需要，儿女属于另一代人，自然无法理解他。他需要到外面寻找安慰。但过去的同学不是由于事业受挫，精神萎靡不振，便是因为飞黄腾达而盛气凌人，无论他宴请别人还是应邀赴宴，都宛如经历一场精神灾难。为了摆脱空虚感，他决定离开这座城市，到外面旅游，同行的是一位被迫成为商人的艺术家。旅途最初枯燥乏味，但很快有了一连串富有冲激性的机遇：他参加朋友的市长竞选，为其拉选票；利用机会连做了几笔有利可图的地产生意；在颇有影响的地方集会上发表演讲。由于妻子不在身边，他尝试建立另一个感情世界，坠入与一个迷人的寡妇的情网。在此人性、情欲滥觞之时，他结识了一位信奉社会主义的律师，受他的影响，接受了一些自由主义的观念，为工人运动说几句好话，这无疑是巴比特生活中的重大变化。他在精神苦闷和情感勃发之际，做出一些偏离社会规范的举动，中产阶级社会是可以容忍的，但现在他竟离经叛道，干出对社会秩序构成威胁的事来，几乎所有"头脑清醒"的中产者都同他展开斗争，不与他交往，拒绝与他做生意，像过街老鼠一样搞臭他。巴比特陷于走投无路的困境。妻子病重的消息，使他得以脱身，回到教化过自己的城市，淹没在周而复始的生活中。他的精神世界里重新拥有妻子和城市中产阶级的观念，但也萌生一个脆弱的希望：但愿儿子将来能够享有真正自由的生活，而这是他不可能实现的。

刘易斯在生前的最后一段时间常说："我爱美国……但我又不喜欢它。"这大体是他对自己的创作取向的概括与总结。他的创作始于 20 世纪初，结束于 20 世纪 50 年代的起端，跨越近半个世纪。正如批评家马克邵拉所说，在轰轰烈烈成功的十年，他主要"是最成功的批评美国社会的人"，其"讽刺的大题目"包括"经济制度，知识上顽固，神学的教条，法律的批判，阶级的风俗，物质主义，社会的懦弱，假道学，虚伪，自满，夸夸其谈"等。其涉及的领域和范围之广是同时代的作家不能与之相比的。他最成功的作品所显示的讽刺诙谐的活力，夸张而准确的乡土习俗的描画，善于在含蓄的叙述中表示最大的鄙夷，以及通过平常而意蕴丰富的人物表现时代特征的创作才能，为美国小说艺术的丰富和发展作出了独特贡献。刘易斯及其创作是美国一个历史时期社会生活的象征和艺术缩影。

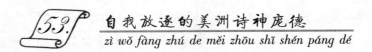

53. 自我放逐的美洲诗神庞德
zì wǒ fàng zhú de měi zhōu shī shén páng dé

漫游在人声嘈杂、熙熙攘攘的地铁车站，眼前飘过的是一张张没有表情的面孔，失去灵魂的躯壳行色匆匆地走向莫名而喧嚣的荒原。茫茫人海

之中忽然闪现一张美丽的面庞，然后
又是一张……为了表达面对此景的突
发感受，诗人经过苦心推敲、修改，
终于成就了这样的诗句：人群中这些
面孔幽灵一般显现：湿漉漉的、黑色
枝条上的许多花瓣。一首仅仅两句的
小诗《地铁》，居然成了一个著名诗
人的杰作，这几乎是不可想象的。这
个诗人就是意象派诗人的重要代表伊
兹拉·庞德（1885—1972）。

庞德

庞德出生在美国的爱达华州，少
年早慧，十五岁就进了宾夕法尼亚大学攻读罗曼语言文学。此时的庞德畅
游在诗的海洋里，更重要的是，庞德从遥远的东方发现了自己精神的故
土，中国、日本的诗歌创作和美学精神给了他诗歌创作的灵性。他踌躇满
志，发誓要在三十岁的时候比任何活着的人都要更多的懂得诗。1906 年，
诗人获得了宾夕法尼亚大学的硕士学位，后赴欧洲，年仅二十一岁就在法
国的普罗旺斯、西班牙和意大利留下了自己的足迹。此时的他恐怕没有想
到，自己一生的故事将因为这块大陆而跌宕起伏。

回国之后，庞德在印第安纳州的华巴施大学任教，过着平凡的大学教
师的生活。也许诗人将在这里终其一生，但是诗人激越与叛逆的个性大声
说："不!"在那里没有多久，庞德就因为对男女关系问题的处理不当而失
去了工作。诗人的命运也因此而发生了改变。1908 年，未来的大诗人伊兹
拉·庞德在一艘装运牲口的船上找了一份工作，扬帆驶往英伦三岛，从此
开始了自己一生的放逐与漂泊。

在莎士比亚和拜伦的故乡，庞德找到了自己的知音，结识了一批作家
和诗人，而且很快成为伦敦文坛上的领袖人物。有感于英国文坛弥漫着的
还是维多利亚时代诗歌的无病呻吟和伤感情调，为了整饬这种将诗歌导入
歧途的不正常的现象，庞德和希尔达·杜丽特、阿米·洛厄尔等人发起了

意象主义诗歌运动，并提出和逐步完善了意象主义的诗学理论。他认为"意象主义的要旨不在于把意象当做修饰，意象本身就是语言"，是在转瞬间呈现给人们一个感性和理智的综合体的理论。后来，他进一步发展了关于意象的观点，认为意象并非一个思想，而是一个发光的结节，一个漩涡，很多思想不断从中升起，或者沉入其中，或者穿过它。这些关于意象的特殊功能的解释，对英美现代诗歌的结构产生了很大的影响。在此期间，庞德出版了他的《汉译诗卷》，在这本小集子里，庞德翻译了中国大诗人李白和王维的十五首短诗。这本诗集引发了英美诗坛翻译和学习中国古典诗歌的热潮。凭借这个小册子，庞德被后来的大诗人Ｔ·Ｓ·艾略特称为"为当代发明了中国诗的人"。在这一段时间里，庞德不断地鼓励后辈、培养新人，这其中就包括艾略特和弗洛斯特。庞德还做过爱尔兰诗人叶芝的秘书，两个人后来交往甚密。这一段时间是庞德一生之中最惬意、最辉煌，也是他的诗歌最充满灵性的时候。

1920 年，庞德从英国来到了法国，四年之后，他又定居墨索里尼统治下的亚平宁半岛。诗人的错误与命运的悲剧开始了。

庞德对资本主义的发展抱有很深的敌视态度。物质主义和大工业的发展使人性蜕变，心灵腐化。诗人为人类的明天而忧思。但是他并没有转向当时势头迅猛的左翼文学运动，而是走上悖逆历史潮流的道路。作为一个诗人，庞德为人类文明贡献了许多杰出的篇章，但对政治却是十分的幼稚。他在法西斯政权那里似乎找到了希望。于是为法西斯高唱颂歌。就像有的评论家所说的那样："在使诗歌摆脱陈腐的维多利亚措辞风格的'感情的滑行'，摆脱迎合中产阶级的拘谨和偏见的美学思想方面，庞德做出的业绩无可匹敌。可是当他基本的热情从诗歌溢转到政治时，他的智力配备可悲地显示出贫乏无能，也背叛了他所构想的完美社会的理想主义观点。"在文学史上有许许多多的充满灵气与智慧的头脑因为在政治方面的低能而酿成悲剧，庞德只不过是在重复着前人的悲剧而已，而他的这一幕也会在未来的某时某地继续上演。

第二次世界大战爆发之后，诗人仍然狂热地信奉法西斯主义。1940 年

2 月，庞德在罗马电台发表了措辞严厉的反美演讲。直到美国参战，他还在近乎疯狂地大骂自己的祖国。庞德的讲话通常都是冗长的谩骂和大发雷霆。他一会儿说到美国的经济政策，一会儿谈到反战的观点，一会儿说到罗斯福和犹太人，一会儿又说到孔子的社会理想。他说：我讲着讲着就乱了头绪，所以我不能相信任何人的理智。

十分可悲的是，对庞德的这种反常举动连意大利法西斯都起了疑心。他们怀疑庞德是美国间谍，终止了他的演说，还派人监视他。此时在他的祖国，他被以"叛国罪"的罪名缺席审判。1944 年，德国在修建军事工事时，把他从家里赶了出来。

1945 年 5 月战争结束以后，庞德被美军逮捕，关进了美军设在比萨的集中营的露天钢丝囚笼里，一个背叛自己的祖国的人，又会得到什么待遇呢？同年 11 月，诗人狂热、敏感的心灵无法承受这一切，因健忘症、幽闭恐怖症、歇斯底里症，被转移到了华盛顿；漂泊三十多年的诗人居然是以这种方式回到了自己的祖国。1946 年 2 月，庞德被转入圣伊丽莎白精神病院不定期关押。在他被关押期间，许多文化名人为他恢复自由做出了巨大努力。被关押的庞德不仅完成了终生性的巨著《诗章》，还翻译了中国的《诗经》。《诗章》是庞德的呕心之作，它的创作过程经历了四十二年，全诗内容庞杂，涉及到世界文学、艺术、建筑、神话、历史等等方面。庞德曾经声称，他创作的宗旨就是要反映人类的成就，描绘一个由一些有思想、有行动能力的人物所领导的美好文化。1949 年，美国国会图书馆授予《诗章》以博林根奖。这件事引起了巨大的风波，博林根奖被国会通过动议与国会图书馆分离开来。在海明威、弗洛斯特、艾略特等人的斡旋努力下，1958 年庞德未经审判就被释放，前提是：永远离开美国。诗人又回到了意大利，定居在水城威尼斯。也许他是想用这里的水洗去过去的一切吧？1972 年，八十七岁的游子伊兹拉·庞德在异国他乡的威尼斯长眠。

虽然庞德在政治上犯下了不可饶恕的罪过，但是这并不能掩盖他在文学上的成就。庞德的经历、他的个人悲剧使他的一生具有浓重的传奇色彩。他是被诅咒的诗人的化身，他的一生是一曲自我放逐的悲歌，给后人

留下了无尽的回味……

搏击人生的礼赞：《老人与海》
bó jī rén shēng de lǐ zàn：lǎo rén yǔ hǎi

　　虽然海明威晚年的思想情绪比以往任何时候都更加复杂矛盾，但他不甘认输，寓意深广的《老人与海》就充分表现了作者在垂暮之年的精神困境中力求奋起。

海明威

　　《老人与海》的基本素材来源于作者 1936 年写的一篇通讯《蓝色的海上》。其中报道一个古巴渔夫出海捕到一条马林鱼，那条鱼很大，"把小船拖到很远的海上"，两天两夜后，老渔夫才把它钓住，后来"遭到鲨鱼的袭击，马林鱼的肉被吃掉一半多"。当人们找到那个渔夫时，"他快气疯了，鲨鱼还在他船边打转"。这是海明威的中篇小说的原胚。经过十几年的酝酿，作者对它进行了加工和提炼，保留了原素材的基本情节，并以切实的捕鱼生活经验充实了故事，但作品的主旨和精髓，都是海明威在人生的搏击中的积淀，它融汇了他的心智和勇气，欢畅和痛苦，追求和失望。

　　小说描绘了古巴渔民桑提亚哥在海上三天三夜的捕鱼经历。在这之前，他接连八十四天出海劳而无获，一度伴随他出海的小男孩曼诺林也被父母叫走，剩下他孤零零一人。但是桑提亚哥并没有丧气和倦怠，在第八十五天，他继续独驾舟楫出海。翌日，他在远离海岸的深海里钓到一条比自己的船还大的马林鱼。他使出了全部力量，经过两天两夜的奋战，终于捕获了大鱼，可是在归途中，他遭到凶猛鲨鱼的袭击。老人虽已精疲力竭，手臂也受了伤，但还是与鲨鱼展开殊死搏斗。他意识到这是一场打不赢的战斗，但"一个人并不是生来要被打败的，你尽可以把他消灭掉，可就是打不败他"。凭着这种打不败的精神，他继续跟鲨鱼斗了起来。经过艰苦卓绝的恶战，老人总算击退了鲨鱼群，可是回到海港，人们看到的只是一副庞大的马林鱼空骨架。老人疲劳过度，回到家里倒下就睡着了，在梦中他又见到了海滩上的狮子。

《老人与海》问世以来，曾引起广泛的、莫衷一是的猜测和解释。实际上，小说极少描写影响人物的心理和行动的社会因素，老人所生活的，是一个充满力的氛围而人际关系极为简单、淡泊的捕鱼人的环境，大海造就了他的人生，锻铸了他的形象。对于终身不是阶级论者，也很少从社会分析角度去看问题的海明威来说，如此写来，才能"直接地、真诚地"表现人，最大限度地表现人面对厄运和暴力所能激发的肉体和精神的力量，以及在失败面前所能表现出来的勇气和风度。他认为，就像老桑担亚哥无论怎样奋起反击都摆脱不了厄运一样，人生充满不幸和灾难，人生无论怎样都只能是一场悲剧，然而只要有这种精神和风度，人就能在明知会失败仍要拼搏的悲剧性中显示出生命的价值和人格的尊严。

桑提亚哥的形象代表了海明威一生推崇和追求的"硬汉子性格"，是他在二三十年代塑造的一系列"硬汉子"形象的发展。只不过这种"力和勇"的角色不是由参加过战争的青年，而是让一个孤傲、倔强的"老人"来承担的，表现出"快畅的痛苦，危难中的生命，老态龙钟的活力以及凯旋式的失败"，这是海明威为"硬汉子"谱写的悲壮的尾声，也是他晚年精神世界的映现。在写作《老人与海》的时候，他又陷入深重的精神危机。他唯一能聊以自慰的是在无法避免的厄运面前，自己始终没有丧失与命运的抗争意识和对人类精神力量的信心。这多少给格调沉郁的作品带来一些乐观主义色彩。

《老人与海》被看成海明威一生的总结性作品。美国当代作家菲力普·扬说过，"在现代世界，凡有知识分子的地方都知道海明威。而凡知道海明威的人，没有不知道《老人与海》的"。1954 年，瑞典皇家文学院授予海明威诺贝尔文学奖金，其主要根据是"他精通于叙事艺术，突出地表现在他的近著《老人与海》中，同时也因为他在当代风格中所发挥的影响"。由此可见，在海明威整个创作中，《老人与海》占有重要地位。但评论界也有人认为，虽然《老人与海》获得1953年普利策小说奖，并为作者一年后获诺贝尔文学奖铺平了道路，但它仍然难与他的早期作品相匹敌。尤其引人注意的是，70年代以来美国再度出现海明威热，《老人与海》却相应被人冷淡。直到小说问世后的四十周年，在美国现代语言团体会于1992年12月召开的海明威专题研讨会上，"《老人与海》：1952—1992"才被列为会议主题之一。

1961年，处于极度肉体和精神痛苦的海明威自感无法作为"强者"而生存下去，于是，用猎枪结束了自己的生命，身后留下了大量的文稿。1964年，由他的夫人和友人整理出版了作家的遗著《不固定的节日》，记叙了他20年代的巴黎生活。1970年出版的另一遗著《海流中的岛屿》，再现了作家在第二次世界大战中的某些经历。1986年，海明威的又一部遗作《伊甸园》出版，引起了不少批评家的注意。它对了解作家的家庭，尤其是婚姻生活，全面探索他丰富而复杂的精神世界提供了珍贵的材料。直到今天，人们仍在期盼着海明威新的遗著问世。因为他和他的作品已经作为一种人格和精神价值，融入现代美国的精神文化土壤，不断给后人以深刻的启示和艺术滋养。

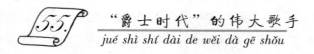

55. "爵士时代"的伟大歌手
jué shì shí dài de wěi dà gē shǒu

美国文学史上有这样一位作家，他从文坛崛起到创作生命终结，正好经历了美国现代史上精神与文化现象最丰富，最富于变化性的两个十年。这种巧合，更加强了他的创作与时代的同步。这个作家便是被称为"爵士时代的歌手"的菲茨杰拉尔德。

弗·司各特·菲茨杰拉尔德（1896—1940）生于中西部明尼苏达州圣

·保罗市一个商人之家，祖父为富裕的爱尔兰移民，但到父亲这一代，家境日渐不佳。他靠亲戚资助才进了东部贵族预科学校，自认为是贵族学校里的穷孩子，并对父亲的绅士风度和庸庸碌碌印象颇深，感到自己生活在一个假斯文的贵族化家庭。母亲追求富有，喜欢奇装异服，对他的精神发展也产生了影响。1913年秋，菲茨杰拉尔德进入普林斯顿大学。在这之前，他已显示文学才华，曾写了两部戏剧，自编自导在当地上演。值得注意的

菲茨杰拉尔德

是，他以一个少年的敏感，感受到社会地位的悬殊，人们的追求与妒羡的心理，以及礼节与财产在美国青少年心目中的重要性。在大学生活是菲茨杰拉尔德文学活动的真正起点。在醉心社会活动，渴望崭露头角受挫之后，他潜心创作，写成了第一部长篇小说《人间天堂》（1920）的初稿，由此萌生幻想，要"成为歌德—拜伦—肖伯纳传统的完人"。不过，他最喜爱的作家却是英国诗人济慈与丁尼生，崇拜他们浪漫型的早熟才华。第一次世界大战，给菲茨杰拉尔德带来十五个月的服兵役经历，他未能赴欧洲前线，却结识了当地法官的女儿姗尔达·塞亚，并坠入情网。这段经历与感情纠葛，日后被写进代表作《了不起的盖茨比》（1925）。对菲茨杰拉尔德来说，爱情的实现并非坦途，姗尔达对婚姻的看法太注重物质条件，认为只有这样才能保持自己在有钱人圈子中的地位。这使菲茨杰拉尔德认识到，在1919年的美国，人生的许多希望需要用金钱铺路。为了娶姗尔达，他企盼成名和富有。退役后，在紧张的谋生之余，仍不间断文学创作，终于经过多次修改，正式发表了《人间天堂》，届时为1920年，也即菲茨杰拉尔德称之为"爵士时代"开始的第二年。他的成功与美国历史上

一个时期同时掀开了序幕。

《人间天堂》反映了美国一代青年人的精神发展过程。在主人公阿莫瑞·布莱恩的背后，有作者生活经历的影子。阿莫瑞从小被家庭娇惯，受父母的影响极深，生活懒散，态度傲慢，为此被预科学校除名。后来成了一名有前途的运动员，仍不改随心所欲的坏脾气。就读普林斯顿大学时，他的文学才华得以显露，在校园文化圈小有名气。他与思想激进者结交，也与厌世者相处，大胆与女人接吻，像间谍似的了解青年男女的生活动向。为摆脱失恋苦恼，他当兵参加欧战。战后成了广告作家，与一名女演员热恋，因为没钱，对方解除婚约，他一连纵酒二十多天。作品结尾，母亲的密友蒙萨纳·台西教父之死，使阿莫瑞继承了一笔遗产，"生活得比较富裕"。但他回顾二十四年的经历，只觉得"我认识了自己，仅此而已。"

同一时间问世的《爵士时代的故事》是菲茨杰拉尔德的第二部短篇小说集。他的第一部短篇集子《时髦少女与哲学家》（1921）发表于上一年。两部集子共收入十九篇故事，内容广泛，也许比长篇更能反映爵士时代的世相，其间蕴含的怨恨与辛酸，格外引人关注。《五一节》的故事发生在"一场战争打胜了"后的纽约。"这个伟大的城市里从来没有这么繁华过"，随着胜利，越来越多的乱花钱的阔佬从各地蜂拥而来，争着尝一尝可口的美酒名菜，抢购五光十色的名贵衣料。突然"丰裕起来"的一切仿佛在宣布 1919 年 5 月 1 日，美国进入爵士时代。但就在被春光与鲜花点缀得彩色缤纷的城市里，一个靠写广告词度日的退伍青年因贫困与失恋饮弹自杀。作者不无痛楚地说，"所以在这个时期里，在这座伟大的城市里，有许多奇遇，其中有几件——也许是一件吧——就记录在这里"。

1925 年，菲茨杰拉尔德完成了他最有影响的代表作《了不起的盖茨比》。小说描述了一个青年人的追求与幻灭。在西方文学史上，这是难以计数的作家描写过的老而又老的主题。但菲茨杰拉尔德注入自己对美国生活的体验，将它写成一部意蕴深厚的美国梦破灭的悲剧。

小说故事随着狄克·卡拉威的叙述展开。狄克生于美国中西部，却在东部完成大学教育。毕业后参加第一次世界大战。战后回到故乡觉得生活厌倦，决意到东部做债券生意，居住在纽约以东长岛的西卵镇。与之相隔不远的东卵镇上，有他的远房表妹黛西和她的阔绰丈夫汤姆·布坎南的豪华住宅，他们生活的排场使人惊叹不已。狄克住所的右侧，是一座模仿诺曼底某市政厅的宏伟别墅，里面的主人盖茨比是个富有而又有几分神秘的人物。他本人不常露面，但别墅里夜夜宾朋满座，笑语纷飞，蓝色的灯火点缀着花园，大厅、沙发和阳台光彩夺目，到处飘散酒香，宴乐声彻夜不绝。狄克拜访黛西夫妇，参加盖茨比的宾宴，探询他的来历，使人们搞清他们居住的格局并非偶然，实际反映了他们间的相互关系。多年前，盖茨比在军队任下级军官，结识了驻地法官的女儿黛西，坠入与她的情网，但因收入微薄，无力娶她。黛西后来嫁给家势显赫的汤姆，婚后生活并不幸福。战后盖茨比靠投机暴富，发誓要夺回黛西。他显示排场，宴请狄克都是为了此目的。由于狄克从中搭线，盖茨与黛西得以重温旧梦，可黛西仍贪恋汤姆的财势，不愿与之分手。满怀嫉恨的汤姆借口情妇玛特尔之死，唆使她的丈夫开枪打死了盖茨比。狄克为盖茨比举行葬礼，曾像飞蛾一样络绎不绝的宾客一个也不露面，墓碑前甚至没有黛西送的花束。葬礼在凄凉的气氛中结束，狄克仿佛也变得清醒。不久，他带着往事记忆离开长岛。临行前，特意向那残败不堪的别墅告别。

在《了不起的盖茨比》取得重大成功之后近十年，菲茨杰拉尔德并没有如人所愿的长篇力作发表。对此，后人评说不一，有人甚至批评他为经济收入而赶写通俗小说。这在他的文学活动中是有的。自他开始踏上成功之路，就深感商业化写作的诱惑。他有过自责，知道一放松自己，就会写出低级趣味的作品来，并曾为自己被金钱所操纵，写了一些无聊的作品而"感到心碎"。1931 年写成的《重游巴比伦》，是菲茨杰拉尔德一系列自我分析短篇小说中的佳作，后来经改编搬上舞台，得到普遍好评。作品中心主题是由于过去不负责任的行为和无法弥补的过失，造成现实的精神重负和终身忏悔。主人公查尔斯·威尔斯几年前染上酗酒的陋习，旅居巴黎期间大肆挥霍钱财，引起夫妻间争吵，妻子死于心脏病突发，他也进了疗养院，小女儿由他的妻妹抚养。一年多后，他在布拉格经商取得成功，又重返巴黎，希望说服妻妹，让他领回女儿。尽管妻妹对他仍抱有强烈的偏见，但他丝毫不嫉恨。在他的心灵深处，一直存有对妻子的死负有责任的内疚。他希望亲自照顾孩子，以补偿自己的失责。但已经过去的不会重现，他只能通过重新获得对人性的信心重新面对现实生活。《重游巴比伦》在美国小说史上具有一定的影响。当代评论家阿瑟·沃斯认为，它是一篇不带一点虚假痕迹的、写作精美的故事。其所具有的艺术性和深厚的情感堪称现代美国短篇小说的杰作。

直到 1934 年，菲茨杰拉尔德才发表了他第三部长篇小说《夜色温柔》。当时作者的精神生活状况正好与"温柔"相反。他的家庭长期习惯于挥霍，造成入不敷出的经济窘困。妻子精神失常，屡屡发作，造成他心灵的痛苦。日益严重的酗酒，损害了他的健康。在如此沉重的感情压力下，他写出了被评论家称为"充满智慧"的小说，不能不归结于他艺术家的良知和深厚造诣。小说的主人公狄克·戴佛是个年轻的美国心理学家。战后赴瑞士深造，对女病人尼柯尔·华伦的病例发生兴趣。尼柯尔生于芝加哥名门望族之家，人长得漂亮，性格中透出一股傲气，但做少女时被父

菲茨杰拉尔德最后居所

亲强暴而精神失常。狄克精心为她治病。当她病情有所好转时便执意与狄克相恋，并视之为唯一的精神支柱。狄克明知她"钟情"于自己是精神病症状之一，但为了彻底治愈她的病，同意与她结婚，婚后过着一种既是夫妻又是医生与病人关系的双重生活。狄克为了照顾妻子和孩子，竭尽所能，甚至放弃了研究工作，到头来却被尼柯尔抛弃，她在恢复了独立生活能力后离家而去。小说结尾，狄克惨然回到美国，最终沉入夜色之中。

1940 年，菲茨杰拉德死于潦倒之中。生前最后几年，他一直尝试着在好莱坞电影编剧方面有所成就，虽未能成功，却为未竟之作《最后一个巨头》（1941）提供了生活素材。该作于作者逝世后一年发表，从中显露出来的人性百态，使人再次领悟到菲茨杰拉德对美国式生活的观察与描绘确实是卓越的。

56. 寻找自我的精神家园的沃尔夫
xún zhǎo zì wǒ de jīng shén jiā yuán de wò ěr fū

　　北卡罗莱纳州阿什维尔小城地处美国南部，但却与南方大部分地区极不相同。世纪之交的人民党运动，催化了政治、经济、文化中的现代资本主义因素。小山城里兴起买卖地产狂热，生意场上人头攒动。北方人的物质进步深受羡慕，而"一般人憧憬的南方——高大的红色柱子，黑人铮钹地弹着月琴"等文化现象却鲜有存迹。以至有人断言，南方很少有城市比阿什维尔更加彻底地属于中产阶级。正是在这一方独特的土地上诞生了一个别具一格的美国作家——托马斯·沃尔夫（1900—1938）。

　　阿什维尔小城"一心向上"，追逐钱财的世风也影响到沃尔夫的家庭。他的母亲出身于"贪馋地吸收时间"的家族，虽做过教师，却亲近实利，以过人的精力和如饥似渴地开发财源，积聚财富，渴望丈夫与之配合，挣下一份厚实的家业。但沃尔夫的父亲威廉是个不谙生财之道的手艺人。他生性随和，在物质生活上索求不多，却爱好文学艺术，满足于精神上的自慰自乐。父母之间在追求与性格方面所形成的尖锐的对立，酿成家庭的不

幸。作为最小的孩子，沃尔夫很少感受到母爱，也曾被父亲酒后的失态所惊吓，并由于最感亲近的哥哥早逝而痛苦，心灵上留下家庭分裂造成的深深的创伤，因此而形成生命的无常与失落感。与此同时，父母以如此不调合的性格而组成家庭关系，也激起了他探索人生、人性的极大兴趣，成为贯穿他整个创作的"痛苦的神秘"中心。不少评论家认为，沃尔夫一生充满对现实和精神两方面的追求和探索的强烈愿望，在一定的程度受到其父母两种对立性格的影响。事实上，他日后几部重要小说中自传性的主人公，都兼有向外扩展和内向多思的矛盾性格，这甚至影响到他对人生和艺术要旨的基本看法。他认为社会与生命都是相反东西组成的图案。他的作品大体上也是由一系列相互照应的事物、题目、意念、情绪交织而成。

沃尔夫后来在给亲友的信中多次谈到，他从七岁起就是一个流浪儿，虽有房子住，却无家可归，家庭人口齐全，却很少享有温情，大约八岁时，寂寞便与他结伴而行。不过，他也有人生的幸运。十一岁时转入玛格丽斯·罗伯兹开办的私立学校，即得到这位启蒙老师的精神栽培，在历史与文学方面打下坚实的基础，培养了浓厚的写作兴趣。十五岁时，他比同龄人早三年进入北卡罗莱纳州立大学，成为家庭中受教育程度最高的成员。四年后，赴哈佛深造，专攻文学，兴趣尤其集中在戏剧大师贝克尔教授主持的四十七期戏剧班，希望以此开创自己的戏剧事业。虽然他后来意识到戏剧并非自己尽其才能的艺术领域，但得到贝克尔耳提面命式的指导，毕竟是他艺术生涯中的一大幸事。在转入小说创作，经历无数挫折最终取得成功的过程中，先后有数人对他产生过影响，其中至关重要的有舞台设计师艾琳·伯恩斯坦夫人和出版公司编辑麦克斯威尔·潘金斯。伯恩斯坦夫人的支持、同情和爱，使他真正开始了小说创作，却不时沉迷于情网；他乐意得到渴求已久的抚爱与柔情，但又竭力摆脱感情的依附和束缚，最后以出走欧洲来了结复杂的情感纠葛。但这一段经历所酿成的人生体验，却久存于他的精神世界和作品之中。

沃尔夫的文名主要建立于他的四部长篇小说，《天使，望故乡》（1929）、《时间与河流》（1935）、《蛛网与磐石》（1939）和《你再也不能回家》（1940）。作品主人公的生活总是与作者的经历交织在一起，并且总是作者在回首往事时，选择其人生经历纷繁而富于递变的一段，首笔拓展勾勒出一个探索者的心灵和思绪的世界，再将小说人物的际遇和命运设置其中，从而赋予作品深沉的人格和道德寓意。

1929 年发表的《天使，望故乡》是一个世纪儿"详尽而热情"的童年和青少年时期的生活记录，主人公尤金·甘特在迈上独立的人生道路时，向故乡回首一瞥，成了作品结尾带有总结性的意象。尤金与 20 世纪同时诞生。与动荡不安的大世界相仿，他的家庭生活也难以平静。父亲奥利弗·甘特是个易动感情，嗜酒贪杯的石匠，南北战争后流落阿尔塔蒙特小镇，娶本地体面人家女儿爱丽莎·彭德兰为妻，生下七个儿女。从小聪慧早熟的尤金成了全家的宠儿，父亲期望他有朝一日成为律师，进入政界。可争强好胜，钱迷心窍的母亲更重眼前的实利，不顾名声积攒财富。于是，口角、争斗成了这对夫妻半辈子的日常游戏，以至发展到相互仇恨。

尤金在缺乏温情的家庭环境中长大，成了一个文静、敏感、酷爱读书的少年。他羡慕书中描写的高雅生活，为粗俗的家庭环境感叹不已，这种惊人的感受能力，丰富的内心生活与自感地位低下而产生的羞愧，造成他复杂的矛盾的精神世界。在学校里，他学习成绩出众，体质却很弱，难免不受欺侮，他强烈地渴望像行侠士一样被人拥戴，得到"功名与爱情"，可现实需要他做业余报童。每天清晨三点钟，他便起床，奔忙于"黑人城"大街小巷，将一份份报纸塞进沉睡的黑人家里，从这个受歧视的下层社会，他看到了生活中阴暗的部分。

战争爆发了，他曾渴望效命沙场。可第一次恋情消磨了他的"英雄豪气"，于是进了州立大学，又被农场主的儿子引诱，过了一段堕落的生活。经历了这一切后，他反而变得超脱。然而超脱也不能持久，战争带来的阴影使周围的生活不能安定，他无心读书，与一个比他大五岁的姑娘相爱，姑娘回乡后却成他人之妻。母亲和房客们嘲笑他失落的爱情，使他感到痛苦和愤懑。圣诞节之夜，他平生第一次喝得酩酊大醉，受到家里人的数落。他大吵一顿，愤然离家出走，过了几个月出卖体力的生活，常常幻想命运之神向他展开笑脸，然而现实的饥饿逼迫他冒着生命危险去装运军火。悲惨、尴尬的境遇使他不得不结束自谋生路，重新回到学校，不幸却接踵而至，唯一使他感到亲近的二哥阿宾被肺炎夺去了生命。尤金更加愤世嫉俗，在学校，他不修边幅，行为古怪，但成绩奇好，被称为"怪才"。回到家里，他感到气氛沉闷得令人窒息。父亲病势日见沉重，婚后的大哥变得俗不可耐，母亲醉心于地产投资而不能自拔。尤金失望于眼前的一切，茫然中，躁动的心灵催促他去寻求新的人生起点。他带着家里被迫提供的一笔费用前往北方的哈佛大学深造。"他像一个人站在山上俯瞰底下他刚才离开的小镇"，"放眼遥望远处高耸云霄的群山"。

《天使，望故乡》得到普遍的肯定与赞扬。发表当年，许多报刊发表特稿，向读者郑重推荐。影响颇大的《纽约时报》说："沃尔夫才华横溢，能在看似普通的事情和平凡的人物中发掘出人类生存的价值和诗意。"沃尔夫也因此意气大振，决心做美国"最伟大的作家"，在创作激情的推拥下，发表了第二部长篇小说《时间与河流》。

《时光与河流》承接《天使，望故乡》的情节，延展着尤金的人生旅程和精神发展。他来到北方，进了哈佛大学，竭力寻找精神的满足，阅读了各种书籍，参加哈特恰教授主办的剧本创作班，结识了各种各样的人。在失去了最初的新奇感之后，他找到了最有价值的友谊，与哈特恰的助手——年轻、有教养的弗朗希思·斯塔维克结成好友。在两年多的时间里，尤金尝试写剧本，渴望在戏剧方面显示自己的才干，但未能如愿。久病的父亲终于去世，尤金经历了短暂的奔丧，又返回北方，在纽约一所学校里担任英语教师，过了一段颇有浪漫气息的生活。经过筹划，尤金终于有了赴欧洲旅行的机会，在巴黎他与斯塔维克再度相会，并认识了一位来自波士顿的美国姑娘，很快坠入她的情网。后来，他发现斯塔维克是个同性恋者，那位美国姑娘为人欠缺忠诚，便离开他们，独自在欧洲旅行，直到手中的钱用光，他才不得不启程回国。

同《天使，望故乡》一样，《时间与河流》也以作者的人生经历和体验作为基础。人生是变动着的，内心经验也在不断发展，趋向纵深和开阔。沃尔夫在给友人艾斯威的信中谈到："我开始写作，强烈地、热情地关心我自己青年时代的计划与目标；像许多别的人一样，起初心目中只有我自己，后来变成强烈地、热情地关心人生的计划与目标。"这是他将自我精神探索从小世界推向大世界的自白。小说构思于巴黎。作者身处异域，从一个新的时空角度审视自己走过的人生道路，不断获得新的体验。他最深刻的发现是自己与故土那种剪不断，理还乱的关系。小说表现尤金"寻找一个父亲"时所敞开的对美国大陆魂牵梦萦的情节，以及描绘纽约等城市的精彩画面，足以同惠特曼的诗篇相媲美。

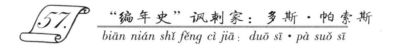

57. "编年史"讽刺家：多斯·帕索斯
biān nián shǐ fěng cì jiā：duō sī · pà suǒ sī

约翰·多斯·帕索斯（1896—1970）是 20 世纪二三十年代与海明威、菲茨杰拉尔德齐名的小说家。他在 20 年代的创作，与"迷惘的一代"同调，30 年代的创作，被称为美国社会生活的讽刺性的"编年史"。当代美国文学史家罗伯特·E·斯皮勒经过比较后说："年轻一代的反叛，对美国社会制度的攻击，刘易斯只停留于暗示，菲茨杰拉尔德采用的也只是宣告，多斯·帕索斯则赋予实实在在的行动。"

多斯·帕索斯出生于芝加哥一个葡萄牙裔富裕律师家庭。父亲约翰·伦道夫·多斯·帕索斯事业成功，文化素养很高，但婚姻生活屡有波折，直到六十岁才使儿子成为自己的合法继承人。多斯·帕索斯童年大部分时间辗转于美国与欧洲之间，虽然物质上并不缺什么，但生活不稳定，感受不到家庭的温馨。1912 年，他考入哈佛大学，四年后毕业，原打算加入法国战地救护队赴第一次世界大战中的欧洲前线，但父亲执意送他到西班牙学习语言与建筑，这为他的文化知识构架增添了新的材料。1917 年，他终于如愿以偿，跟随美国红十字救护车队辗转各个战场，目睹战争给人类带来的惨剧，也感受到俄国十月革命引起的思想震动。战后他曾担任记者，活跃于东欧与近东一代，经历了一些重要的国际事件。多斯·帕索斯在第

一次世界大战前后的经历，对他的思想与创作产生了重要影响。

仿佛宣告创作生涯正式开始，1920年，多斯·帕索斯发表处女作《一个人的起始——1917》。作品写于车船劳顿之中，以少有修饰的文字忠实描述了作者在战争中的印象和感受，虽然总体上还显得比较肤浅，但鲜明表达了战争反常，徒劳无益和扼杀人性的激进观点。这可以看成是作者一系列描写战争的小说序篇。

成名之作《三个士兵》（1921），是作者根据自己战时的经历写成的长篇小说。它通过剖析战争时期军队日常生活的横断面，表现年轻的美国军人被扭曲的精神世界和灾难性命运。作品的主要画面集中于三个性格迥异的普通士兵。一个是肉店老板的儿子丹·富塞尼——显得有点呆傻的"乐观派"。他的意大利血统仿佛给予他幻想的"天赋"，其最大的抱负是通过战争获得提升，战后根据自己在军队中的"战绩"得到一份好工作。但因为小小的过失受到严厉处罚，被送到劳动营后又蒙受羞辱惊吓，出尽洋相。另一个是来自印第安纳州的农村小伙克里斯·菲茨尔德，他虽然被提为下士，但思乡心切，痛恨战争的恐怖和军队中严厉的管束，采取激烈的方式发泄自己心中的愤懑。在一次战斗中，他乘混乱之机，用手榴弹炸死监视和虐待过自己的上士。他的伙伴约翰·安德鲁斯是作品着重描写的人物。这个来自弗吉尼亚的哈佛大学毕业生，生性敏感，富有艺术才华，本是作曲家的好材料。出于对平庸、懒散生活的厌倦，他走进士兵的行列，希望"这一次从实实在在之中，从工作、友情、嘲笑之中重新建立他的生活体系"。可是军队的生活很快使他感到厌恶，感情无处寄托，成天郁郁寡欢。进驻法国期间，他几次逃到巴黎去学习音乐，都被抓回部队，送往劳动营。他再次离开军队，隐居乡野，从福楼拜的《圣·安东尼的诱惑》一书里得到灵感，正怀着创作冲动谱写一首乐曲时，却被宪兵带走，没有完成的乐曲手稿也随风飘散。小说用了四分之一的篇幅写安德鲁斯离开军队后在巴黎短短几个月的生活。他进了巴黎音乐学校，整个身心沉浸在音乐世界里。可是当他走在大街上时，又被迫穿上军装，向迎面走来的每一个军官敬礼，他感到内心十分痛苦。这些讽刺性的描写，揭示了战争与人性的冲突，军事官僚体制对人的感情世界的压抑。小说选择一个不见容于周围环境的音乐家以表现反战的主题，这是"迷惘的一代"文学的典型特征。

1925 年，多斯·帕索斯发表《曼哈顿中转站》，"想把整个纽约填进一本书里"。他将《三个士兵》中没有贯穿始终的中心情节或人物的写法，发展为写"群像小说"，通过一系列故事和形形色色的人物，把二十年间的纽约生活尽收笔底。这些故事以作者的情绪或印象组接起来，彼此间没有密切联系，象征松散的城市社会结构。生活于其间的记者、建筑师、诗人、画家等，大多是社会的失意者，他们追名逐利，与世浮沉，彼此缺乏沟通，本能地排斥任何组织与群体形式，但在生活中又感到孤独。作者着墨最多的是生活无着落，四处流散的贫民。这些人物外貌、性格各异，内心里却升腾起一种人类天性使然的，寻求生存与个性位置的潜在意识。其社会处境与内心冲动往往构成尖锐冲突，最终成为无以附属的骚动灵魂在混乱岁月中的游历。他们的精神特征，集中反映了战后蔓延于社会的迷惘和失望情绪。

《曼哈顿中转站》传达了多斯·帕索斯在创作思想与艺术上的一些新变化。第一次世界大战后他几次赴西班牙考察，写了游记《罗西南特再次启程》（1922），记叙了自己的思想变化。作品中出现了一些似曾相识的性格孤独、内向的人物。他们具有哈姆雷特式的精神特征，思考能力很强，举止却优柔寡断。但在作品的后半部分，人物的行动能力大大增强，封闭性的美学和哲理思考，越来越多地被社会批评所代替。这标志着作为一个小说家，多斯·帕索斯已经从消极悲观的精神状态和"艺术抗议"的圈子里走出来，接受了艺术家应该是他所生活的那个社会的批评家的观点。他借用作品中人物之口强调，自己的"伟大使命就是将酸性试验运用到现行的种种社会机构和制度中去，以剥掉它身上的面纱"。

与此同时，1924 年多斯·帕索斯重赴法国，结识了斯泰因、海明威等旅居巴黎的美国作家，计划写一部研究战后美国社会的"新"小说。其所以"新"，是由于他被乔伊斯、普鲁斯特的小说写法所吸引，并打算借用他们的表现技巧。不过他将自己的艺术构思确定为，通过众多美国人的印象和感受去反映自己笔下的艺术世界，而不是将全部描写集于一个人物的情感中心。他返回美国，在本土完成了《曼哈顿中转站》。作品一问世，当时已享有盛名的刘易斯就发表了自己的看法。他认为"在各个方面，《曼哈顿中转站》都比马赛尔·普鲁斯特……或乔伊斯的《尤利西斯》所显示出来的东西更重要。因为多斯·帕索斯能够巧妙地运用他们所有的心理学实验性技巧，以及同温和的古典小说相悖的各种风格。他们的小说是研究心理的论文，显出十足的学者派头，以至令人生厌；而《曼哈顿中转站》本身就是流动的交响乐"。

20年代后半期，多斯·帕索斯进入创作生涯中充满反叛劲头的激进时期。他自愿作为美国共产党的同路人，唱"国际歌"，支持工人罢工，参与《新群众》杂志的创办与编辑工作，并因参加营救左派人士的活动而被捕入狱。他还出现在国际左翼作家的活动舞台上。伴随着思想的发展，他在30年代发表了著名三部曲《美国》（1937），表现了"激进分子对于社会不平的愤怒"。

三部曲由《四十二度线》（1930）、《一九一九年》（1919，1932）和《巨富》（1936）组成，其主旨和写法，都是《曼哈顿中转站》的深入和发展，只不过在《曼哈顿中转站》里，作者写的是整个纽约，而在三部曲中，他要写的却是整个美国。《四十二度线》反映了美国工业巨头出现，机器文明出尽风头而个性自由发展受挫这一历史时期的社会特征。承接它的编年史式的叙述，《一九一九年》记述了第一次世界大战对个性和信仰的摧残。作品后半部插入不少纪实性材料，为展示20年代美国社会风貌作了铺垫。《巨富》作为三部曲的最后一部，从"爵士时代"诞生开篇，其间描写了1927年震动全美的萨科—万塞蒂事件，最后以1929年经济危机爆发为结束。三部曲用小说形式，组成了从"镀金时代"开始近三十年的美国社会历史。在这段历史时期，社会主义运动遭受挫折，工业主义者，金融家和大商业所有者弹冠相庆，社会各阶层的个体人物，都在"机器"统治的专横和强力面前陷入迷惘和失落。站在个性发展的角度来说，这是令人沮丧的年代。多斯·帕索斯在这方面的痛切感受，似乎要超过同时代的其他作家。爱德蒙·威尔逊所看到的，在《美国》所展示的世界里，没有鸟的啼鸣，没有花的绽放，周围的空气实在令人窒息。

《美国》三部曲是多斯·帕索斯从社会整体的角度探讨现代生活及其核心冲突的成功之作。这既表现在他以如此众多的人物经历、感受和性格，调动各种思想和文献材料，来表现如此宽广和复杂的世界，而且也表现在他以较为运用自如的艺术创造能力，将各种不同的成分凝聚在一起，给人以统一而有力的总体印象。三部曲的总体艺术风格是现实主义的。作者的创作主旨，反映生活的艺术原则和以人物、场景的写实描写为主体的谋篇布局，都体现了比较鲜明的历史主义和社会学的倾向。从细部来看，他虽不长于叙事，却注重描摹人物或事物的特征，捕捉个人独特的印象，尤其善于描绘大的社交活动场景，刻写具有历史表现力的细节，这些都加重了他创作的现实主义色彩。

《美国》三部曲在30年代美国社会引起巨大反响。因为它的作者是那样直接地介入那些年代里艺术、社会、政治等领域所发生的各种事件中，并极为敏锐地意识到这一切。当他写出这部巨著之时，他就写出了他的时代。

58. 现代美国黑人小说之父赖特

xiàn dài měi guó hēi rén xiǎo shuō zhī fù lài tè

理查德·赖特（1908—1960）很早就是一个读起书来废寝忘食的人。一次，他在浏览当地的一份报纸时，一篇肆意攻击H·L·门肯的文章立即引起他的关注和思考。通过开明雇主的帮助，他以替人借书为名，从禁止黑人进入的图书馆借来门肯的《偏见与序言集》，贪婪地阅读，于是出现了他在自传性作品《黑孩子》（1945）中所描写的情景，"我翻开《序言集》阅读起来。顿时被那风格、那些清新、简洁、有力的文字震撼了。他为什么能写出这样的文字？他是如何写出这样的作品的？于是，我想象起一个狂怒的带着旺盛精力的人，被憎恨所吞噬，用他的笔严厉地斥责美国现实的一切……讥笑人们的缺陷，嘲弄上帝与官方权威。这样做意义何在？我站起来，竭力想弄清这些文字含意背后的真实……是的，这人是在战斗，用文字战斗。他以文字做武器，将它们当成棍棒挥舞。文字能当做武器吗？嗯，肯定能，因为这本书里的文字就是武器。那么，也许我也能把文字作为武器"。从此，他燃起了为战斗从事文字创作的激情，阅读的范围更加广泛，对社会问题的思考也更加深入。

赖特生于美国南方密西西比州纳切兹一个种植园工人的家庭，祖辈曾是奴隶，父亲在他六岁时弃家不归，全家生活靠做乡村教师的母亲苦苦支撑。从幼年起，他便有过整日踯躅街头的流浪儿生活经历，后又进入孤儿院。母亲病瘫后，他先被寄养在外祖母及舅父家。但在笃信上帝和故作风雅的亲戚圈里，他或因不能虔诚于宗教教规而遭嫌弃，或由于不愿顺从别人的意志而遭虐待，成了这个缺乏温暖与柔情的黑人家族中的"弃儿"。他踏入社会更感受到周围环境的冷酷，要时刻提防来自各个方面的攻击和欺侮，为了自卫常常受皮肉之苦。当他学会如何在麦姆菲斯街巷生存下去后，似乎也被孤立于黑人文化生活圈外，他感到自己是"局外人"，并过早为自己虚构了一个大人身份。这种急于进入成年期的渴望，既反映了生活对他的磨炼，又表现了不正常的生活环境造成他的反常心理，为他日后的创作提供了人物心理与情绪的生活基础。

为了谋生，赖特十五岁起只身到孟菲斯当了一名杂工，后辗转南方各大城市，从事最廉价的繁重劳动。四年后，移居黑人聚集的芝加哥，"长年过着半温饱的"贫困生活，政治上却进入了一生中最进步的时期。面对30年代的经济大萧条的现实，他于1932年起参加约翰·里德俱乐部，尝试用马克思主义学说去观察和分析社会问题，并在翌年加入美国共产党。他视党为"家"，认为这个家不仅与他的生命有极重要的持久的亲情关系，而且为他的经历带来"同样重要的思想和精神财富"。他在30年代中后期写成的一系列短篇小说，便是这种思想和精神财富的具体成果。

赖特的第一部小说集《汤姆叔叔的孩子们》发表于1938年。当时，他在纽约担任《每日世界》报的哈莱姆区编辑。集子收入 6 个短篇，前面加有引言《黑人的处世之道》，并有一个副标题"——关于我生平的自述"。其真实的含义却在于，作者将自觉继承黑人文学中的自传性传统，在一个较长的时间跨度上，追溯作为一个种族的黑人从青春期到成熟，从子辈到当父辈，从结帮求生到组成团体从事政治斗争的成长过程。首篇《大孩子离家》中的几个黑人孩子，因玩在兴头上，没有顾及后果地在属于白人的水池里游泳，便被持枪的白人青年或当场打死，或因反抗被活活烧死，唯有"大孩子"虎口余生，逃往芝加哥。其后的《小河边》，主人公的反抗已不是一跑了之。虽然其保卫家园的行动还缺乏足够的勇气与主动性，但毕竟表现为一种与压迫势力的直面对抗。到了《唱不尽的黑人之歌》中，青年农民赛拉斯不仅敢于挺身反抗，而且拿起了令白人暴徒胆战心惊的武器。小说集中的最后一篇《灿烂的晨星》，为黑人的反抗斗争增添了崭新的时代内容。作品中的黑人兄弟两人经过斗争的考验，成了训练有素的共产党员，出色的群众运动组织者。他们的母亲在革命的影响下，也从一个胆小怕事的女奴变成积极的社会活动的参与者，为了节省下子弹打死告密者，她强忍剧痛，目睹儿子经受折磨，最后与儿子一道为黑人的解放斗争不惜殉身。这一短篇在思想上艺术上都具有较高的价值，曾被编选家视为黑人文学中的经典之作，收入多种精选的短篇小说集。

《汤姆叔叔的孩子们》一改传统黑人文学低沉郁闷的格调，在简约而充满激情的描述中所表现出来的抗议和外向性艺术活力，引起人们的关注，为作者赢得最初的文坛声誉。真正奠定赖特作为"现代美国黑人小说之父"的文坛地位的，则是发表于 1940 年的长篇小说《土生子》

小说主人公别格·托马斯从小生活在黑人区一间没有窗户，鼠害成灾的棚屋里。黑白两个社会截然不同的生活环境和际遇，使他由愤愤不平而滋生仇恨和报复心。为了生活，他不得不到白人达尔顿家做工，尽管这一家开明人对他并不算坏，但他生性不愿侍候他们，不愿做他们的奴隶。他仅在达尔顿家当了一天司机，便犯下了一桩凶杀案。那天，他开车送达尔顿的女儿玛丽上学，玛丽却让别格送她去与男朋友简幽会，直到午后才烂醉如泥地回来。别格很不情愿地将全无知觉的玛丽扶进她的卧室。双目失明的达尔顿太太听到响动，摸索着要进屋来看女儿。别格立刻感到又惊又怕，因为法律规定黑人成年男子深夜进入白种女人的房间是要被判酷刑的。他在紧张之中下意识地用枕头按在玛丽的脸部，本是不让她出声，以免暴露自己，不想却将其闷死。他慌乱地将尸体扔进燃烧着的炉膛里，神情恍惚地回到家。后来，没有烧尽的尸骨暴露在人们面前。别格逼迫女友蓓西与自己一起逃跑，途中，担心她告密而将其杀死。芝加哥市出动了八千名警察四处围捕逃犯。在子弹打光后，别格终于束手就擒。在关押期间，母亲和牧师来看他，要他皈依上帝，检察官强迫他承认先奸后杀，并将他带到玛丽卧室表演犯罪过程，却遭到别格的断然拒绝。离开达尔顿家，别格面对大街上狂怒的白人竖起的燃烧的绞架，挑战似的摔掉牧师给他戴上的十字架。具有共产党员身份的麦克律师为别格作了长篇辩护，强调是恶劣的社会环境造成了别格的犯罪，但这并没有对法庭的最后判决产生影响。别格在走向死刑电椅前向律师苦笑着告别，他表示，正像他现在才真正理解自己的行为一样，他渴望着人们对他的理解。

小说分为《恐惧》、《出逃》、《命运》三部分，其谋篇布局虽然采用了一些侦探小说技巧，以加强对一般读者的吸引力，但基本结构和情节推演依循的主要是严酷的现实生活逻辑，因此令人信服地表现了人物的性格发展和命运归宿。作者善于将黑人聚居区街头巷尾流行的日常口语提炼成新鲜活泼的文学语言，不仅丰富了语言的艺术表现力，而且强化了作品的民族特色和力度感。

《土生子》是赖特思想与创作达到高峰的标志。其后发表的《黑孩子》(1945)，是作者的另一部重要作品。它所描写的"关于一个黑人童年和青少年时代的真诚、骇人、令人心醉的故事"，首先来源于作者早年生活的记忆。在一系列平凡琐屑的日常生活描绘中，作品表现了一个幼小生命孤立无援地反抗饥饿、歧视和各种伤害，不屈不挠地追求自由和理想。他深夜只身逃出摧残身心的孤儿院，用棍棒痛击拦路抢劫的白人孩子，使无故欺侮他的亲戚惧而远之，对人人顶礼膜拜的上帝敢于怀疑，处处表现出仇恨压迫、桀骜不驯的性格特征。

《黑孩子》也以明白晓畅的文字，概略地阐明了作者的生活态度和文学观。他声称："我是通过读书——充其量不过是间接的文化灌输——才得以在缺乏生命所必需的东西的情况下勉强活下来的"，表现他的人生体现了黑人的历史遭遇。但他不甘于命运的摆布，努力在困境中崛起，显示觉醒的黑人顽强的精神与文化品格。他强调："我喜欢深入研究心理学，现实主义及自然主义的小说和艺术，并投身到那些能左右整个人类的灵魂和政治漩涡中去"，这最清楚地反映了他的创作与生活的密切关系。他自觉投身于社会政治斗争，并由此择选自己的创作道路和表现方法，追求艺术的"真"与"深"，以自己的文学创作，推动整个黑人文学进入一个新的发展时期。从这些意义上来说，《黑孩子》的不少文字，为人们了解、研究赖特的思想和艺术发展提供了重要材料。

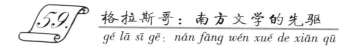

59. 格拉斯哥：南方文学的先驱
gé lā sī gē: nán fāng wén xué de xiān qū

1897 年，二十三岁的艾伦·格拉斯哥（1873—1945）以化名发表第一部小说《后裔》（1897），描写一个从小失去正常教育的非婚子，长大后成了激进杂志的编辑。后涉嫌一桩谋杀案被捕入狱，在被关押期间，因染疾病获释，终死于情人的怀抱。作品采用了有违传统的题材，受到了包括家族成员在内的中、上层人士的批评。一个上了年纪的亲属得知该书的作者是格拉斯哥，悲哀地说："令人难以置信的是，甚至一个受到良好教育的南方女孩子也懂得什么是私生子。"这话以及它所代表的部分公众的态度，引起了格拉斯哥同她所生活的那个社会公认的行为标准发生公开冲突。在《弗吉尼亚》（1913）一书中，她以一种嘲弄的口吻说，弗吉尼亚的父辈及学校教师们都执拗地认为，"一个女孩生活越是知之甚少，越有资格以此作为满足"。1909 年发表的《一个普通男子的浪漫史》中，出现了讽刺性的画面：道貌岸然的波林勃洛教长痛心疾首地责问道："你们说说看，当一个未婚女子毫不知羞地去打听一个男人的下流生活时，世界将会是什么样子。"在美国文学史上被视为南方文学先驱的格拉斯哥，就是以这种挑战习俗和准则的态度登上文坛的。

格拉斯哥出生于弗吉尼亚一个高级职员的家庭，生活条件优越，但从小体弱多病，性格内向，没有进过学校，主要靠家庭教师启蒙，后通过广泛阅读，培养文学情趣，走上创作道路。在1933年再版的早期作品《人民的声音》序言中，她描述了自己的自学经历和感受，"我不记得我从别人那里学到什么，甚至包括我名字的英文字母。事实上，从摇篮时期我就开始自学。当我从认字课本《过去的人类》（瓦尔特·司各特的小说）中学会认字后，我就拿起笔和稿纸，坐下来写我的第一篇故事《玫瑰花园的一株孤独的雏菊》"。从此，格拉斯哥的艺术视界基本框定在弗吉尼亚州这片南方的文化土壤。她在此度过了大部分生涯，并沉浸在对弗吉尼亚地区特点和价值观念的研究中，计划写出弗吉尼亚社会发展过程中各个方面的生活，其中有个人失意的戏剧性事件，更多的是制度变化的历史戏剧以及新兴中产阶级的斗争，而早期作品的主旨是反对骑士精神，它既是旧南方社会的模式又是男子优越论的行为准则。

从1900年到1911年间，格拉斯哥创作了以《人民之声》为开篇的一系列历史小说。主要反映从战后重建到作者的父辈几十年间弗吉尼亚社会政治的发展变化，其中一个延伸的主题，是在上流社会"有教养的家庭"和中等农场主富于进取的"有教养的"后代之间，需要建立一种新的关系或联姻。在审美取向上，她通过实践，试图形成现实主义描写为主，兼收南方浪漫主义传统的某些因素为一炉的创作方法。

《弗吉尼亚》（1913）是格拉斯哥第一部真正成熟的小说。它描写生活在19世纪末的南方女性弗吉尼亚的人生悲剧。她美丽、多情、充满渴望和理想，不愿意仅仅按照父母之命，教师之言去行为处事，但又盲目崇拜丈夫奥列佛，对他缺乏了解。在家庭生活中，她尽力担起抚养孩子的担子，以成就丈夫的事业。奥列佛是一个贫穷的剧作家，他并不缺乏艺术才华，但为人自私，生性轻浮，视妻子为附庸。当他的剧作在纽约上演取得成功之后，便一去不归，撇下妻子在家履行"母亲的职责"，他却在大都市寻求新欢。弗吉尼亚孤独地熬到中年，身心过早憔悴，唯一的安慰是从欧洲回国与之团聚的儿子。而她那个富于独立意识和进取心理的女儿，却与她隔膜甚深。小说中的弗吉尼亚有格拉斯哥母亲在南北战争与战后重建时期的生活印记。她盲目的忠贞来自旧日南方传统的淑女规约，那是按照男性社会的需要为妇女设计的道德和行为标准。如果一个妇女接受这种标准，就意味着她的生活圈子从此被框定在家庭内部。弗吉尼亚被遗弃的结局，既是对无谓的忠贞观念的极大讽刺，也是对旧南方社会的模式之———男子优越论的行为准则的尖锐批判。格拉斯哥被后人视为早期女权主义的代表，其思想倾向正表现于此。

1925 年，格拉斯哥发表了她最有影响的小说《荒芜的土地》，其背景为 19 世纪末至 20 世纪 20 年代中叶的弗吉尼亚乡镇。20 岁的贫苦农民的女儿多琳达·奥克莉冒着大雪到镇里寻求工作，与青年医生贾森·格雷洛克相逢。后者刚辞去城市医院的职务，回到故里照顾父亲———一个嗜酒贪杯的旧式贵族。多琳达在内森·佩德莱药店谋得工作，很快坠入与贾森的情网，私下许身于他。就在他们即将举行婚礼的前一周，贾森突然违背诺言，按照家庭安排，娶富有邻居的女儿为妻。多琳达拖着怀孕的身躯来到纽约，做了堕胎手术，却又负伤于一次交通事故。幸亏得到法拉第医生的照顾，身体恢复后被雇作女佣。不久多琳达遇到一个青年医生的求婚，但她拒绝了，决定回故乡建立新的生活。父亲去世后，她辛勤劳作，努力采用先进的农业生产技术，终于使衰败的农场大有起色。冷漠的母亲与自私、懒惰的弟弟不能给她以任何帮助，她却尽心尽职地照顾他们，并宽厚地接纳了内森和他的孩子。内森死后，她又帮助一文不名，疾病缠身的贾森。

《荒芜的土地》的成功，极大地开掘了格拉斯哥的创作才华，她的里蒙风俗喜剧三部曲由此接踵而出。作为格拉斯哥另一种艺术风格的创作实绩，三部曲以她的故乡列治文城市生活为原型，深入描绘了被称为昆因区的当代上流社会生活，表现了这个"有教养"的社会的浅薄与困惑。生活

于其中的人无一不在寻求幸福，但他们臆造的情感和快乐的诗意，总是与现实产生尖锐的喜剧冲突。

《浪漫的喜剧演员》（1926）是三部曲的首篇。六十五岁的昆因区法官霍尼韦尔和妻子有三十五年婚史。可是妻子死后不到一年，他便忘掉了她的面容，而完全移情他人。他先是与五十八岁的老处女订下婚约，后又迷恋二十五岁的安娜贝尔·厄普丘奇的姿色。安娜贝尔贪恋他的财产而委身于他，但婚后又与达尔尼·伯德桑勾勾搭搭，并一起私奔到纽约。法官尾随而至，却无法使安娜贝尔回心转意。情场失意使老法官染病卧床不起，失望之余，他相信自己已经超脱世俗追求。但当春天再次来临，他又对年轻女护士的姿色产生浓厚兴趣，感到自己像去年感觉的那样年轻。罗伯特·F·斯皮勒认为，霍尼韦梦想的青春常在决不会实现，因为南方绅士的优越论，他们对女性的任意选择权，将随着旧日南方女性道德规范逐渐失去约束力而一去不复返。南方新女性的出现，必然使往昔得意于情场的绅士充当喜剧角色。

三部曲的第二部《他们屈从愚蠢》（1929），描写昆因区律师弗吉尼厄斯·利特尔佩奇近来感到家庭生活不如意，对自己的秘书米丽·波登萌生恋情，但她早已婚配，并有了孩子。律师的女儿任性、跋扈，为达个人目的百无禁忌，参加欧战五年，回国时带回一个丈夫，后又与米丽的丈夫保持不正常关系。律师滥用感情，与一位寡妇调情，使自己丑态百出。小说中的男男女女品性低劣，欲望太盛，只讲个人权利，无视社会责任。作者以调笑的口吻描述这一切，字里行间隐含失望与怨愤。

1932 年发表的《脱离现实的生活》是三部曲的最后一部。小说的背景昆因区被迅速发展的现代工业改变着面貌，昔日的典雅与诗意荡然无存，代之出现的是工业污垢与小生产者的破产。在现代工业的进逼面前，阿奇博尔德贵族世家日渐衰败与散漫。家庭老一代成员企图保持 19 世纪的社会传统。他们的邻居是富有的买卖人乔治·彼尔德桑，其妻伊娃以自己的姿色倨傲，对丈夫感情淡薄。阿奇博尔德家族的年轻一代詹妮·布莱尔饱受挫折、精神颓伤的埃特姑妈的影响，沉浸在"斯文"的感伤主义氛围中，保持着对青年男子的憎恨，而宁肯对老年男子抱以好感，后坠入与乔治的情网而被震怒的伊娃杀死。乔治杀死自己的妻子后畏罪自杀。小说细致入微地刻画了人物的内心活动，揭示了他们悲剧性命运的社会和自身原因。弥漫于作品的惆怅情绪，表明作者既不满足于过往的传统，又不能从现实中得到慰藉，因而对人生所持的悲观态度。

在格拉斯哥的晚期创作中，值得一提的还有自传性作品《内向的女人》。它问世于作者逝世九年后，为研究她的生平与创作提供了宝贵的材料。从文学的继承关系看，格拉斯哥主要受 19 世纪欧洲现实主义的影响。她感兴趣于莫泊桑从平凡琐屑的事物中截取富有典型意义的片断，以小见大地概括出生活的真实；更崇拜列夫·托尔斯泰清醒的现实主义和精确的心理刻画所体现的独特艺术个性。此外，哈代对维多利亚时期英国农村生活的描绘和对人物命运的悲剧洞察方式，也为格拉斯哥提供了创作上的借鉴。

60. 典雅的才女：安妮·波特

diǎn yǎ de cái nǚ：ān nī·bō tè

凯瑟琳·安妮·波特（1890—1980）是与福克纳、泰特和华伦等齐名的南方女作家。她在半个多世纪的创作生涯中写了为数不多的中、短篇小说和一部长篇小说，却以精益求精的写作态度培育出典雅的风格和深远的寓意，从而在以"怪诞、诡谲"为主要特色的南方作家群中，显示了鲜明的个性。

波特生于得克萨斯州圣·安东尼奥附近的印第安湾。祖上曾在肯塔基州开建基业，成为当地望族。后举家迁居路易斯安那州，到最终定居得克萨斯时，家境日显败落。波特两岁丧母，十岁前主要由祖母抚养，受到守旧的世家传统的影响。但她少年早慧，生性敏感，在天主教学校读书时，显示了很高的悟性。荷马、但丁、莎士比亚、蒙田、勃朗特姐妹和狄更斯等欧洲古典文学名家的作品，不仅培养了她浓厚的文学情趣，而且促使她

的自由思想形成。十六岁时，毅然采取叛逆行动，独自逃离天主教学校，经历了第一次婚姻。

1911 年，解除了婚约的波特只身来到芝加哥，开始艰辛的谋生。她做过记者，也充当过电影里的小角色。三年后作为一名行吟歌手巡唱于得克萨斯与路易斯安那州各地，继而又从职于报社。此间，一场疾病几乎夺去她的生命。她经历了生与死的搏斗，仿佛完成了一次精神上的升华，对人生、自我和世间的善与恶的思考更趋于心灵化，情感化和哲理化。她日后的创作，在略带斯泰恩式感伤情调的叙述或描绘中，透示出丰富的人生体验和理性判断。

1920 年波特赴墨西哥研究印第安人的装饰艺术，这对她后来的文学创作产生了重要影响。她从印第安装饰艺术中发现了古代文明的古朴、纯真，捕捉到古代艺术所蕴含的发自心灵，触发心灵的东西。而在原始宗教影响下形成的印第安古代艺术品，富于广袤的象征和寓意，所有这些都深深触动了波特的艺术悟性。

从这以后到 1931 年间，波特多次访问墨西哥，不仅增强了她的文化艺术素养，培养了她的社会意识，还直接推动了她的文学创作，奠定了她日后创作的一个重要背景——墨西哥的社会文化背景。它与作家生息的美国南方社会文化背景相映生辉，构成波特取材和描绘的主要的文学天地。

1923 年，波特在频繁紧张的旅行与笔耕中发表了第一篇短篇小说《玛丽亚·康萨甘》作品写了墨西哥印第安人村落中一个家庭的故事。印第安青年胡安·瓦雷卡斯是一个讨人喜欢的青年。他感情丰富，行动果断，但缺乏责任感。一个美国考古学者雇用他当挖掘工，但他觉得整天挖土索然无味，又感到家庭对自己是一种束缚，于是抛弃了妻子玛丽亚·康萨甘，与情妇玛丽亚·洛萨一起奔走他乡，入伍当兵。后来，胡安结束军营生活，带着玛丽亚·洛萨返回故乡。怀孕的洛萨很快使他成为父亲，但被遗弃的玛丽亚·康萨甘怀着报复心，用杀鸡刀杀死了洛萨。警察闻讯赶来。胡安遵从印第安古老的道德标准，寻找各种证据使村民和警察相信玛丽亚·康萨甘无罪，保护了她的名誉和作为妻子及母亲的权利。作品表现了印第安村民古老的习俗和他们对待爱情、复仇和死亡的淳朴而又带有原始主义的态度。虽然仅是处女作，但在艺术上已经显示了作家刻意求工的创作追求，人物描写洗练、个性鲜明，具有心理深度。

以《玛丽亚·康萨甘》为开篇，波特的小说创作在三四十年代进入盛期，并一直延续到六七十年代。由于创作态度十分严肃，她的大部分作品都要经反复修改才最终发表。据她说，《玛丽亚·康萨甘》发表前，曾修改过十六七遍。因此，近六十年时间中，与读者见面的篇什不到三十篇。这些作品中的主要篇章，经整理汇集成《绽开的犹大花》（1930）、《灰白马，灰白骑士》（1939）、《斜塔和其他故事》（1944）等出版。1961年，作家将其中的二十六篇结集成《短篇小说选编》出版，获得空前的赞誉，将她推到了声名的顶点。

小说集《绽开的犹大花》体现了波特创作的题材和叙述风格的多样性，其中的《格兰利·威斯拉尔的弥留之际》被视为波特最好的短篇小说之一。它描写一个年近八十岁的老妇，在生命的最后一天的精神活动。临终前，她躺在寿床上，神志恍惚不清，几乎意识不到围在身旁的亲戚、医生和牧师的存在。但对隐藏在内心深处的往事，她却感到历历在目。她很早守寡，独自一人把孩子拉扯大，凭着坚忍不拔的毅力和吃苦耐劳的精神，开办事业，打下殷实的家底，为一家人提供了比较丰裕的生活条件，又有了爱她的丈夫，这一切似乎使她感到处处满意。殊不知六十年来，她始终不能忘记自己第一次成为他人之妻，便被丈夫抛弃的情景。尽管她竭力想用流逝的岁月冲刷掉心中的隐痛，但它却像烙上一样，常常引发她的痛苦回忆。现在当她意识到自己生命垂危之时，这一段哀伤的经历又浮现在她的脑海里，并与对死亡的意识混合在一起，使她再次惊异地感到，她正蒙受着第二次被遗弃。小说并没有让女主人公的内心活动仅仅停留在感伤主义的情感状态。而是使其升华，演化为对人生经历和归宿的一种彻悟。

应该说，作为一个南方作家，波特最出色的短篇还是以自己的故乡得克萨斯为背景的作品。这一类小说，主要收入《灰白马，灰白骑士》

集子。

《中午酒》是该集中的名篇，第一次发表于 1937 年。作品所描述的事件发生在世纪之交得克萨斯州南部的一个小农场。农场主汤姆森缺乏经营才能，又自以为身份尊贵，不愿从事艰苦、实际的劳动，致使家业濒于破产，生活捉襟见肘。但自从雇用了从北达科塔来的农工奥拉伏·希尔顿后，农场的光景日渐好转。奥拉伏是个瑞典移民，平时表情呆滞，沉默寡言，好像有什么不愿让人知道的隐秘，可经营有方，干活十分卖力。他的努力给汤姆森家带来了过去不曾想到的希望。但好景不长，一个名叫霍姆·T·哈奇的警探来到农场，声称奉命将逃离疯人院的杀人犯奥拉伏逮捕归案。汤姆森由于多种原因而厌恶哈奇，乃至在恍惚间看见哈奇手执利刃刺向奥拉伏的腹部时，本能地举斧将哈奇劈死。事情发生后，汤姆森竭力为自己辩解，得以无罪开脱，但内心始终不能安宁。获释后一周，他带着妻子四处向邻居解释，尽量找一些证据表明自己无罪。然而，没有一个人相信他的话，连他的妻子和孩子也不相信他无罪，以至最后汤姆森自己也无法确信自己是否有罪。他经受不住痛苦的精神折磨，只好举枪自杀。小说一开始就暗示，"这里所呈现的一切，都展示了他存在于上帝与俗人之间"，表现出"道德与情感的混乱"。汤姆森向往高贵，却行为卑俗，渴望富有，却不思勤奋，看重自己，却能力低下。大肆渲染自己钟爱妻子，却因自己的怠惰导致家境和妻子健康恶化。这种"道德和情感的混乱"，使他成为"一个过分傲慢的男人"，在傲慢的背后是"自私的激情"。他最后杀死追捕者哈奇，既是不能容忍一个陌生人在自己的家门口任意妄为，更是为了保住一个使他重振家业的无偿劳动力。波特以一个南方作家特有的敏感，关注到"道德和情感混乱"在南方世家衰败过程中的影响和作用，充分估计到它的破坏力量。

《灰白马，灰白骑士》的其余两篇，即《旧的已逝去》和同名篇目，承接性地描述了女主人公米兰达的经历和她在第一次世界大战中的遭遇。它们与作者后来的一些短篇组成了被文学家称之为"米兰达系列"的小说。米兰达的身上再现了作者少年和青年时代的生活和精神世界。作品的

第一部分将人们带到 1885 年至 1902 年间。出身于南方世家的米兰达年仅八岁，她对家庭从肯塔基州移居路易斯安那，最终定居德克萨斯的历史十分感兴趣，总觉其中必有引以为自豪和满足好奇心理的东西。在有关家族的传奇性经历中，艾米姑母感伤的罗曼蒂克故事曾是长辈们津津乐道的话题。艾米姑母漂亮而又任性，虽患过肺结核，仍一周有三个整夜在跳舞。她感情多变，爱得随心所欲，已经成为堂兄加布里埃尔的妻子，又疾风暴雨般地向第二个堂兄求婚，致使后者空等五年，她本人也因服药过量而死去。加布里埃尔不久再度结婚，后死于心脏病复发。

虽然家族成员的传奇故事曾经激动过米兰达，但随着年龄的增长，她越来越感到，从长辈嘴里听到的这些爱得像样，死得也像样的故事，与事实本身出现了明显的脱节。小说的第二部分，时间进入 1904 年，米兰达和姐姐一起进了新奥林斯的教会学校读书。前来探望女儿的父亲带她们一起去看赛马，无意中与管理马匹的加布里埃尔相遇。这个在家族的传奇故事里被描述得英俊、浪漫的艾米姑母的丈夫，第一次出现在她们面前却是"一个长得肥胖，呈寒酸相的男人，那一双布满血丝的眼睛，流露出受挫后沮丧的神色。他不是发出令人伤感的大笑，就像在大声呻吟"。加布里埃尔和他的妻子住在廉价的旅店里，从她那尖刻的目光，米兰达感到他们并不受欢迎。这难得的第一次见面竟是如此令人不愉快。

小说的第三部分，时间已是 1912 年。年满十八岁的米兰达已成他人之妻。在返回故乡参加加布里埃尔葬礼的途中，她与一个名叫伊娃·帕琳顿的中年妇女相遇。伊娃曾作过教师，同米兰达的上一辈有密切交往。从与她的交谈中，米兰达了解到有关艾米姑母的许多真实的情况。原来她的行为和结局并非像家族中老一辈所渲染的那样富于传奇色彩。她放纵自我，一味追求欲望的满足，以致道德堕落，给别人造成灾难，也败坏了自己的名誉，最后深陷绝境而被迫自杀。伊娃的话，使米兰达最终抹掉了家族历史在自己心中的传奇色彩，自觉地从家庭和传统的束缚中解脱出来。她确信，自己"能够了解发生在我面前的一切事情的真相"，宣布要"用她的希望，她的无知"去开辟自己的人生道路。正是在这里，波特通过米兰达对家族的历史和传统的认识过程，象征性地表达了自己对旧日南方社会精神文化遗产的批判态度。

米兰达的经历在该短篇小说集的最后一篇《灰白马，灰白骑士》中得以延展。这时的女主人公已二十四岁，在一家报社谋职。第一次世界大战爆发所引起的社会动荡和观念的变化震撼着她的心灵，使她失去了生活的安全感，对虚伪的爱国主义宣传深感厌恶，拒绝出卖良知地去报道取悦某些权势者的消息，因而遭到一些人的白眼和攻击。正在这里，来自得克萨斯的年轻英俊的军官亚当走进她的生活，两人很快坠入情网。但他们的幸福十分短暂。1918 年，当地流行的一场瘟疫将米兰达卷了进去，她被施行隔离，与亚当失去联系。当她恢复知觉时，战争已结束，可亚当却被那场瘟疫夺去了生命。米兰达的肉体虽然死而复生，精神却蒙受了难以愈合的创伤。在开始新生活之前，她将会有一段痛苦的情感煎熬时期。

1962 年，波特发表了她唯一的长篇小说《愚人船》。作品历经三十一年的构思和写作，融进了作者 1931 年取道墨西哥访问德国的见闻和感受。小说的标题，直接借用了 15 世纪德国讽刺作家巴斯蒂安·布伦特的同名之作，而巴斯蒂安对各种"愚人"、"愚行"、"愚德"的揭露和竭尽挖苦、嘲讽，似乎也成了波特探讨人类本性的"切入口"。小说的全部场景都在一艘驶往德国的轮船上展开。在十七天的旅途中，各种肤色、种族、国别、职业、身份的旅客发生了形形色色的纠葛，从不同方面展现了自己的德行和精神世界。波特以庞大无比的轮船象征社会，而航行也就喻示了充满差异和矛盾的人类之旅。其中有一段人物的表白："爱我吧，不顾一切地爱我吧！不管我爱不爱你，也不管我是否值得你爱；不管你是否有爱的能力，即使世界上根本没有爱这回事，你也得爱我！"这表明现代人类对于自己所处境遇的怀疑与无奈。小说因表现得过于"愤世嫉俗"，被某些评论家称为对人类的"冷冰冰的谴责"。其实，如果将《愚人船》置于波特自成一体的创作系统中进行分析，便不难看出，在其沉郁的格调中蕴含的仍是对人类处境与命运的关切和思虑。

波特坚持一个作家必须首先是个艺术家，强调自己"一生在思考技巧、方法、风格"，主张使用典雅洁净的语言，忌讳庸言秽句，也少用怪诞手法。她的一些短篇即使出现一些古怪的场景与人物，也力求写得入情入理，哀婉动人。从30年代起，她优美流畅的创作风格一直受到文学界同行的交口称赞。美国当代著名作家和评论家罗伯特·潘·华伦认为，波特的优秀短篇小说在"现代作品中是无以伦比的"，她以为数不多的作品，取得了足以同凯瑟、安德森和海明威齐名的文坛地位。

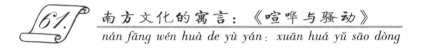

61. 南方文化的寓言：《喧哗与骚动》
nán fāng wén huà de yù yán：xuān huá yǔ sāo dòng

1928年冬，福克纳着手写一篇新作，题名为《黄昏》。最初，他未打算铺展成一部长篇，因为写进去的故事充其量是康普生家的黑人女佣的事。但随着思绪的延展，三十多年南方生活的历史变迁从他的记忆中奔涌而出，许多新鲜的感受和认识是从未有过的。于是，笔触一发而不可止，原计划写成十多页的短篇，最终成了他创作生涯的里程碑作品《喧哗与骚动》。

小说写了一个"总是撒不开，忘不了"的故事。书名出自莎士比亚著名悲剧《麦克白》中的一段台词，人生"是一个白痴所讲的故事，充满着喧哗与骚动，却找不到一点意义"。小说描写杰弗生镇康普生世家的没落以及各个成员的遭遇和精神状态。全书分四部分，由四个人物从不同的角度进行叙述。中心线索是女儿凯蒂的经历。前三部分分别是康普生家的三个儿子，即白痴班吉，哈佛大学学生昆丁，实利主义者杰生的内心独白，折射出这个家族三十年的变故。班吉的姐姐凯蒂与某男人幽会，怀了身孕，不得已另嫁他人。婚后丈夫发现隐情，弃她而去，她留下私生女小昆丁，到大城市靠出卖肉体谋生。由于失去姐姐的关怀，班吉为此感到悲哀。他已年满三十三岁，可只有三岁孩子的智力。昆丁对妹妹凯蒂的感情已经到了不正常的地步，凯蒂的放荡和出走使他受到沉重的打击，投河自尽。杰生是金钱势力的畸形儿，他恨凯蒂的行为影响自己在银行谋得职

福克纳

位，只能充当杂货铺的小伙计，鲸吞了凯蒂靠卖身为小昆丁挣得的生活费，成了自私卑下的势利小人。小昆丁长大后跟人私奔，结束了这个家族的崩溃过程。小说最后部分由黑人女佣迪尔西的叙述补充尚未清楚的情节。原来，这曾是一个地位显赫，拥有巨财的望族，"祖上曾出过一位州长和一位将军"，创下一大堆荣誉，有成群的黑奴和无边的田园。如今，家境败落到只能靠变卖土地支撑门面的地步。一家之长康普生贪杯嗜酒，终日浑浑噩噩，最后死于酒精中毒。康普生太太精神抑郁，在家庭生活中，她既不爱丈夫和子女，也无法得到他们的爱。女儿凯蒂原想用自己的爱和责任心，力挽家庭的危机，但夙愿东流，她挑战似地冲出"南方淑女"的规约，成了放荡的女人。凯蒂的堕落和昆丁的自杀，都标志着南方传统道德规范的分崩离析。而杰生最后卖掉了祖传的家宅，成了资产阶级生意人，作者在为这一人物画像时，流露出明显的厌恶和鄙夷。与康普生家一系列堕落形象相对照，迪尔西是喧哗与骚动中独有的理智者。她的忠心、韧性、毅力和仁爱，反衬出这个家族无可挽回的衰败，也体现出作者"人性复活"的信念。

《喧哗与骚动》最充分地体现了福克纳"抛开时间的限制，随意调度书中人物"的创作特点。小说所写的一切在时序上颠倒混乱，来回跳跃；第一部分是"班吉的部分"，时间是1928年4月7日。第二部分是"昆丁的部分"，叙述的时间倒退到1910年6月3日。第三部分是"杰生的部分"，叙述的故事发生在1928年4月6日。第四部分是"迪尔西的部分"，用第三人称描述发生于 1928 年 4 月 8 日的故事。这种时序上的艺术处理表现出福克纳与前辈心理小说家的继承关系；乔伊斯的意识流，康拉德的跳跃性结构和多角度印象主义叙述方法，陀思妥耶夫斯基的残酷的灵魂审问，都一一汇入他笔下看似凌乱无序，却渐次趋向整一的艺术世界。

小说被公认为 20 世纪将意识流手法运用得最成功的作品之一。然而这绝非单纯的艺术技巧问题，而是体现了福克纳作为典范性南方作家的文化原色。他曾坦率承认其时间观念与柏格森的联系，"实际上，我很同意柏格森关于时间的流动性理论。时间里只有现在，我把过去和将来都包括于其中……我以为艺术家在处理时间上大有文章可作"。他将"过去"并入"现在"的这种时间处理，恰恰体现了南方回忆文化的基本特质，也是失望于现实，试图从过去寻找一块现世精神生活天地的南方知识分子的典型心态。从另一个角度看，作为一个清醒的南方文化的审视人，福克纳对时间的这种特殊处理，又是他讽喻南方人偏执于过去，走不出祖先的"幢幢鬼影"的最成功之处。

《喧哗与骚动》剧照

《喧哗与骚动》表明，尽管作为一个种植园主的后代，福克纳曾试图表现旧秩序的长处，不在物质方面，而在道义方面。但从创作实际看，要从种植园主后裔身上挖掘旧日道德理想的余晖，对福克纳来说是件勉为其难的事情。家庭变迁，阅世的深入都加强了他的感受和印象：旧秩序是一种道义的秩序，可是这种秩序也背上了一种如此巨大的罪恶的道义上的负担。崇尚南方传统道德的若干世家，无一例外地走向衰败，一再证明了这一点，于是一种批判意识渗进了他的创作。

62. 魔幻现实主义的杰作《玉米人》
mó huàn xiàn shí zhǔ yì de jié zuò yù mǐ rén

魔幻和现实是两个互不相融的概念，一个是缥缈神奇的幻想，一个是清晰真实的存在。然而，在拉丁美洲这块奇妙的土地上，这两个相互排斥的现象却走到一处，相辅相成，一同孕育出了一朵拉美文学的奇葩——魔幻现实主义文学。她的先驱之一阿斯图里亚斯，以其神来之笔，为我们勾画出了一幅幅五光十色的拉美风情画，她令我们称奇，也令我们陶醉；她令我们遐想，也令我们向往。其中《玉米人》犹为奇特，堪称阿斯图里亚斯运用纯熟的魔幻现实主义手法勾画出的艺术精品。

在以食玉米为主的中美洲印第安人的心目中，玉米是神圣的，它不但是人的生命的供给物，它也是生命本身，是人本身。人本身就是玉米做的。他们认为，种地吃饭天经地义，可是种地做买卖，却会使玉米做成的人遭受饥荒，是一种大逆不道。于是，利益驱动与古老信仰之间就不可避免地要发生冲突，要斗争，要流血。

加斯巴尔·伊龙是反抗暴政的印第安勇士，村里的人均称他为无敌勇士。他有大山榄的硬壳一般结实的皮肤，他的血液像黄金一样珍贵，他力大无穷，他是印第安人的首领，也是施暴者的劲敌。所以骑警收买了马乔洪，为加斯巴尔·伊龙投放毒药。然而加斯巴尔·伊龙没有死，他饱饮一顿河水，消解了毒药在腹内引起的干渴。把五脏、血液痛快地冲洗了一遍，从死神的魔掌中挣脱出来。加斯巴尔·伊龙战胜了毒药，赶跑了死神，可他的部下却遭到了骑警队的突然袭击，全军覆灭。背叛了印第安人的马乔洪也得到了应有的惩罚：他的独生儿子在娶亲的途中神秘失踪，被萤火虫的冷火烧死，马乔洪本人也因怀念儿子，在玉米地里放火自焚。

《玉米人》开篇之处，我们就被作家笔下那似梦似幻的场景吸引住，进入了一块迷离惝恍的神话般的天地之中。这里的人物亦真亦幻，有着超现实的本领。草原上伫立着一匹健骡，骡背上端坐着一个人，人身上附着一个死鬼。生人的眼睛就是死鬼的眼睛；生人的双手就是死鬼的双手；生人的声音就是死鬼的声音；生人的双腿就是死鬼的双腿；生人的两脚就是死鬼的两脚。我们无法相信这是真的，一个人身上共同附着生与死的两面，人与鬼的双躯，这是现实还是幻象？

《玉米人》表现的是一个客观现实世界与神话传说世界间相通互杂的独特世界。在这个世界里一个个既实实在在又离奇古怪的故事，相互交融、相互连贯。有马乔洪的变节出卖，也有他儿子的神秘失踪；有加斯巴尔·伊龙对邪恶势力的奋勇抗争，也有他毒而不死的夸张与神奇；有戈约伊克历尽艰辛而合家团聚的悲欢离合，也有邮递员尼丘亦人亦狼的荒诞不经。库兰德罗是名巫师，他用奇异的方法为人治病。而他也就是那只七戒梅花鹿。他为卡利斯特罗、高登修特贡等兄弟五人的娘治好了病，可卡利斯特罗却变得疯疯癫癫的了。库兰德罗说没救了，除非能逮住一只闯过七次火劫的七戒梅花鹿。高登修特贡是个百发百中的神枪手，他射杀了那只梅花鹿，而与此同时库兰德罗死了。高登修特贡的枪弹打在了梅花鹿的左耳朵后面，库兰德罗左耳朵后边也有个枪眼，跟七戒梅花鹿的伤一模一样。所以高登修特贡说：库兰德罗和七戒梅花鹿是一个东西。我朝鹿开了一枪，也就打死了库兰德罗。库兰德罗是七戒鹿，七戒鹿就是库兰德罗。

原来在印第安人的心目中，外在的客观世界与他们精神中的主观世界是相通的，人的幻象和现实之间没有不可逾越的鸿沟。他们以一种原始思维的方式看待和解释世界。在他们的观念里，世界上一切事物之间有一种特殊的联系。卡利斯特罗和高登修特贡等兄弟五个的娘病了，不住地打嗝，儿子们便认为是有人把蛐蛐弄进了娘的肚子。结果，他们杀了仇家老少八口人，当他们把八颗血淋淋的人头带进屋时，病人便不再打嗝了。他们说真灵验。

他们认为每人都有一种保护他的动物，而且人们也可以变化成保护自己的动物。所以巫师库兰德罗是七戒梅花鹿，邮差尼丘·阿吉诺是野狼。他们的意识里没有非真实的幻觉世界，有的都是真实的存在。

或许，文化便是一种人的存在。古老的印第安人的传统思维模式在我们的眼中是那么不可理解。而对于他们自身来说，却是那么真真切切。在小说玛丽娅特贡的三章里，我们看到一个深情质朴的故事，深情得让我们感动，质朴得使我们发笑。玛丽娅特贡带着孩子离开了盲人戈约·伊克。伊克悲痛欲绝，踏上了千辛万苦的寻找之路。为了寻找妻儿，他先治好了眼睛。那是怎样的痛苦啊。大夫用绳索把戈约·伊克牢牢绑在工木台上，连手脚都勒伤了。大夫拿起六把锋利的柳叶刀，刺破病人的眼睛，再用刀子刮，一边刮，一边往眼里吹气，病人痛得闭过气去。眼睛治好了，可那有什么用，他从来就不知道妻子玛丽娅特贡长得什么样。他不习惯凭眼睛去看爱情生活，因为从前他用耳朵、血液、汗水、唾液在感受爱情生活。他看到了许多女人，可是他无法感受玛丽娅的爱情。他寻找着，至死不渝。

一天，戈约·伊克遇见了多明哥·雷沃罗里奥。于是我们就看到了两人那质朴却又滑稽的生意经。

他们要做贩酒的生意，他们办了一张酒品准卖证，把买来的酒装进大坛子。一共花了八十比索，还剩六比索。第二天，他们很早就上路了，他们轮换着背着酒坛，心里揣着信念。可是他们累了，热了，想喝酒了。于是伊克掏出仅有的六比索，买了一碗酒喝。六比索到了多明哥的兜里。一会儿，多明哥也受不了啦，他用这六比索了买了碗酒喝。就这样，他们俩不停地买酒喝，终于喝得摔了跤，酒坛子掉在地上。他们认为酒虽然没了，可是有钱了。他们一直是现钱交易，左一个六比索，右一个六比索，加在一起一定不少。于是两个人要分钱了。可是钱在哪里呢？他们搞不清了。不但他们搞不清，就连把他们当做走私犯抓获的保安队也搞不清。这坛酒有二十瓶，每瓶折合十碗，每碗卖六比索，他们至少要有一千比索，可他们只有六个。这绝不是玩笑，这是生活的真实。印第安人就生活在这样的真实世界之中。

《玉米人》共分十九章，分述了六个故事。在第十八章的后面，有一段库兰德罗的叙述。这段叙述把前面那些纷乱繁杂的故事做了归纳和概括，具有画龙点睛的效果，使我们有茅塞顿开之感。在库兰德罗的叙述下，有加斯比尔·伊龙如何逃脱了毒药的作用又逃避了骑警队的追杀的故事；有萤火法师们来不及跑掉被杀得血肉横飞，被剁成碎块，而每个法师的碎肉块又汇合起来，一下又拼成一个法师的故事；有上校如何变成二寸糖人大小，成为一个小小傀儡的故事；也有马乔洪给加斯巴尔下毒，儿子在求亲的路上变成了天灯的故事；以及老萨卡通出售害人毒药，被特贡兄弟杀死全家的故事。这样，所有故事间就都具有了相应的因果关联。在印第安人那互渗律思维模式里，也呈现出了善与恶的人性判断。这就是《玉米人》中现实与超现实的巧妙结合。

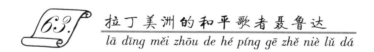

63. 拉丁美洲的和平歌者聂鲁达
lā dīng měi zhōu de hé píng gē zhě niè lǔ dá

在拉丁美洲文学史上，巴勃罗·聂鲁达（1904—1973）是一位融民族性与世界性、传统性与现代性于一身的伟大诗人。他的诗歌创作把传统的智利、拉丁美洲举到了现代世界文化的前端，再造了拉美，复苏了一个大陆的命运和梦想。

聂鲁达原名内夫塔利·里卡尔多·雷耶斯·巴索阿尔托，出生在智利中部的帕拉尔城，这是一个盛产葡萄酒的地方，聂鲁达的祖辈们就曾在此以种植葡萄和酿酒为生。或许正是这殷红淳香的葡萄酒，孕育出了一代诗才。1906 年，聂鲁达一家迁到了智利南部的特木科镇，他就在那里读完了中学。聂鲁达喜爱诗歌，更具有诗人的天赋。中学时起便开始润笔写作，

聂鲁达

表达自己内心独特的情感。1919年，他以诗歌《理想夜曲》在玛乌莱省举办的诗歌比赛中获得了三等奖。第三年起，他便正式以巴勃罗·聂鲁达为笔名，频频发表诗作。1923年他的第一部诗集《黄昏》问世，然后他创作了《二十首诗和一支绝望的歌》，第二年，诗作使他一举成名，引起了智利文学界的瞩目。

如果说诗人的第一部诗集《黄昏》还是模仿性的作品，而成名作《二十首情诗和一支绝望的歌》则表现出了诗人鲜明的个性和逐渐成熟的艺术技巧。这部诗集被看作是诗人两次爱情的结晶，表露着诗人对初恋那纯真感情的讴歌和抒发。1921年，诗人离开家乡到了圣地亚哥教育学院学习法语。在这里诗人与一位圣地亚哥的姑娘一见钟情。两人虽情深意笃，但由于家庭的阻挠，有情人终难成眷属。这段真挚的感情一直埋藏在诗人的心底，他曾给这位深情眷恋的姑娘写过一百一十五封充满感情的信。

爱情和大自然是聂鲁达早期诗歌创作的两大源泉。诗人在一次讲演中曾说："首先诗人应该写爱情诗。如果一个诗人，他不写男女之间的恋爱的话，这是一个很奇怪的诗人，因为人类的男女结合是大地上面一件非常美好的事情。如果一个诗人，他不描写自己的祖国的土地、天空和海洋的话，也是一个很奇怪的诗人，因为诗人应该向别人显示出事物和人们的本质、天性。"正是在爱情和自然风光的启迪下，聂鲁达灵感勃发，思如泉涌。那质朴炽热的话语，那流畅自然的情感，那鲜明精巧的韵律，那欢快明晰的节奏，都备受青年男女的喜爱。

聂鲁达一生最辉煌的诗作是《漫歌集》，这部诗作不但成为诗人创作生涯的里程碑，也是他献给智利乃至整个拉丁美洲的史诗。

《漫歌集》创作于1943—1946年间，全诗分为十五章，由二百四十八篇诗作组成。其中以第二章《马楚·比楚高峰》和第九章《伐木者，醒来吧》最具有特色，构成了全诗的精华所在。在印第安人的土语里，"马楚·比楚"是古老的金字塔形山丘的意思。1943年9月，诗人在辞去了驻墨西哥总领事之后，取道巴拿马、哥仑比亚和秘鲁回归祖国。到达秘鲁境内时，诗人特意来到了古印第安山区旅行。亲眼观瞻了马楚·比楚废墟。诗人站在高坡上，远眺在安第斯群山怀抱中的石头建筑物，眼前白雾缭绕，古物朦胧，使诗人顿感如入昔日之景。感物滋情，诗人便萌发了难以遏制的创作激情。

在这首近五百行的诗中，诗人缅怀历史、讴歌自然赞美劳动者，让自己的想象驰骋纵横，把人类历史的漫漫长卷与永恒的自然美景融为一体，表现出诗人特有的艺术境界。在《漫歌集》的第九章《伐木者醒来》中我们则更加被诗人那赤诚的情感，磅礴的胸襟所感染。

> 我不过是一个诗人——对大家怀有友爱之情
>
> 我在我所爱的世界上漫游；
>
> ……
>
> 但是我爱我小小的寒冷的国家，
>
> 哪怕是它的一条树根。
>
> 如果我必须死一千次，
>
> 我也要在那里死，
>
> 如果我必须生一千次，
>
> 我也要在那里生，
>
> ……

《漫歌集》内容庞大，题材广泛，倾注了诗人全部的思想感情，全部的人生理想。它标志着聂鲁达诗歌艺术的最高成就，也是诗人广阔视野、博大胸怀和卓越才能的最佳体现。聂鲁达是以他的饱满热烈的感情为他的祖国，为拉丁美洲乃至世界人民的和平而吟唱。